中国美术学院名师典存

林文铮诗文集

金雪莹　编

中国美术学院出版社

序 / 国美人格

　　国美校训箴言：行健、居敬、会通、履远。何谓居敬？"往圣采经典，先师垂教范。"一代代的先师行以垂范、言以规箴，践成名校的学脉。这个传承不息的学脉中，既见名师大家的文心使命、绝学精品，又涵他们的人格品类、气质神韵。美院伴山水名湖，守江南文山，一批批艺者聚合于此，成就名校事业，将个人的志节功业化在学院的大业之中，可谓不世出的缘分。此缘在湖山，在人气，在世代风华、人文践积，让后辈总怀拳拳敬心。

　　国美建校将近九秩。回顾九十年，仿佛中华艺术教育的缩影，代代先师名家的身影叠映在历史的天际，伴青山肃穆、平湖风流，凝成西湖艺苑的人格范型。

　　国美先师的人格范型首在孤山远志。八十八年前，国立艺术院借西湖罗苑，于湖山清明中创建。蔡元培先生乘周末之暇，来杭举办建院仪典，发表演讲《学院为研究学术而设》。从此，一代年轻精英会聚平湖，追蹑蔡先生的艺教理想，学术研究与国民美育成艺院圭臬。林风眠先生身负重托，面对一片贫弱的环境，将美育视为一种精神信仰的运动，践行中西融合的理想。孤山虽清冷，却包孕着国立艺术院的青春激情。罗苑旁莅苏白二公祠，二公祠所依傍的后山，参天古木，空谷回声。北宋名士林和靖先生梅林归鹤，就在此处。多少年后，一代禁烟名将林则徐罢官经此，祭扫同姓先贤，出私资修葺墓陵。杭州最后一任知府林启兴学有功，逝后杭城人在此建"林社"之筑。一脉林姓的史秩在林山中隐没，当年的林风眠先生于晨昏漫步、春秋眺望中，胸襟可曾洒落名士风流的逸习？但那湖山蕴含的高情远致，一次又一次地催剥国美先贤的学术肝肠与使命担当，却是可以揣想与追怀的。

国美先师的人格范型的第二特性是清波悲情。去年，我们为"世纪风眠"画展绘制《湖山清明》，遥想初建艺术院的一代名师立身湖畔的景象。但这些载入史册的名师的命运，似乎都充满蹉跎，历尽坎坷。也正是这些传奇式的蹉跎，造就了先师们跌宕起伏的形象。一代名师吴大羽先生以其激情和卓识，在 20 世纪 30 年代的学生中负有盛名。在抗战的困难环境中，吴冠中先生曾代表学生们致以激情书信，诚心恳望先生回校教学。吴大羽先生既是画家，又是诗者。20 世纪 40 年代后期，先生曾写下令人难忘的《别情》：

> 我以一日之长来到你的面前
> 敢贪着天功妄自居先
> 此来只为向大家输所敬诚
> 不许有一点错过落到你我中间

诗写得如一尊璞玉，刚直坚忍，掷地有声。诗中漾着一种决然，也沁着一份无奈。从这里我们可以读到知识分子凝血沁心的坦诚。正是这样一位赤诚耿介的艺者，在后来的日子里，屡受坎坷。但也正是这份赤诚，这份坎坷，造就了上海石库门一方天井中的宠辱皆忘与韵致灿然，造就了 20 世纪中国绘画史上不可多得的抽象精品。曾有人以先生的遭遇自比，却全然无知于这悲情中的品节肝胆、诚心照人。

潘天寿先生亦是著名的诗者。他的诗沉郁雄强，识鉴高远。他最后的五绝，写于"文革"中的 1969 年，时在回宁海老家被批斗返杭的途中。诗写于一张灰色的香烟纸上，据说是从地上拾来。"莫嫌笼絷狭，心如天地宽。是非在罗织，自古有沉冤。"这是一个真正的诗者的控诉，字字血、声声怨。但中国诗人又始终心胸方正，襟怀容让，将痛切转向伤逝。接着他回望群山深处的饮水家园，在千山万山闪没的同时，悲心中的诗人仿佛一次远游，正去看望四十年未见的朋友。此行之后，潘老再无诗作与画作，直至离开人世。

如此的悲情，却又深埋着某种冥冥的天佑。潘先生诗中提到的四十年如若神签。四十年后，杭州市的人民在他的墓陵上建造了诗亭，海峡两岸百余位诗人同声咏读他的诗篇。正是从这里，悲情成了一种人格的尺度，让我们丈量出天地之心的苍然与艺者的坚强。

国美先师的人格范型的第三特征是湖风洒逸。这是一种诗性的品格。伴湖山既久，每日柳浪闻莺道上行走，湖光烟波相映，使人玩赏流连、感绪万千。当年一本《艺术摇篮》中，将孤山岁月写得最具诗意的正是朱金楼先生的《孤山忆旧》。朱先生才华横溢，仿《西湖梦寻》笔意，将 20 世纪 50 年代的外西湖写得干净洒脱，直若西湖盛景："春雪初霁，驱车白堤上，在断桥遥望孤山，银妆素裹，风姿绰约，倒影映入里湖，清净如雪莲……""与西湖朝夕相处于天光云影、晨曦落日之中，乃觉晴湖、雨湖、夜湖、朝湖、暮湖、春湖、秋湖……俱是胜境。"

论画风洒逸，肖峰先生自是典型范例。肖峰先生早年"红小鬼"，后入美院习画，20 世纪 50 年代留苏，"文革"中深受冲击，可谓九死一生。但却从来乐观，始终溢满激情，美院重大节庆，总希望听他昂扬激荡的声音。他的油画以色彩名世，晚年多画大江风帆，既写往昔怀想，又发烟波江上的诗意。舒传曦也是 20 世纪 50 年代留欧的名家，当年碗口大小的木版插图，竟有十数人好刻，且表情逼真，神采生动。"文革"前的线面素描，引领学院教育变革。晚年完全转入中国画。他的风竹逸气飘洒，横锋错金，最是典型的士风通脱。他的青松白梅，罩着郁郁冷雾，松针梅朵都发自烟云中，愈见高情远致。

年前去看望韩黎坤先生。长期以来，韩先生体格健硕，性情爽朗，是最令我们亲近的人。此次相见，韩先生虽有些清瘦，却依然精神矍铄，从中国的甲骨文字到江南水印木版，从教学改革到东方版画的博士培养，思绪汪洋，机锋勃发，并随机拿出百余张文字刻版、书票印章。看着他醉心于中国文化的世界，真让人感受到他质直庄重的人格之美。

国美的先师，有血有情；国美的人格，有范有型。他们的著述和艺术是中华文艺的瑰宝，他们的人格品节更是国美学脉的精神底色。值此学院八十八年米寿之际，我们准备用三到五年的时间，编辑出版三套系列丛书，一套是"学脉文丛"，收集国美校史上各位先师名家的相关文献、精彩佳作；一套是"艺苑问史"，收集学院重要历史事件、系科发展历程等的相关文献及专题著作；另一套是"名师典存"，辑录包括今天仍在工作岗位上、有全国影响的名家名师的主要文论，充分展示"擘精技同艺，放怀诗与想"的会通传统，呈现国美艺术东方学的传承跬积和时代高度。

吴大羽先生生前曾说：怀同样心愿者，无别离。国美的先师，我们或心仪或相识，但作为学脉传承，整体人格，我们息息相通，永无别离。

许 江

2016 年 4 月 9 日初稿

2016 年 4 月 19 日二稿

目　录

一　文　章

波德莱之悲剧（Charles Baudelaire）

乍力波德莱是在一八二一年四月九日生于巴黎。其父约瑟本为香槟乡人之子，而家素富裕，故自幼即受有极完善之教育。及长尝与当代革命家交游，同时又极有美术兴趣，态度异常温和高雅，终身保持其十八世纪之礼仪。乍力颇有乃父爱美、高雅之遗性。约瑟晚年续弦，乍力为其后妻佳罗林之子。诗人诞生时，母氏年方二十七而老父已逾花甲，年龄相差殊甚，诗人内心之不平衡或缘是故也。母氏天性慧悟活泼，慈和而虔诚，原籍伦敦，故颇有条顿民族之风度；乍力幼时，母氏即兼授之以英法两文。约瑟以晚年得子，故爱之如掌上明珠。家居无事，常携幼子漫游巴黎公园或郊外幽林。此为诗人最幸福之时期也。无何，慈父见背，诗人年仅六岁，受此莫大之打击，顿落于孤寂之境。翌年母氏偕孤子转嫁阿碧克将军。大凡孤子对于其继父，总含有嫉妒之心，加之诗人天性灵敏豪放不拘，诚非武夫所能了解。阿碧克将军虽未尝虐待乍力，而终不免以其军人之纪律治家。父子之间，始则格格不相投，终至决裂如水火不相容，诗人遂日陷于伶仃孤苦之境矣。

兹为简明起见，略分波氏生平为三时期。

少年时期。波氏初肄业于里昂中学，因不容于家庭，遂留校为寄宿生；无何，阿碧克将军迁寓巴黎，乍力亦随之而转就大路易中学；在校成绩颇优良，惟品性放逸，屡有越轨之行动，雅不见容于师长，毕业时几致背榜。波氏尝偕其家庭漫游法兰西南部，终以性格不相投，毅然独返巴黎，度其浪漫生活。是时波氏尚弱冠而挥金似土，广交文艺界巨子，对于家庭，坚持其为文人之决心，竟大触继父之怒。适有海船欲往印度，将军以为旅行可变易少年之顽性，遂勒令波氏放洋经营商务。诗人因素羡慕异乡风味，遂将计就计，屈从继父之严旨。航海至南非洲吒哩屿，诗人抑郁无聊，几至病卧不起，且誓死不愿经商而坚欲返国。船主怜其孤苦，遂遣之转乘他舟返法兰西。前后航行凡十月之久。此行对于波氏将来之作品颇有影响，《恶之华》诗集中所描写之印度风味即溯源于此。

成熟时期。一八四二年波氏返巴黎，适年已二十一，遂继承其先父约瑟波德莱之遗产，约七万五千佛郎。诗人既不受母氏与继父之节制，遂纵情放欲，肆意挥霍，高居华室，大宴宾友，衣奇服以炫人，或以骇人之怪语欺弄当时之市侩。《恶之华》诗集之首数十篇亦于是时起草。波氏尝与诗家郭绝（Gautier）、大批评家圣不甫（Sainte-Beuve）交游甚笃；对于诗圣嚣俄（Hugo）只赞美其艺术而雅不喜其人品，盖性情不相投故也。

波氏偶于巴黎某戏院中遇见一群恶少，正欲凌辱一位杂色女伶，一时慨愤，抡拳击散恶徒，以其君子绅士之臂挽护少女回寓；久之遂发生关系而为波氏终身之黑魔。女伶天性野逸俗劣，贪财无耻，日向波氏索取不厌，诗人虽已贫乏，但一片慈悲，不忍鄙弃之，而始终供给其生活费。二年后，家产花去过半，竟与家庭大起冲突，阿碧克将军遂召集其家族，议决限制波氏每月之用费，并收拾其余产，转托某长老经理之。波氏从此失却自由，以借债为生，终身受困于金钱之缧绁，凄惨无天日矣。

诗人虽日处愁城之中，而仍工作不息，因天性慎重怪僻，雅不愿以其诗集示人，或受友人之催促而后稍披露数篇于各杂志上。波氏颇努力于文艺批评，当时之沙龙（美术展览会）常有波氏极精彩新颖之评论，故一跃而为评论界之巨子。尝受诽谤之浪漫派大画家德拉夸最为波氏所赞美崇拜。一八四八年，法国第二次革命爆发，波氏固愤恨其继父之压迫，亦加入革命党，挺枪奔走于巴黎，大呼格杀阿碧克将军，盖在波氏心目中，阿碧克将军可代表一切黑暗凶恶之势力也。但革命之工作终不适合于波氏之浪漫天性，无何，遂引退，而仍操其文艺生涯。一八四八年夏间，发表哀佳颇（Edgar Poe）小说集之法文译本。法兰西文艺界之首先认识哀佳颇氏之天才者，波氏为第一人。波氏崇拜之若神圣，盖两人之艺术意趣不约而同，难怪波氏敬爱之若兄长，而哀悼其夭亡。波氏之作品甚受其影响。

《恶之华》诗集久已脱稿，波氏固欲美益求美，昼夜磨琢之不已。一八五七年得其友人布烈马拉西之襄助，《恶之华》遂第一次出版于巴黎。该诗集内容奇特新颖，严酷骇人，为现代思潮开一新纪元，故甫出世，即风动一时。文艺界因不甚了解其真旨及艺术，或莫敢褒贬，或肆意凌骂，法政府以其诗涉淫秽，有伤风化，提出法庭控告之。波氏因乏亲友之庇护，竟失败受罚，诗集中被删去五首，禁止出版。此种文字狱在今日之法政府观之，殊属可笑，而在当时，则视为天经地义。波氏于穷愁之中，复横遭此冤屈，益愤恨无以自慰。一八五七年冬，阿碧克将军去世，诗人遂得与母氏重修骨肉之情，诚为不幸中之幸事。

自一八五二至一八五七年，凡五年间，波氏尝暗中恋爱一美妇莎巴绝夫人，屡以匿名书信或诗歌向夫人表其敬爱崇拜之意而不敢自首。《恶之华》出版时，波氏不得已含羞解其假面具，向夫人投诚。夫人感其多情沉毅，遂怜而纳之。此为诗人唯一清高恋史。盖在波氏心目中，莎夫人实为其已沉沦之孤魂唯一大慈大悲之圣母，《恶之华》集中所赞颂歌咏不已之"白美神"，即夫人之化身也。

一八六〇年，波氏发表其散文集《杜撰天堂》。一八六一年，又发表其《华格奈赞》。盖华氏之乐曲初不见赏于巴黎歌院，当时艺术界无敢响应者，惟波氏独具慧眼，挺身在批评界为乐圣华格奈辩护申冤，并极力表扬其歌曲《旦海塞》之革命精神。法兰西当时能深切了解乐圣之新音者，波氏为第一人。同年《恶之华》重出版，后起之秀如魏仑、马拉梅等渐受其影响，并拥护之若大师。波氏声誉虽日隆而亦贫无以自给，乃妙想天开，欲公然投身于法兰西学院为会员借以解决其生活，然而学院多属守旧派，雅不喜波氏之恶魔作品。波氏又乏亲友之襄助，事遂中止。诗人素患恶疾，犹太债主又日劳其身心，加以此次之挫折，益厌恶巴黎而思远遁，寻求新生活；遂于一八六四年春，逃往比京蒲柳塞。

波氏之衰颓时期，亦于是时起。初，氏以为比利时乃新兴国家，人情狂热，思想自由，对于艺术亦当有新颖之见解，不似巴黎之守旧，此行或可以其全集贡献于比国人士，并组织讲演会，宣传其思想，遂满腔希望毅然来蒲柳塞。殊不料比利时民族素无艺术之陶冶，新兴之余，方注其全力于实业，而鄙视文艺。蒲柳塞犹为资本主义之中枢，铜臭潮漫全城，诗人插足其间，宛如天鹅浮游于阴沟中。演讲无人到会，作品无人出版，精神上受绝大之打击而失望。悲哀愤慨，贫病交加，日困愁城，挥笔谩骂比人之鄙劣市侩而终无济于事。计前后留比京仅十月，而壮年之波德莱已如花甲老翁，须眉尽白，头发寥寥可数矣。试读其日记信札，便可洞悉波氏之心灵状态，一任病魔蚕食其弱躯，赤贫至无以购药饵，同时又满腔热诚，希早日摆脱苦海，努力拒抗奋斗，如活尸在墓穴中拼命挣扎敲打棺盖，终于力竭而窒死！波氏屡立志欲脱离比国清偿一切债务重返故乡，与老母度新生活，但力薄寡交，终不遂所愿。诗人是时力竭精疲，病躯已如奄奄欲熄之残灯矣。一八六六年春，偕其友人布列马拉西参观圣鲁教堂，波氏猝然昏倒于阶前，同行者急扶救之回寓，翌日遂成疯癫，精神错乱，言不成句。友人飞书召其老母，同护送病人返巴黎，就养于狂人院之花园中。医家咸莫名其病症，终不敢下药疗治，病势遂日深。波氏亦偶有精神清爽之时，三两亲友时来问候。间有慈悲之女客携乐器来为波氏演奏其所最爱之《旦海塞》曲，或采鲜明之香花以慰病人之闷寂。此为波氏最后之幸福矣。入夏，病益重，遂摈绝一切鲜花音乐，仰卧床上，四肢麻木，惟两睛尚闪灼有神光，为其一线之生气而已。一八六七年七月三十一日，诗人波德莱置首于老母怀抱中，凄然逝世，享年四十有六。遗骸安葬于巴黎蒙巴那斯坟园中。当时参与葬仪者，仅六十余人，奠吊之者诗家仅班威儿等而已。时值炎暑，忽然一阵暴雨打散寥寥吊客。

以上所述，乃诗人之表面生活。吾人如欲了解波德莱之精神，宜先探讨其内心生活。兹为篇幅所限，不使详述，只能总括其大略而已。波氏之日记书信，诚为其肝胆之披沥，若与《恶之华》诗集相对照，则处处可认识波氏之悲哀苦痛，感觉过于锐敏，同时自责之心过于严酷，而渴慕理想如广漠中迷途之孤客，悲夫！

于紊乱中寻求纪律，颠倒中寻求安宁，污浊中寻求清贞；每次欲努力自拔辟开超脱之路，辄遇无穷之困难，巍不可逾之火山，茫不可渡之苦海！疾病贫寒，磨折其身心，直至于死！在众目中则挺身自傲，以假面具遮掩其真相，暗中则私自观察身心之颓唐、崩败、枯死，仰天长叹而逝。波德莱之生平，可谓一场悲剧！

悲剧不在乎残杀流血，不在乎轰轰烈烈惊天动地之哀号。波氏生平本无非常之事迹而其悲剧全蕴藏于沉痛之内心中。少年时期不如卢梭之浪漫颠倒，壮年时期不如莎多布里阳之与国家大事脉息相关，衰死时期亦不如拜仑之狂暴豪放撼天震地，崩倒沙场。至于学校之闹事，家庭之冲突，浪费遗产，高筑债台，庸常之性交，中途破裂之恋爱，物质之陷溺，精神与躯壳之颓唐崩毁，岂非世俗寻常生活之过程？然而生活事迹之大小，常视其身受之者感觉反应之强弱而定。冥顽不灵者可漠视一切，丧妻子，折手足，天崩地裂，杀人盈野，往来于血泊腐尸之间而熟视若无睹，或飘忽忘去而不介怀；惟天才诗人之感觉灵敏绝凡，偶有所触，辄颤动悲戚，若莫大之痛创。伟大狂热之想象，善能夸大一切事实而变化之为悲壮超绝。过于新嫩之心一与外物磨擦，即鲜血淋漓，痛不可忍。天既赋波德莱以新嫩之心，伟大艺术家灵敏超绝之感觉，伟大诗人狂热坚强之想象，则波氏表面生活虽平平不足记载，而其内心之悲剧却深沉激烈，如大洋中之暗潮，如地壳中之热流。由波氏内心激烈生活之暗潮热流中，遂涌喷出狂如海啸暴如火山新颖超绝千古不朽之《恶之华》！

一九二七年十二月二日于金陵

原载《现代评论》1927 年第 7 卷第 159 期

波德莱之恋爱观

情感生活可以说是人类全部生活之最主要素，在个人方面由儿童而弱冠，而成人而壮而老，在社会方面，由父母、兄弟、姊妹、夫妇、亲族，而师友乡谊、团体、国家、种族而普及于全人类，所谓伦理观念，所谓国家观念，所谓种族观念，其中虽不免带有些利害的关系，但综观其性质仍是情感向外的种种变形的活动。

情感之中最强烈者莫过于恋爱，因为恋爱即是生之欲中最狂热者，亦即是全部生活之最主要关头。所以无论哪一种人——除了残废或愚昧不堪者——都逃不了那位信手放毒矢的爱罗（Eros）之支配。普通人所认为实行理性生活的科学家，实行意志生活的哲学家，其内心生活之主动力仍出自情感之冲动。我们试观近代大哲尼采所倡的超人主义，索其隐因，是发轫于尼采个人恋爱之失败，他如那位风靡一世的大哲孔德，生时天天谈实验主义，但是也朝朝在他的爱人之遗像前祈祷静默十分钟！至于文人、诗家、艺术家等尤其是情域中之健儿，我们假如要探讨爱情之神秘，非请教这班先觉者不可！他们不单能深彻了解情感之变化，而且他们自身的生活就可显示出情感之奥谜，并且最足以代表时代情感之变态。

大家都知道自十九世纪末叶以来，所谓新时代精神（Esprit moderne）是发轫于一部《恶之华》诗集。甚且六十年来西方的诗坛仍然是渲染着这部杰作之余润！作品既然有这么大的影响，作家波德莱之生活，尤其是他的情感生活，是很值得研究的。《恶之华》集是公认为冷酷的绝望之一片呼啸呻吟，波氏毕生之苦痛、冤屈、欢乐、失望、烦恼、悲哀已结晶于这部不朽的杰作，我们对于这位沉痛的大诗人的情感生活，应当抱何等虔敬的态度去详细研究呵！

波德莱尔像

试把假面具衣裳全解去，我们首先看见一个人赤条条像我们一样，也有长处也有短处，这是不能隐瞒的。但是这位裸体的波德莱却赋有创造的天才，超凡的意识与新颖卓绝的思想，这一节是与凡人不同的。

假如这位诗人曾恋爱过人，假如爱情是他欢乐之湖、苦楚之海、诗兴之源，假如我们要认识波氏之为人，洞悉波氏之心灵，那么第一个疑问就是：波德莱恋爱之态度如何？对于女性之观念如何？现在把一切讹传、附会、诽谤完全扫除，平心静气来研究波氏之情感生活，或可得一正确的见解，这是本篇唯一的宗旨了。

一

兹试举法国文学家克列白氏对于波德莱之批评中摘录一段：

"波德莱当然也曾恋爱过，但自有其特别之态度。他因为恐怕受狂烈的爱情之磨折摧残，他终身保持着一种纪律范围。爱情确占了他生活之大半，但他终不容爱情屈服他的心灵，缚束他的思想。"

在郭绝氏之《波德莱恋爱史》中有一节尤堪注意的：

"我们应当把波德莱式的恋爱内容划然分为两种色彩：一为形体之爱，激烈的肉欲性病态，好奇的心理……一为（根据波氏之深挚思想）甚于肉欲的深挚神秘的爱，头胸的爱，文学的爱，或如华格奈式的清高的梦爱。"

根据这两种证实，他们可以看出波氏之内心：纯是耶教内心的冲突，灵肉的冲突——他同时以其无私冷酷的慧眼观察他的心战，以其坚强的理智批评他的内讧！

灵肉酣战之中，理智则壁上观。详细分析双方之虚实、内容，波氏的内心生活便是这种状况。他的智慧屡欲驾驭其心灵和肉体，居中排解而终归失败。我们且试看他如何和爱情搏斗，如何抵抗兽欲之冲击，他对于爱情究竟抱何种观念？这种长期残酷的搏斗在波氏心灵上有何结果？

按法国文学家普尔札对于《恶之华》的爱情观念略分三要素："神秘，放荡，尤好分析一切。"这三种成分和我们所说的灵肉冲突智慧居间评议恰相吻合。兹试观波氏爱情生活如何开端的。

波氏青年时期情窦一启发就误入于放荡之迷途。他起初对于爱情不单要求安宁沉静，而且格外要求情欲之冲动不已。这种过分的要求，结果非常严重，甚至于影响他一生，他夭折的原因或应溯源于此。他始则苛求爱情满足其好奇之意趣，最后竟直接向爱情中索取幻想与忘记，遂陷落于颓唐之境矣。

凡人对于爱情假如抱这种态度，则其内心之变象必逐渐由餍足而烦闷，由烦闷而困倦，由困倦而悒郁，由悒郁而终至灰心绝望！当此绝望之时，假如仍余剩一些魄力或性格，假如始终仍怀念着一种高超美绝的理想，假如沉沦者之人生目的，（即其作品）虽在朽臭之黑暗中亦仍闪灼可见，保持其光辉，那么落魄者必然突起一种反感，这种反感非常简单：就是觉得自己从来没有真正恋爱过！于是惊骇、懊丧、忏悔，失望遂轮流攻打其心灵而惶惶然不知插身何处矣！假如此后骤遇一同情者，无论她或真心或假意，辄认她为天人，崇拜她为大慈大悲的圣母，以为这才是真正的恋爱！于是遂倾心尽情去奉承她，牺牲一切去博她一笑，就是没有什么酬报而且牺牲一切肉感也是乐意的！际此之时，仿佛身在新生活之门槛，跃跃欲怀抱着清贞的新心灵跳进去。官感性欲虽久经摧残而迟钝了，但情感仍保存其天真纯洁。在酒色过度之徒花柳场中之老嫖客，内心中往往有洁白的青年沉睡着；一到中年须发渐斑白，齿牙渐脱落，脸纹渐繁密，寂寞嘘唏无聊之时，这位天真的青年忽然惊醒起来！四十岁以后的人们之最后好梦，岂不是默祷少年时期之艳史从新昙花再现？青春可随时光而消散逝去，但童性可深藏于衰老的心灵中，如岩石内之清泉。假如要清泉自石底涌出，应该有锄头、大斧、天雷，或风雨时光去劈开岩石之根底！应该有种极伟大的内心苦痛，一种惨无天日的悲剧，才能把心之内容压榨出来！《恶之华》便是苦泉之结晶！

内心青年之复活却有一种绝大的障碍，这种障碍并非肉体之颓唐、衰靡、残废，它是精神淫逸的惩罚！像波德莱这种人的心灵上智慧——尤其是自利的智慧——是时在支配、统驭、批评一切的！因此便演成头脑的畸形发达。壮年人的童贞性遇着一种绝大的反动而正欲勃起来重度那纯真朴素的生活时，智慧则决然拒绝之。

波德莱在爱情中的错误不在乎过于情感或肉欲，而归咎其过于智慧了。文学家陀尔威利（Barbey d'Aurevilly）尝谓："我们文艺中人，是沉沦在脑海里的！"智识界中人，即是说情感全受智慧支配的人，在他情感生活中总不免有两种毛病：过于自利，过于分析。

波德莱之情感生活一开端，艺人的自利观念便支配其一切思想行为。就是在他最狂荡的生活中，亦仍可以觉得他是始终受头脑的指挥的。假如他在爱情中只寻求直捷的肉欲满足，其流弊尚不致如何厉害：他借此反可以轻蔑爱情，视为一种兽欲之冲动，肉体之需要，任其自然，并无若何重大关系。在这种状态之中，智慧不单止可以统驭心灵而且可以节制肉欲：静心节欲，全副精神用在创作上，这确是智者的生活。但是波德莱既赋有过敏的感觉和不良的遗传性，加之自幼即缺乏宗教和道德的训练，所以他绝不能遵守圣人式的轨道，而始终跳不出浪漫生活。他未成人以前，第一次在巴黎驻足对于他未成熟的性灵之变化，委实有许多不好的影响。即如他被继父威迫而航海至南非洲所得来的恶习惯，都是很不利于他的心性。他在情感生活中所首先寻求的就是逸事，新奇的感觉而已。好奇的观念本属于精神上的需要，在波氏心灵中则操纵他的一切，和他同时代的许多青年文人都有共同的倾向：把肌肉和文艺混成一体了。既实行恋爱生活，同时又欲保存心灵之自由，俾思想亦不失其自由；那么只有官感和头脑才混入爱情中，结果则危险百出：官感因太受刺激，愈要求新奇的餍足，不绝的变化；于是遂疲于取巧，而渐次越出正轨了。头脑初虽能制驭官感，但日久后反不免受官感之支配，诗人之绝大智力如想象等尤受其左右了。想象是永无餍足的，它节节要求，甚至于越乎官感能力之外。想象因此遂憎恶实际，诗人亦不知不觉地越出了真生活。

本来所谓正当的有规则的情感生活是需要头脑、官感与心灵之平衡进行的。我们曾经解释过精神的自利是要求心灵之自由的。像这样的恋爱不过是一种游戏、一种经验、一种连续的逸事，个人到处寻求自己而永不献身给人。实际上势必演成轻蔑女人的观念，由轻蔑女人遂生厌倦。官感既过于放纵而疲困，实际又终逊于意欲之苛求，结果遂流入于悒郁之惨境。文人郭绝（Gautier）评得真确当："波德莱是在脑子里恋爱的！甚且变为情场沦落者！"在波氏日记中往往可以看见这种唯欲的倾向。

想象既因官感之疲困而颓唐，势不免趋于杜撰或伪造了，甚且利用一切兴奋剂、酒精、鸦片亦所不避。这种对于杜撰的倾向，岂非精神上一种邪道么？

波德莱之致命伤就是他浪漫的个人主义。假如个人要逃脱社会之支配，跳出法律之范围，而退隐入内心之中；假如他以自身为本体，为目的，为宇宙之焦点；假如他把自己的生命当作一张琴随意弄奏以发挥其自我，那么他势必渐次流入罪恶之斜坡了。但是波德莱尚未曾坠落到这等田地，因为他天赋有高尚伟大的人格呵！我们所要说的不过是根据逻辑的进程，指明个人主义所不免犯的罪恶，假如没有一种精神生活或坚实的教育来调剂，结果是个人自我之破产！个人意志之毁灭势必连累精神和肉体之崩败！波德莱就是一个例子：他徒然保存他清晰的智慧和童贞的心灵。每当他欲振作起来反抗他的沦落时，苦难与疾病（二者都是他自作孽的）始终阻挡他翻身！

我们从大诗人巫塞（Musset）所著的《一个现代童子的忏悔录》中可以看出法兰西当时的社会心理。大革命与拿破仑帝国崩毁后，一般青年的心理中隐含着两种病态元素：一方面是恍然失望，因为他们对于人类和社会的好梦都全盘打消了；他方面是一种找不到头的猛烈冲动（这种现象恰似吾国现在一般青年对于革命之失意而颓唐无聊一样）。因此遂产生一种强烈的厌世观念。波德莱是直接受这种思潮之影响，甚且演成个人的闭关主义，因为自我是吾人最后之逃遁所，假如一切大革命和大希望都消失了，那时心灵之烈火既已熄灭，一切毅力亦愈汹涌集于脑海。波德莱便是自捐其身心于精神的热症，为厌世和鄙视人类的观念所牺牲了！我们试把这种现象转移到情感生活上便可以重新察出鄙视女人的观念，同时自利之心非常发达，并假借酒色欲海以扑灭胸中之烈火似的冲动！巫塞尝谓："昔时一般青年对于爱情之崇拜无异于荣光、宗教！这是一种老痴梦！"大革命后一般社会心理对于爱情既如斯轻蔑，于是许多少年英俊咸联翩趋青楼，以歌妓美酒自娱而已。波德莱的情感生活就是开端于歌楼，妓女的愚痴狂莽常引起他的轻蔑与厌恶之心，久而久之他竟把妓女当作一切妇女一样。他在日记尝说："每狂荡了一次便觉得愈孤单，愈被人遗弃。"

上面我们曾经说过像波德莱这种人既患了过于自利的毛病，势必过于自析（analyse）而损其身。其实这两种毛病是互相牵引的。

假如一个人时常向内心蜷缩，高坐于巍不可登的个人主义之巅，宛如象牙塔上，消沉于自我之反省中，对于痛苦或快乐不过当作感觉而已，那么这个人因受个人主义之支配势必沦入不绝地默自分析自我了。因此遂演成一个重复的自我：一个自我正在感受痛苦或快乐，旁边另有一个自我冷眼观察着。自我遂变为自己的试验场了。自己同时好比是一个按脉的医生，同时又是病人，正受热症的燃烧而打颤。智慧若愈高明，审判若愈切当，自我之分析亦愈冷酷无私！自己对于个人的思想行为一点也不放过：假如无力实行自己的意志，这种自我的分析是非常可怕的，甚至于怀疑到自己的诚恳与否！力行个人主义竟把个人分析得七零八落了。今试重说一句，假如个人主义是为一般失望而厌世者之最后逃遁所，假如一条隧道直抵象牙塔之基础，霹雳一声炸药爆发，那时还有什么余剩呢？那时只好凄然收拾自我之残砖碎瓦，就是集齐故宫之断片亦不足以重建一茅屋了！

这还不算了事！波德莱既是个大批评家，同时亦不是个庸常的心理学家。他具有诗人、病夫、艺术家、情狂人之灵敏超绝的感觉，他的感觉就襄助他的智慧一齐去分析他的自我，他所受的苦痛正如他诗中描写的：

我是伤口和利刃！

我是巴掌和面颊！

我是四肢和车轮，

受刑者和刽子手！

在他，一切官感都变为分析之工具。他那种冷酷的观察，神妙莫测（这是诗人最主要的优点之一），对于他最微细的感觉、思想、行动，丝毫都不放过的。

这种永自分析的态度对于他的情感生活究竟有何影响呢？结果是心灵之永久孤寂！

心灵之永久孤寂和需要填塞内心之空虚。这种空虚，就是因为从来没有爱的机会，加之智慧和意志又禁止他表露真情，即是说阻挡他献自我和忘自我。

波德莱因为对于自身过于搜罗探讨，遂激醒起内心中沉睡的青年，甚至于令他呼号流血。这个青年就是他内心中从未污损的天真，爱与求爱，献身与求生之本性。

但是这位青年一经唤醒后，态度极其强烈，要求他的本能之伸张。波德莱那时既觉得他从未恋爱过，同时亦觉得自此以后爱情是他唯一的最后超度。

他于是决定宗旨，出去寻求真正的爱情，但是他重复的个性又从中阻挡他进行，引起他许多迟疑廉耻、虚假的傲气，对于耻笑和空梦之恐惧，怯懦之心和怀疑他自己的诚恳。

但是他的犹豫心终斗不过他的冲动。他本来不认识女子的性格，但心中跃跃欲试，偶然逢见第一个女子就把全副心肠献给她，只要她善于花言巧语！一旦陷入圈套中，女子就可以利用诗人的幻想、习惯、怯弱来羁绊他，同时他亦不愿摆脱女人之缚束，以为中途抛弃一个女子，总是很不名誉的举动。所以他对于所恋的女子无论她是好坏，始终仍抱着责任心不忍鄙弃之。

他这种对于爱情努力的结果，势必误入迷途，因此还有更厉害的沦落。

年华愈飘过，苦难疾病愈剧烈，求爱之需要和求情来超度之心亦愈紧急。想象受了狂热的刺激遂兴奋起来，波德莱因为要反抗他自身的颓唐堕落，反抗那迷魂的酒色和无耻的妓女，遂运用他的智慧和心灵，集中他痴梦的魄力和超凡的病态的抽象力，综合起来，臆想出一位世外的、清贞的、全善的理想美人。

他这种希望到底可以实现否？波德莱卒之遇见一位非凡的女子，她的社会地位、教育、智慧、心情、姿色，样样都比波氏素所往来的歌女、舞伶、黑美人及一切妓女高尚得多，他胸襟顿时充满了狂热的爱情。后来他所思慕的女子竟张臂拥他入怀抱中，那时他把平素所理想的美人和他怀中人静悄悄地对照一下，薄命的诗人不禁大失所望，他最后的好梦亦随之而消散了。

这便是精神上最厉害的刑罚，想象与智慧对于心灵最厉害的报仇，因为内心已经是空虚，一切官感亦已疲乏、崩败了。

根据这种情形可以知道波德莱虽如何诚恳去恋爱，但是他始终不能抱率直、坦白的态度去恋爱。他胸中所蕴藏的诗人、艺术家和他自身是一样需求爱情的。诗人遂把种种梦想幻象来迷惑自己，弄得终身受亏。想把个个女子，无论杂色妇或赭发的俗女都当作天仙、诗娥，那是非常失意且危险的。结果是把一切庸俗、愚痴、丑恶，全数披之以神女的衣裳。假如那位被诗人恋爱的化装恶妇善于蛊惑，她很可以乘机欺负诗人，从中诈取多金。艺术家只空梦想着形体之美也有同样的错误，他若是恋爱一个女子不问她的品性如何，只顾到她的姿色和肉体而已。凡是真正的天生诗人艺术家在生活之变迁中总不免要受亏的。这种观念很能引起人对于生活、世界、爱情之种种误会，这是欧洲十九世纪智识界最大苦难之一。

但是波德莱终可得救，他的灵魂是在诗歌中、艺术中、美育中得了超度。因为他是大艺术家又是大诗人，他的精神时常可以超出他的自我，把个人的痛苦和人类之永久痛苦相混。他的天才已拯救他脱离个人主义之范围，他的痛苦无意中亦已解脱自利观念之羁绊。他生命中之两次恋爱对于他虽如何残酷、悲伤，可是很有影响于他最动情的诗歌。他未尝把自身贡献给他那些情人，他倒把精神转送给人类了。大概他也曾预料到这种结束，《仿圣书》（Imitation）中有云："爱情是永久要高超的，它决不愿受微细琐事之羁绊，它是好比热烈的火焰突出一切障碍之上。"

波德莱之情歌已如火焰清涤他一切庸俗的恋史而且光大之，因为他所恋爱过的女子其实没有一个是配得上他的。但是他把他的情人全数化为神女诗娥了，在她们怀抱中他只恋爱他的好梦和幻想，这种幻梦遂酿成他的不灭的真实。他的诗歌是也。

二

波德莱生平只有两个情人，一为黑妇詹娜·都娃儿；一为白妇莎巴绝夫人。

他刚从南非洲吓哩屿回来，首先就认识这位黑妇。他这种异乡姿色之嗜好确是旅行中传染来的，亦即是他第一次缠绵的远因。黑妇之身世如何呢？她是黑白的杂种，在巴黎小剧场上卖技为生，据当时的人说，她的姿色是很平常，她唯一可以自骄之处就是因为她是黑色妇人，这种人在十九世纪上半期的巴黎是不可多见的。据一位朋友说，波德莱认识这位黑妇是很偶然的：一晚，波氏偶游某小剧场，猝见许多无赖醉汉正欺负一个黑妇，他赶忙向前排解，并用前代之老礼节，敬献其手臂，挽护弱女回家，后来就缠上了。她自始至终都是波氏生活中之吮血鬼。

无论物质上或精神上这个黑妇委实是波氏的僵尸鬼。她天性轻佻、残酷，她时常背叛他，拷榨他。同时她有黑种人之通病，酷好喝酒精，甚至于患了瘫疯症，波氏不得已送她进疗养院。直至诗人之末日，她还有方法骗取他的金钱。她一个人剥削他还不够，有时甚且添上她的小弟一齐来分食他的薄产。因为情感的关系，或习惯之缚束，波氏既不能离弃她于壮健之时，现在看见她害病更不忍舍，反抱起责任心，要始终维持她了。在他的秘密日记中时常可以看见这几个字"我的母亲和詹娜……詹娜的病……"观此可知波氏对于情人和老母一视同仁，詹娜在他心中是生平的大责任。波氏每次写信给她的态度好像慈父告娇儿一样。他这种敦厚忠实的态度，确是他性格上之美点，并可以挽救起他许多沦落。

波氏究竟恋爱她的什么？她的姿色？许多公证人的话颇不一致。诗人班威儿（Banville）尝这样描写过詹娜："一个身材高大的黑妇，棕色的头，非常壮丽、天真；黑发鬌皱得极其猛烈，她那如女王的举止含有无限狂热的娇媚，并且浑身带着一种不可名状的神圣和禽兽的态度。"班威儿是诗家，又是波氏的朋友，他似乎只在波氏神妙的诗镜中窥见他的黑妇，实际上未必是这样神美。据别的公证委实没有这样恭维："一朵壮丽的头发便是这位鲁莽、淫荡的黑妇之唯一姿色。"后说似较切当。

这位妇人的身世姿色不外如此，但是她在波氏生活中宛如猫头鹰霸占着一个空巢。在日常生活中她靠近火炉旁，蹲坐一把矮交椅上，默然无语，波氏和许多朋友抽烟谈谈艺术、文学，以奇僻的论调相娱乐。有时她的情人或令她默写诗句或令她抄写波氏之近作。表面上似乎没有多大关系，但试读《恶之华》诗集便可以看见黑妇对于诗人影响之深远！她确是波氏之诗神。在那苦恼凄惨的生活中，波氏曾假借她的魔力酿成几篇绝妙的杰作。在《恶之华》诗集中有好几首都是直接描写这位黑美神的。兹举其诗中之大旨而已。

波氏从黑妇身上得来的情感是属于黑暗地狱的情感：

> 我崇拜你如黑夜的天空，
> 呵悲哀之瓶，呵伟大的黑妇，（见《恶之华》集第廿四首）
> 荡妇！厌倦使你心残忍。（见第廿五首）

在她身旁，波氏宛如在坟墓中，爱情噬食他如无数蛆虫围攻一具腐尸。他留恋他的情妇完全是因为习惯过深牢不可拔了：

> 贱妇，我被你缠绵，
> 如囚犯之于铁炼，
> 如拗执的赌徒之于博，
> 如醉汉之于酒瓶，
> 如白蚁之于腐尸。（见第卅一首）

黑妇好像一张利刃插进诗人的"呻吟心中"。她强悍如一群妖魔，把诗人受屈辱的心灵霸占着好像她的床第！简言之，她确是波氏的僵尸鬼！她时常灌注给他一种沉沦的情感。

波氏之所以爱黑妇之缧绁并非如烟酒之徒全因习惯所致，他恋爱黑妇是因为不忘异乡风趣，想在她身上重求一种回忆，并唤起诗人的种种幻梦玄想。非洲、印度、亚洲和一切辽远不可见的异土都能引起他无限羡慕、伤感，并可激起他的诗兴，发表出狂烈的追索，这位黑妇的芳气，她深蓝色的浓发之异香中波氏可以默索到海船，炎烈阳光中之沙坝和热带上阴湿的森林：

> 萎靡的亚洲和炎热的非洲
> 一切辽远，垂毙的疆土，
> 皆丛生于你芳林之深处！
> 蓝发，黑帜的凉亭
> 你化青天为无边而浑圆，
> 在你柔软的卷发上，
> 我心如焚，迷醉于椰油
> 麝香，柏麻混杂的芳气中。（见第廿三首）
> 当温和的秋夜，两目紧闭，
> 我深吸你暖乳之香气，
> 瞑视那幸福的海岸连绵不已
> 单调的太阳炫耀其地，
> 被你香气引往乐土去，
> 我望见一座帆樯林立的海港。（见第廿二首）

因为在波氏心目中这位黑妇好像是一艘海船，载他冒暴风巨浪飞驰向他梦想和回忆中之灿烂的黑人世界，但同时又是因为她是个"悲哀之瓶"，这种不洁之波含有血、泪和死之苦味。詹娜，这位生于圣多孟（Santo

Domingo）的杂色妇应该看作是波德莱生平最大的暗示者。他和这位黑诗神一直沉沦到地狱之底，即是说缠绵到这块遮掩虚无的碑石之下！

但是虽在他精神的地狱中，波氏对于爱情之希求反格外狂热。在"一夕我和个狰狞的犹太妇同床，如死尸僵卧死尸旁……"这句诗中可以看出波氏对于黑妇虽欲哀求半点真情而终不可得。可是在这种黑暗的生活中，波氏仍然准备再做一场好梦，仍然还想把再遇见的温柔女子化为圣母，只要她有点姿色及温和的性格，就可以安慰他精神上的苦恼。他有一封信可以做证据，一八三二年秋，波氏在艺友家中认识一位玛丽夫人，一个模特儿。一天他竟向她表示热情。她答以此心已有人在，波氏遂不再敢见她了。我们对于这封信应当详细研究一下，因为它可以指明波氏在爱情中之渴望和神秘的倾向，同时指明波氏正在反抗他的放荡生活，反抗那位詹娜黑魔，并可证实我们对于波氏心理之分析。这封信的美妙诚不亚于一首长诗。

波德莱愿意牺牲他的狂情、意欲，他愿意不要求什么，但望玛丽允许他重来会面，因为她是他苦难中之救星、悲哀中之安慰者、最后逃遁所和精神上唯一之超度。这封信的结束如颂歌、祷文：

"我跪求你回来罢，我固不能对你说我此后当忘情于你了，但是你可无须阻挡我的精神回绕于你的手臂，你那双美丽的手，你那对栖止生命的眼睛，你那身可崇拜的肉体。不，我知道你决不能阻挡我的；但是你可以放心，你是我所崇拜的神，我绝对不能玷污你的，我可以时常看见你像从前一样光华。你浑身是何等慈祥何等美丽，而且何等芬芳可闻！在我，你可象征生命和动作，不单因为你敏捷的举止和强烈的态度，而且还是因为你那对眼睛，能默示诗人以不朽之情感。我当如何向你表示我敬爱你那对眼睛，我当如何珍重你的美色？你的姿色包含着两种矛盾的娇媚，但是在你，却一点也不冲突，一为儿童的娇，一为妇人的娇。望你相信我罢，我倾心和你说：你是一位可敬爱的神品，我恋爱你确是极其深切。我对你这种缠绵是清贞无邪的。无论你乐意否，你此后是我的神符，我的魄力。我爱慕你，玛丽，这是不可讳言的。但是我向你所感受的爱情是耶教徒敬爱上帝一样：这种非肉体的神秘的崇拜，这种清贞甜蜜的牵引，双方之神交，是不能以尘世可耻的名词称之，否则未免渎圣了。——我已经是死了，你令我复活。呵！你哪里知道我是多么感激你！我曾在你天神的顾盼中汲取美妙的欢乐，你的眼睛尝默启我心灵之福和一切最完美最微妙的事物。你此后是我唯一的女王，我的狂情和我的美人，你是我的血肉受神圣之襄助而化生的。有了你，玛丽，我可能强健且伟大。好像柏特拉克（Fetrarque），我当诗化我的罗儿（Laure）使你流芳千古。愿你做我的卫神，我的诗娥，我的圣母，且指导我到美之路。"

谁敢怀疑这种天真神秘的宣言是不诚恳的？这封信确是心灵中翻醒来的青年所说的话。这位青年假如失了宗教的信仰亦仍保存其耶教徒的感觉。

他对于玛丽之希望和要求卒完成于莎巴绝夫人。后者可以说是沉沦的诗人之救星。

但是莎夫人实际上决非波氏所理想的那样天真神圣，她是一位聪明、伶俐、温良、绝美的妇人：壮美如希腊雕刻的女神。兹引郭绝夫人所描写她的话来考证一下："她的身材颇高大，异常匀称，四肢极其婀娜，纤小丰满的手煞是可爱。她的头发极其丝软，色如赭金，自然卷成如浪条反光。肤色鲜明纯洁，脸部曲线端正带着一种慧悟伶俐的气象，小嘴总是微笑着。她那种胜利的精神使环境充满了光明和幸福。"但是遇着她不爽快的时候，她的形神中便泄露出一种俗态。龚古弟兄曾很冷酷地批评过她："天性粗鲁、卑鄙、下贱，这位无耻的美妇人可以说是'野神的卖酒娘'！"郭绝夫人和龚古弟兄的评语都各有偏见，折衷起来较为切当。

莎巴绝夫人原来是某银行家的外妇，出身既不十分上等，所以和她交游的多半是文艺界中人。她的客厅可以说是当时智识界中最有声誉的！文豪、艺术家如大仲马、斐多（Feydau）、郭绝、墨商尼野（Meissonier）、巫塞佛罗伯（Flaubert）、布悦（Bouihet）等都是她的熟客。她尝为画家或雕刻家的模特儿，她自己也很可以画两笔。她的沙龙（客厅），她的姿色和她所影响的作品都适足以增其声誉。她还有一种长处——善于引人谈话。"或以秋波或以微笑，她时时鼓励来宾的聚谈，大家谈到有趣的时候她乘机嘲笑一下或点首称赏，弄得大家分外高兴雄辩起来。"（见郭绝在波氏全集之序上）

波德莱第一次遇见莎夫人就感受了一种很深刻的印象。波氏向来只和妓女交游，猝然遇见这位才貌双全的莎夫人，其感触宛如雷电掣心！那时波氏的情感正发生剧烈的变化，意志异常颓唐，欲求玛丽拯救又被拒绝，满腔热情无处倾泄。现在遇着莎夫人，他就情不自禁把往昔恋爱玛丽纯粹无私的热忱转送给莎夫人了。他觉得生平的理想已经在莎夫人身上猝然找得了：肉体的理想，则有端庄、沉静、洁白，希腊式的美；教育的理想，则有文雅娉婷的姿态；智慧的理想则有活泼灵敏的天资。总之，波氏往昔邂逅恋爱中所缺乏的美点，莎夫人则统而有之，无怪乎波氏仰慕她宛如乞丐向女王！

我们这种说法并非过当，诗人对于他的新的偶像之爱，是一种神秘的爱情、一种崇拜、一种宗教。他的一切天真和幼稚的态度都表现其中。他对待莎夫人简直像一个情窦初开而胆怯的中学生！一连五年他雪片似的暗送匿名情信和诗歌给莎夫人，可是这些诗歌却不是幼稚的诗歌，是《恶之华》集中最精彩的诗歌！他的匿名情书起于一八五二年十二月九日。头一封用杜撰的字体，其大致如下："深挚的情感是坚守着贞操绝不愿被人侵犯的。不署名岂不是这种不可污蔑的贞操之明证？"并附有《告那过喜儿》一首被法庭裁判的诗。这诗中之傲慢无礼惟有胆怯者奋不顾身时才有的态度。

一八五三年五月三日诗人自维尔赛寄给她一首新诗《变迁》（Réversibilité）有句云：

　　欢乐的天使，你知道沉痛么？

五月九日那封匿名信便注明暗送这首诗的本意：

"我是像小孩子和病夫一样自私。我痛苦的时候才思慕我所爱的人们。平时我直接用诗来思慕你，写成功了我又情不自禁要把道首诗呈给所爱者一览——同时我又不敢出首，好像一个很怕出丑的人一样害羞。"

那时波德莱已经和莎夫人很多往来。某夜宴后他送她还家，乘机和她交换一点心事：

> 某次，仅有个可爱温柔妇，
> 你丰润的臂靠着
> 我的臂在我心灵之黑洞底，
> 这回忆犹未褪
> 夜深矣，满月横挂天空，
> 如一片新银牌
> 庄严的夜色，如江河吐清光
> 于沉睡的巴黎。

同时匿名信仍继续如故；

"无疑，他全副精神都趋向莎夫人。有了她的玉像在眼睛里、心灵中，他才能工作，同时闭目不看凄惨的实境，——他仍旧和黑妇一道，在肉体的拥抱中空求安慰，只博得一团怨恨和悲哀在心头。波氏心目中惟有莎夫人，因为希望取悦于她，故觉得他的努力是很甜蜜的。这数年中是波氏最勤劳的时期，他的《非凡史》之译本，美学的论文和那部《恶之华》集之完成都是这时期中的珍品。"（见郭绝评论中）

下面举出那几封信很可以表明波氏对于所爱者之态度逐渐变更，即在其诗中亦很可以看出波氏情感之迁移。假如他那首先几封信的语气带有十八世纪风流口吻，他那最先寄给所爱者几首诗的腔调总不免带点傲慢。有些太镇静太美丽的妇人固可令人敬爱，但因其美态过于沉静，同时亦令人生戏谑之念。可是波氏的情感日益清贞，神化而更加热烈。从一八五四年二月七日那封信起，莎夫人已经替代了玛丽而巍立于圣母之神坛上，不复似那位"过喜儿"了。她一变而为处女、天使，令诗人瞻仰祈祷而不敢染指：

> "我不知道是否有一天我可有那种无上的甜蜜，亲自和你谈起你对于我的魔力，谈起你的玉影在我心灵中发生的无穷灿烂。此刻我已觉异常荣幸，能够向你重誓，亘古以来未有像我对你所隐育的爱情更直白无私，更理想，更虔敬的了，也因为这种虔敬之意才始终隐瞒我的心情。"

一八五四年五月八日的信里说：

> "仍是一样可悯的习惯，胡思乱想和埋头匿名……因为我太怕你，才始终对你瞒着姓名，以为一种匿名的敬爱——这种态度在一般世俗人的见解中也许当作可笑——到底是纯洁天真的，决不致搅扰人的安宁并且是在道德上远超乎一切愚痴虚荣的渔逐……你可不是——说到此处我不免有点自豪——世上最被爱的而且是最被虔敬的人儿么？总之为你解释我的沉默，和我的狂热（近于宗教性的狂热），我将对你说：当我心身坠入其丑恶及其天生愚痴之中时，我仍然深梦想着你。从这种兴奋而清贞的痴梦中常生出很荣幸的冲动——你对于我，不单是个最迷人的女子，而且是个最珍贵的迷信！"

这种匿名式的情书一连继续了五年之久，这是何等诚恳的态度！但是我们也可以推测莎夫人老早探出了匿名信的作者。等到《恶之华》集出版而且惹起了文字讼的时候，波氏才觉得非挺身向莎夫人表白不可。一八五七年八月十八日，文字讼已公布，波氏遂函告莎夫人：

"愚人固是情痴，而诗人尤其崇拜偶像……你是甚于梦爱的幻象，你是'我的迷信'，我每犯了一次狂痴，辄自语：上帝呵！假如她知道，如何是好！我每做了一次善事，亦不禁自语：这种行为或可使我精神上接近她一点……"

　　这封正式的情书结果却令莎夫人感其耐心敬爱而容受波氏了。这种无上的贡献反是她的错误。波德莱倒是首先不幸者，因为他的心灵虽清贞少年，但躯壳已经是老病了。那位尊严的圣母一下了神坛来就他，反变为一个妇人，和别的妇人没有二样的姿态，这是何等失望呵！诗人首先在梦想中构成的意中人而今已实现为肉体了。他不再能恋爱了，而五年来哺育着的秘情遂夭折不可救药了！他猛然省悟遂从此绝交，那封断情书至今读之者亦不禁酸心：

　　"昨天我曾告你：'你将忘我，你将叛我。'取悦于你者将令你生厌——而今我再进一步说，以心灵想象的事物为真实者是像蠢材自作孽当受苦——你看'我绝美的爱人'我对于女人确有许多卑鄙的成见——总之，我已失了信仰心——你的灵魂是美的，但仍是女性的灵魂。"

　　再看下段，简直是沉沦者之哀号：

　　"前几天，你还是神，那是多么妥当，多么美丽，多么神圣不可侵犯，你而今变为妇人了。——假如我不幸要嫉妒起来！呀！一想到此就寒心了！但是像你那样的人儿，逢人便微笑撒娇，那不令人受苦如殉教徒！"

　　波德莱终于退让，结语：

　　"总之，随便就是。我已经是有点听天命者。但我所深知的，就是最怕狂情——因为我洞悉狂情和其一切丑态——那个支配了生命的深爱的幻影而今已变为太动情了。"

这种不幸的分析精神和这些复杂矛盾的情感势必引起诗人心灵与智慧之对垒，结果是摧残了贫病无倚的波德菜，仍是他个人受殃！

波氏从这个好梦中跳出来恰似脱离教堂的人一样，自忖已失了信仰，再也无魄力来诚心信仰了。但是表面上看去，波氏确是上了大当，在诗人的心灵中，莎夫人之恩惠不在乎最后之献身，而在五年之恋爱时期内，时常默示诗人以高超不可喻的情感，冥冥中清涤了波氏自认为污浊的心灵而完成他那部绝世杰作《恶之华》！这是天才诗人经了许多磨折后应当享受的最高报偿！即恶之华集中就可分出莎夫人的范围，所谓白诗娥（Muse Rlanche）者是。诗人自认是莎夫人把他救出地狱脱离那残暴的黑诗娥之毒手。在他，莎夫人是苦海中之天使特来援他出黑涡漩，在其间他仿佛望见了天堂之灿烂光明而生向往之心。

诗人一方面把她当作古希腊美之化身以自慰其怀古之渴念：

> 呵众生，我是美如石梦……
> 我胸，无人不消磨于其中，
> 生来为诗人播情种，
> 如物质沉寂而无穷。（见第十七首）

他方面诗人又把莎夫人代表了精神美之怀念，且超度他脱离丑恶的淫秽：

> 曙光，苍白，鲜红，偕那
> 噬人的理想闯进色魔家，
> 复仇的神秘猝然而来，
> 在那睡兽中惊醒个天使。

精神的苍天不可向往，

忽启忽没如惑人的深渊，

沦落人对之而悲痛复醉梦，

敬爱的天后，清贞光明者。

在那狂痴的酒色场，蒸蒸残有上，

你的回忆分外光辉，淡红，娇媚，

对我瞠目而飞舞不已。

阳光已晦黑了烛炎，

灿烂的灵亦如斯，你幻影

永无敌如不灭的太阳！（见第四十六首精神的曙光）

　　"噬人的理想"这是多沉痛的口供，波氏正深感到这种隐痛，在他那封断情信上足证诗中之真实：肉体和心灵到了崩坏的时候，意志万难再服从智慧之指导了，只好瞠望着那"不可向往的苍天"任其牵引，蛊惑如迷人的深渊，四肢无力如打倒者只能仆地受苦痛而已。

　　这种灵肉的搏斗，心首之对垒，古代的耶教徒也曾尝过，东方僧侣亦所不免，但是终不及诗人波德莱之复杂深刻猛烈！要了解百年来所谓世纪病，要洞悉近代心理之复杂神秘，波氏的情感生活及其杰作《恶之华》是绝妙的研究资料。

一九二八年秋

原载《亚波罗》1928 年第 2 期

法兰西民歌研究

一

在纪元前五十年间，现在号称为西方现代文明之花的法兰西民族还是榛芜时期的高卢部落，风俗习惯无异于今日的猓猡，纯以渔猎争斗度活。那时他们并没有什么真正的艺术，只有手上的武器和洞中的粗陶，也没有什么文字，只有啾啾的鸟语和呼啸的兽吼。所谓文学，只有战斗时的口号和恋爱时的情歌。他们的歌谣如何，因无文字记载，亦无从考据。就是在罗马总帅凯撒征高卢的笔记中，也不过是描写他们的特性和风俗，偏于政治意味，缺少文艺史料，殊为可惜。

自罗马的铁骑纵横于高卢的山野，把各部落的酋长为阶下奴之后，骁悍的高卢民族才初受文化的洗礼，荒芜的原野，转瞬而现出铜墙铁壁的城市，水道公路，如蛛丝密布于莱茵河之南，英伦海峡之东，堡垒驿站如星罗棋布，支配着全境，不数十年，就把犷野的蛮族统治得像羊群一样驯服，变为罗马帝国的顺民了。族中的领袖，首先就教于主人之前，抛弃高卢的蛮语，而学习罗马的官话，拉丁语就尊为正音；韦尔济尔（Virgile）、荷拉斯（Horace）诸氏的杰作，都是他们的诗经了。

二

一种强有力的文明民族，对于某种未开化的同种民族，施以军事政治宗教文化的压迫，往往可使后者失却抵抗力被征服而同化了。汉族之于苗族，是最明显的史实，这也是黄种人缺乏个性的明证。可是高卢人经了罗马帝国数百年的统治以后，尚能恢复其固有的民族精神，脱离罗马的教化而另树一帜，是为今日的法兰西。帝国的崩毁，固然给予高卢人独立的机会，但是个性的刚强，也是民族自主运动的原动力，欧洲多国界，或许要溯源于此。法兰西的建国动机也是本乎白种人爱好自由的天性，不能作为例外。

罗马帝国受日耳曼蛮族的蹂躏而东迁后，高卢人同时也受法兰族（Francs）的侵略。新兴民族的加入，遂唤起被征服者的自主精神，查力曼大帝异军突起，建树了西欧新帝国。但是，民族精神的独立，远不如政治军事那样容易。政变暴动，那是一朝一夕的事体，文化的建设，是千百年长时期的努力，法兰西在十世纪以前，虽曾建立了雄伟的国家，但所谓文化也者，仍是承袭罗马的遗产，连文字还是用拉丁文，文学更不消说了。

那时所谓民族意识的表现，只有拉丁语和法兰土语混合的民歌，这类民歌假借浪歌者（Troubadour Trouvéres）的传播再经时代的演化就成为后来的法兰西诗歌与文学。所谓中世纪的罗曼文学（Roman）即是当时法兰西南部几省流行的官话和民语的混合品。这些可敬爱的浪歌者，受了南方太阳的恩惠，就好像黄莺儿长歌于四方，漫游诸侯的宫廷城市，无意中由赞颂民族英雄的伟迹和咏述民间诙谐的故事，就促进了民族意识的统一。民歌势力的伸张渐次摇动了拉丁文学的权威，等到土语能够溶化官话而成为新语新歌的时候，真正的本国文学也就产生了。这是十世纪前后的现象。

三

法兰西中世纪的民歌，多半是属于英雄赞（Chauson de Geste），最著名者就是举世皆知的《罗郎歌》（Chanson de Roland）。那时的民歌忠实地反映着中世纪战争攘夺的时代精神。在歌咏英雄之中，同时突出了咒诅战争的哀吟，《卢诺王的传说》（Legende du Roi Renaud），也就是这种意识的代表。十三、十四世纪的民歌虽然继续赞颂英雄，但远不如前代之狂热：他们的英雄是多情的骑士，甘冒万险而博美人的欢心。爱情战胜权威，是初次表现女性在诗歌上的魔力，葡萄酒的歌咏是祖国乡土观念的诞生，非难王侯的暴虐，暗示着民众公理意识的启蒙。这两世纪的民歌态度上比较自由，在内容上表示民风渐趋于温柔，在形式上更为纯熟与谐和，脱离拉丁文综合的型典，而趋于法语分析的构形。《反对水》（Contre l'Eau）、《变象》（Les Metamorphoses）、《美丽的鼓手》（Zoli Tambour）、《被禁的女郎》（La Filleeufermée）、《美丽的玛格丽德》（La Belle Marguerite）都是这时期民歌的代表作。

四

十五、十六世纪是文艺复兴时期，也是民歌极盛时期。那时法文已臻完美的境界，龙莎（Ronsard）诸氏的恋歌，可上追罗马的荷拉斯、伯突仑（Pétrone）、阿畏德（Ovide）诸家的风韵。举国上下对于民歌的兴趣，不亚于高贵的文学。印刷的发达，竟使民歌由口传而为专集，遍布于境内，民族的意识也愈加融洽统一，这是和政治的集中——由封建而专制——国基的巩固有共同的趋势。这时期的民歌，最普遍的色彩就是爱情的歌咏，尤其是爱情的胜利。我们只看见情郎轻描他的恋中苦，将被幽禁的美人公然宣布有所欢而听从爱情的呼唤。他们失了宗教的信仰，只慕现世的欢乐，恋爱是他们唯一的人生观，民歌就以此为主题了。此外又还有一种新的对象，就是政治问题，无论王朝的权威如何尊严，巴黎的十字街头和农村的陋巷中，黄昏静夜的时候，隐约可以听见不平的歌声，民族的审判力又更进一步了。《诺蒙歌》（Chanson Normande）、《无所谓幽禁》（Point de Couvent）、《父亲做了个池塘》（Mon péré a fait faire un étang）、《枕头》（Les Oreillers）、《鲁昂妇女的新歌》（Chanuson nouvelle des Dames de Rouev），这几首可以代表文艺复兴时期法兰西民歌的情调。

五

十七世纪初叶，民歌犹袭前代的遗风，巴黎的奴夫桥（Pont Neuf），是贫富贵贱各阶级的娱乐场，内地的歌者都在那里卖艺，颇有特殊诙谐的风味。路易十四王朝崇尚唯智的文艺，戏剧风靡一时。纯粹的诗歌渐失了固有的地位，民歌也因此而减色了。明王晚年权威日衰，民众才渐次抬头，甚且公然嘲笑老王末日的颓风，这是何等胆量！十八世纪初叶摄政朝代，一洗前王严肃的风气，解放心灵，群趋于享乐，民歌又以恋爱为对象了。但这时期的大众心理并不像古人那样庄重，对于恋爱已无神圣的观念，而认为交际的游戏，爱情都含有三分脂粉气象，就是真正狂热的情感，也只好轻歌低吟，惟恐对方加以冷眼，而惭愧无容身之地。这种浮薄轻佻的风气，也产生了不少巧妙的情歌。路易十五当朝，更以身作则，纵情放逸肆无惮忌，公然宣布《朕之后即为洪水》以自豪！那时民歌一面反映时代的颓风，一面暗示庐骚回到自然的趋势，又一面则勇敢地攻击末朝的无道，这是大革命的前夜了。这二百年间的民歌，质量都很可惊人，不胜枚举：《贱女》（La Vilaine）、《月光清明下》（Au clair de la Lune）、《且慢》（Tout doux）、《玛丽安到磨坊》（Marianne sev allaut av Mouliu）、《天呀玛丽容》（Corbleu Marion）、《马尔卜路》（Malbrough）、《我有好烟丝》（I'ai du bon Tabac）、《好王达哥北》（Le bon roi Dagobert）诸篇可为代表作，其余从略了。

六

大革命爆发后，在巴斯第监狱的毁址上竖起一面牌匾大书——"在此跳舞"。其实当时的巴黎，无论任何十字街头或公共场所，都可以大书"在此歌舞"！非常的时期和狂热的心理最适于民歌的发达。此时民歌的作者，或为无名氏或为知名的文人，作风都是一致倾向于新政府，大家歌颂革命的成功和自由的实现。《短衣舞》（La Carmagnole）、《行得》（Caira）、《自由帽》（Le Bonnet de la liberté）、《行军歌》（Le Chant du Départ），这几首都是当时最流行的革命歌。恐怖时期的残杀固可以满足一时的毁灭性，但是天良终在人间。无辜的血流得太多了，民众起了反感，议院中一弹打碎罗伯斯悲的下巴，恐怖才宣告终止。《民众的觉悟》（Le Réveil du Peuple）就是不平的呼声。

大革命后，由会议制而独裁，而帝国，而复辟，这三十年间的舆情，也是千变万化随政潮而易色，民歌也是密切地反映大众的情调。忽而兴高采烈，忽而失望悲哀，忽而愤懑怒骂，忽而崇拜英雄，忽而好梦永逝。直至路易十八的回朝，热情就此冰消灰冷了。

七

十九世纪上半期的法兰西民歌，可略分为两大派：其一是文人派的白郎哲（Beranger），其二是劳工派的杜棒（Dupont）、班西（Poncy）诸人。前者是极力抨击王朝的昏庸腐朽，后者是赞颂劳工神圣为同志申冤。两派的结果，就酿成一八四八年的大暴动。《民众的同忆》、《伊勿多王》（Le Roi d'Yvetot）、《工人歌》（Le Chant des Ouvriers）、《铁匠》（Le Forgeron），都是第二次大革命的导火线。此外文豪雨哥（Hugo）、巫塞（Musset）诸氏，也作有许多脍炙人口的歌行。

拿破仑第三世实行独裁的精神，对于民意不稍放松，民歌涉及政治者全被取缔。意志的自由只好回到不关痛痒的恋爱问题。小巧玲珑的情歌风靡于咖啡馆酒店之中：《唱呀诗人》（Chantez, Poetes）、《你识得爱情》（Connais-tu l'Amour）、《我们不再到林中》（Nous n'irons plus au bois）这都是帝国末日的先兆。

八

普法战争后，法兰西民歌各自成派别：爱国派有退伍兵德鲁烈（Déronléde），文人派有约翰利斯班（Jeau Richepiu），写实派有勃鲁昂（Bruaut），黑猫派有埃斯（Rene Esse）、山罗夫（Xaurof），蒙玛派（Montmartrois）有和格尔（Maurice Vaucaire）、墨西（Victor Mensy）、勃利华（Xavier Privas）诸人。近五十年来的民歌作者，都不是无名氏。现代印刷事业的发达，实不容匿名者缩头缩脑，一首好歌散布到社会上，就不成为作家，也要扬名了。

现代的工商业资本主义把全部分的社会意识都集中于城市。一切喜怒哀乐的对象和来源，都是在街头巷尾，农村生活委实冷淡消沉了。时代精神迅速的更易，可在时装时歌中探索。过激的变迁使人缺少反省，现代的民歌流于浮薄是不可掩饰的事实。

九

法兰西自中世纪以至今日，前后千余年间的民歌，数量方面固可惊人，在质方面，不但可以坦白地表现民族性，并且显示出各时代特殊的色彩。凡是读过法兰西历史的人们，若是看见一首民歌，总可以辨别它的时代。这是时代色彩浓厚的特征，也是法兰西民歌的优点。（次页附民歌二首）

附：译民歌二首

卢诺王的传说（Legend du Poi Renaud）

（一）

卢诺自征战回来，
手捧着他的肚肠，
他的母亲在堡堞上
遥望回来卢诺她的儿。

（二）

她一望见他回来
远远地去接卢诺：
"卢诺我儿，你可快乐，
你的妻子生了一个王子！"

（三）

"无论我的妻我的子
我心都不能享受了，
请你为我备张床
务使产妇不知情。"

（四）

刚到了午夜
可怜的卢诺就此气绝。
男仆们都呜咽，
女婢们都悲泣。

（五）

"呀！告诉我，妈妈，亲亲，
为什么我听见哭声？"
"女儿呀，我家马厩中
刚死了一匹最好的马。"

（六）

"这匹马我可不关心，
只望卢诺是康健，
卢诺若是征战回
更好的马都要送上来。"

（七）

"呀！告诉我，妈妈，亲亲，
为什么我听见人敲钉？"
"女儿呀，原来是木匠
正在修理我们的仓廪。"

(八)

"我们的仓廪我可不关心,

只望卢诺是康健,

卢诺若是征战回,

更好的仓廪还要做给他。"

(九)

"呀!告诉我,妈妈,亲亲,

为什么我听见有钟鸣?"

"女儿呀,原来是亨利王

御驾进巴黎。"

(十)

"亨利王我可不关心,

只望卢诺是康健,

卢诺若是征战回

更好的钟声有得听。"

(十一)

"呀!告诉我,妈妈,亲亲,

为什么我听见人唱吟?"

"女儿呀,原来是迎神

在房屋四周绕行。"

(十二)

"迎神我可不关心,

只望卢诺是康健,

卢诺若是征战回,

更好的迎神有得看。"

（十三）

"呀！告诉我，妈妈，亲亲，

今天我穿什么衣裳？"

"不要桃色，不要灰色，

选黑的是最适当。"

（十四）

"呀！告诉我，妈妈，亲亲，

为什么我这样哭呢？"

"女儿呀，我不便再瞒你，

卢诺是死了，葬了。"

（十五）

"地呀，开罢！地呀，裂罢！

容我追随卢诺我王于地下！"

地果然开，地果然裂，

那个美人儿，就此沉没。

变象（Les Metamorphoses）

——你若是再跟住我

像个情人，

我就变做鲤鱼

在水池中，

你再也得不了

我的欢心。

——你若是变鲤鱼

在水池中，

我就变做渔夫

钓鱼的渔夫

钓上那鲤鱼

在水池中。

——你若是变渔夫，

钓鱼的渔夫，

我就变做玫瑰花儿

在碧草地上，

你再也得不了

我的友情。

——你若是变玫瑰花儿，

在碧草地上，

我就要化身

为园丁，

采那玫瑰花儿

在碧草地上。

——你若是化身

为园丁，

我就变为星儿

在天上，

你再也得不了

我的欢心。

——你若是变为星儿，

在天上，

我就变朵云

白的云

跟随那星儿

在天上。

你若是变朵云

白的云

我得给你

我的欢心，

因为你可送

我到天上。

原载《民众教育季刊》1933 年第 3 卷第 1 期

欢迎萧伯纳的意义何在？

这次萧伯纳来华，并非负有什么国际政治的使命，不过是以私人资格和旅行家的态度来游历东亚。他德劭年高，旅途中不愿意受无谓的纷扰，先后已一再声明谢绝一切酬酢，尤其是演讲。加之，他来华的本意，不在参观整个的中国，也不在结交中国四万万的朋友，他是特意来游览中国的古迹万里长城，以娱晚年而已。但是，我们礼让的古国对于这位文豪的景仰欢迎，简直像十四年前欧洲人欢迎威尔逊大总统一样狂热，直把萧伯纳当作如来佛、耶稣、和平的天使一样崇拜。其实，萧伯纳自己也不便受人家这样地恭维，他是个世界文豪，他是个旅客，他是赤手空拳而来，并没有统带百万正义之师来锄强扶弱，替受辱的中国人申冤！老实说一句，他并没有把华人放在眼内（亚洲已是一片待宰割的荒土），他是来看古国的古迹罢了。我觉得他这次对付我们同胞的态度是凛然、爽快、可敬！

政界中人欢迎他，也许另有作用，不必穷究其底细，但是，我觉得他们是认错了人呵！轰轰烈烈地去欢迎他，至少是希望他说一句公道话，替中国人出一口气罢？唔，错了！他抱的是什么人生观，什么政见，什么主义？他敢说话吗？他敢和牛兰做朋友吗？他何求于我们呢，欢迎？太麻烦而且司空见惯了！我们所求于他的、和平、公理？由他的立场所说的和平，公理又不见得和我们的观念符合罢？他那能说话，他的老幽默只好劝他宵遁！假如他说了几句客气的公道话，又何济于危局？我们不要忘记他的正直呵！

文艺界中人，一向是景仰他的大名大作，这次借欢迎的良辰，来瞻仰他的丰采，亲聆他的教益，理由似乎是比较充分一点。但在相见之下，我们的文艺泰斗对于这位老师，有什么话可说？请教他戏剧的作法吗？幽默的妙诀吗？文艺家应当抱的态度吗？人生观吗？主义吗？凡此种种都是扰人精神的废话，我们尽可以在他的著述中找的，何必噜噜咕咕讨老人的厌呵！假如文艺界中人欢迎萧氏的意义也是带点民族国家政治的色彩，那又是和政界中人一样落空、失望、没趣。可惜萧伯纳不像托尔斯泰，否则大家都可以"认为满意"！也许有一部分人已经认为满意的。

至于新闻记者去欢迎这位老文豪，那是他们的职责所在，无怪其然。青年学子群集在码头上摇旗呐喊，无知的民众鹄立而看热闹，还是幼稚可原谅，但是自命为时代前锋的智识分子，兴高采烈地领导许多青年去凑热闹，那是未免自作多情了。请问在场的青年有几位是读过萧伯纳的大作的？读了的出乎自动而欢迎他还可以说是表示谢忱，没有读过的也是同样被拉进呐喊队里凑数，岂不是冤枉？欢迎是为看看萧伯纳的尊容吗？他不是千手佛，也不是怪物，并且他的相片已经在全世界画报上发表了不知几千百回，大家也是认熟了，何必虚掷宝贵的光阴，徒然自扰而扰人呢？

可怜的中华老民族，由老当益壮，进而为老当益稚，举国尽是老孩子！整个民族都变为一个抱病的东陵侯，凡是外国来的名人学者，一个个都当作是算命先生、医师、管辂、华佗！一登岸就趋之若鹜，大家战战兢兢地向他们问卜求医！一个失了自信力而不知自救的民族，天天只顾迎宾送客，逢人便问自己的国运，复兴的方脉，救亡的法门；顾此失彼，不知所措，结果，只是彷徨回顾，束手无策，将来还不是一个东陵侯的下落？

1933 年 2 月于杭州

原载《神车》1933 年第 1 卷第 2 期

文艺的水准

夜郎之谚，蛙牛之讥，古来已引为笑谈，毋庸重申的了。伟大的天才如当年的嚣俄，在一八三〇年间大闹浪漫派的擂台，但后代的定论还是推尊其晚年所作的"历代神话"才算是不朽的杰作，天才的成功犹如此之难，何况是可的凡才呀！吾国十余年来的新文艺运动，表面上，像煞百年前法兰西的浪漫派的声势，也是赫耀一时，大诗人、大小说家、大艺术家，一个个都是气宇轩昂，大有前无古人，惟我独尊之概。曾几何时，而今都变了寒蝉，无声无色，任时代的秋风扫荡而去了，所谓文坛的老将，艺宫的叛徒，无待乎后人之追谥，眼前已由演净而扮丑了，唉！夜郎呀，蛙牛呀，你们才是永久不灭的！

除了购彩票或贩毒品之外，世间绝无一本万利的企图，文艺园地更不容人不耕而获，就是终年劳苦操作的老农，也还免不了天灾人祸的恐怖。文艺若果真为时代社会的反映，那么，今日的文艺亦不见高明于今日的政治、经济、军事；今日的文艺界亦未便睥睨其他各界了。进而言之，新中国的政治军事经济之不敌外来的侵掠，实不足为奇。至于文艺，基于个人的修养，本可以奋匹夫之勇而登卓绝的境界与外来的文艺对峙，奈何"时无英雄，遂使竖子成名"，对外则黯然北而事夷，甘居臣妾的地位，文艺的水准如此之低，岂不哀哉！

今日的文艺界若尚以某种文艺作品为现代中国文艺最高的水准，吾人可不复谈文艺！吾人若不复以中外古今最高的文艺为水准，则新文艺运动等于一场无意义的喜剧。际此民族精神存亡的关头，但愿大家自勉，努力打破目前可笑的文艺纪录！

原载《神车》1933 年第 2 卷第 1 期

作《西施》之前后

今夏率全家避暑于东天目昭明寺，初拟乘山林之清净完成《香妃》就了事。抵天目旬日后《香妃》幸已脱稿，心灵如得了解脱，朝夕徘徊于瀑布与钟楼之间，颇感泉林之乐。但身虽逸而心不闲，一日（时为七月十七日）伴威廉在钟楼作画，面对万山抽着淡巴菰，清闲之中不觉自叹束手之无聊……威廉乃笑语余："作完《香妃》，何不另作一题？""题从何来呢？""住西湖已七年，胡不以西施为题？"余恍然大悟，惊曰："妙哉，妙哉！"心中如触电流，震荡不已，遂着手研究西施之性格及其他人物。考吴越之史籍莫详于吴越春秋是书内容残缺二卷，关于西施之记载仅寥寥数行，人物之事迹及性格均不详。此不朽之木乃伊如何使之复活？余无还魂之术，恐不胜任，仅就想象之所及，勉力为之。世人皆闻西施之美与误人国，亦知其为何如人？以西施之美与慧，岂无志与情乎？情与志之冲突又岂不可能乎？西施与范蠡俱亡之传说，实不足信，吾亦不愿以此为悲剧之重心，吾欲以西施自身之矛盾为焦点，即大义与私情之对垒，酿成壮烈之牺牲。

沉思数日后即动笔，写完三幕后，觉伍子胥之言行尚待考证，乃遣仆人回杭向艺专商借《吴越春秋》。三日后书至，遂续成第四、五两幕。计前后凡两星期始脱稿。剧中人物以伍子胥之言论较符史实，其余诸人虽多杜撰之处尚不失其本来之面目，惟西施建筑在心理上之变态，纯属想象中可能之人物，有生命与否，尚待公论。最近在城站旧书店购得明代阅世道人所作传奇《浣纱记》，乃一部《吴越春秋》之重演，颇堪注意，亦可与拙著对照，他日当详论之。

原载《艺星》1934 年第 1 期

《西施》（五幕剧）剧情说明

第一幕：会稽越宫前徘徊着许多看热闹的民众，但皆不知宫中有何喜事，在疑问之间，出来几个爱国的志士，大声怒骂民众的愚昧无耻，竟不知今天又添了一个国耻，因为越国不能以铁血洗夫椒之辱，反而献美人给吴王，岂不是耻上加耻？当时群众受其煽惑，皆迁怒于大夫范蠡、文种，几乎酿成暴动。越王勾践挺身出来抑制狂潮，以至诚，以大义责民众，于是暴徒仍为顺民，翕然信服。西施与郑旦就在万岁声中欢送往吴国。

第二幕：进吴宫之后，西施郑旦皆得宠，西施尤为夫差所爱，姑苏台上朝歌暮舞，几无宁夕，同时两美之间酿成争宠的明斗。郑旦为爱护吴王而责西施之狡诈无情，西施答之以冷笑，郑旦受感情的驱使，几致叛国告密，西施为报国，不得已用一片哭声，激怒吴王把郑旦排斥出去，西施从此专宠吴宫。

第三幕：君恩日日深，数年之后，心如铁石的西施，终不免被吴王的热情所感动，大义与情感，形成对垒，陷西施于矛盾的苦境，吴王虽百般抚慰，仍解不了西施的愁颦，吴大夫伍子胥早已看破越王的美人计，屡次谏夫差，皆不纳，最后冒万死，闯进馆娃宫，面责吴王之昏庸，一片忠义之辞可感鬼神而动天地，可是，好色的吴王始终不悟，子胥见事不可有为，投剑于地，怒骂而去。

艺专剧社演出爱国历史剧《西施》（林文铮编剧）

第四幕：残灯复明，夫差虽昏聩，经子胥苦谏之后，当时虽不纳忠言，事后回想起来，觉得子胥或许有点道理，一时兴奋，竟欲点兵再伐越国。此事西施不知也，惟多谋的范蠡早已风闻，且知越国兵力仍不足以抗吴，遂潜入吴宫，强迫西施履行使命，设计陷害子胥以除越国的大敌。西施虽爱吴王，终为大义所屈服，在似真非真、似假非假的啼笑之中，又把吴王迷住，子胥的头颅遂断送在吴王之一怒。

第五幕：在秦余杭山中一座农舍里，有一对老夫妇在慨叹乱世与荒年，忽然自柴扉外闯进一堆难民，都是由姑苏城逃出来的，饿得半死，哀求救命。就在老农妇预备施舍最后一颗芋头的时候，吴王与西施闯进来了。国已破，家已亡，堂堂的霸主也来尝农家芋头的滋味。西施此时，已无愧于越国而有负吴王的宠爱，只好悲啼忏悔，正在半吐真情之中，越王勾践率兵进来，西施无心受万户侯之封，宁死于夫差之前以自白。夫差最后才觉悟受欺，但对于已死的西施仍说：寡人终究不敢怨恨你！

原载《神车》1935年第2卷第10期

东天目见闻录

去年夏天在东西天目漫游了一星期，腿跑得酸痛，眼看得晕花，回来后，记忆中只剩下一片糊涂的影子，好像一场梦。旧梦重演是人生不可多得的乐趣，今年夏天特别热，乘机重游东天目，并且在昭明寺一直住了三十五天，真天赐也！这回把东天目的真面目稍为看清楚了，深山古刹中的僧侣生活也窥探得一点，现在就见闻所及，略述如次。

东天目的特征就是那座高耸云霄的钟楼，从山腰五里亭望上去，层层叠叠，古木参天，好像千军万马仰攻山尖上的堡垒。自钟楼下望则万峰环拱，愈远愈淡，与云天相混，所谓东天目的云海，就以此处为最妙的瞭望台。钟楼内设一座大铁钟，据说重约九千斤，物虽不甚古，音虽不如凤林寺的钟那样悠长，但每撞一次则万山撼动，声闻三十里外之青云镇，并且司钟的老和尚敲得很勤，无论日夜，每隔十分钟左右必撞一次。我每天必到钟楼望景，同时和那位老和尚闲谈，老和尚今年六十三岁，只剩两颗门牙，天真可爱。据说他在家时是磨豆腐的，三十岁就出家，不过削发为僧的原因，大概是磨豆腐不如念经清闲，并且一副臭皮囊何苦扰攘一生？大哉，敲钟的老和尚。

钟楼的钟声和早晚佛堂的诵经歌皆我所乐闻，只有无分昼夜蜂拥而来，锣鼓喧天的乡下人因求雨而来迎龙王的村夫，把整座昭明寺的庄严与穆肃气象都扫荡无遗！白天来闹犹可开着房门逃出寺外旷野之地去躲避，夜里在梦中忽然一片天崩地裂之声把你惊醒，多么难堪，后来，四乡来迎龙王的信士们渐渐稀少了，因为雨老不下！并且和尚们也不甚欢喜这班穷光蛋，只会闹不给钱！我这个食客也少受了一点滋扰，幸哉！有一天，忽然来了八名盒子炮队，威风凛凛进客堂里，随后便是两位长袍马褂的先生姗姗而来，方丈鞠躬如也，供奉得像皇帝一样。问茶房才知道是临安县太爷亲来迎龙王下山救世！据我看来县太爷不过顺便来山上享几天的清福，去时多添一顶轿子，轿中置一双玻璃瓶，内盛有清水，水中游泳着一条四脚赤腹的爬虫。于是卫队在前，轿子在后，浩浩荡荡，下山去安慰百姓也！

上面提及五里亭，现在且来谈谈五里亭的妙处：五里亭在山之半腰，建筑得格外华丽，木材是簇新的，墙壁是雪白的，韦驮的金身塑得十分威武，此亭之用不仅为行人之驻足乘凉，据说亭中尚有一位（或数位不得而知）神女晚上时常出现，专为安慰僧侣的岑寂和轿夫的疲劳。噫嘻！天目山的高耸，昭明寺的清幽，尚锁不住佛弟子之凡思？此亭普救僧俗，日夜有用，其为用亦大矣哉！天目的奇景奇事尚不止此，他日当续记之。

一九三四年十二月于武林门

原载《浙江青年》1935 年第 1 卷第 3 期

《西施》跋

　　去秋艺专剧社把拙著《西施》索去付印，当时并不觉得有序的必要，因为西施既然是史上的名人，可无须介绍，并且戏剧与传略性质不同，亦可不必泥守史实，所以，在未公演之前，《西施》就草草印成单行本以便排演。我向来的习惯是不把自己的作品当作一回事，出版也可，不出版也无不可，脱稿之后就等于身外物，几乎与我无关，好像桃树上的桃子，一离了枝叶，就两不相识了。这种观念并不算是旷达，不过对于自己懒散的天性，端的轻松写意，省了许多牵挂！可惜作者与作品的关系不像桃树之于桃子那样干脆，经验告诉我们：文艺作品，除非不署名，否则和作者的关系比母与子还更亲切，因此不佞也逃不出这个公例的圈套。近来有许多朋友问我写《西施》的动机与主旨，并且为避免社会的误解，要我补充几句话，作为《西施》剧本的注解。这种画蛇添足的笨事把我难倒了！

　　敢问社会人士对于拙著有什么不了解或不谅解的地方呢？动机吗？西施可编剧好比西湖可入画一样，何足为奇？史称西施为亡吴国的妖物，不佞反把她写成复兴越国的女英雄，这点似乎指鹿为马？岂敢，岂敢！明人梁伯龙所作的《浣纱记》中的西施不是明明受了越国的使命去蛊惑吴王吗？不佞，在未作《西施》之前，可惜未曾读过《浣纱记》，否则岂敢重写！现在既然写了《西施》，扪心自问，并未犯剽窃的罪，何况文艺的题材向无专利，圣母的像，西湖的景，谁也可以画，只要主旨情绪与作风皆不同，就行了！

　　我觉得人类中绝少天生的英雄，英雄多半是时势塑成功的。西施的美半属造化，半属艺术。西施的天性并不算是奇女子，假如越国没有夫椒之耻，西施不老死于苎萝村，至多也不过选进越王宫里做个宠妃而已。西施的奇迹是文种的布局，范蠡的导演所造成的不灭的明星。我所以说西施仍是个凡人。好像木兰之从军是环境迫她成为女英雄，我正要表现凡人皆可做非凡人的行动，因此才写《西施》。

最近在《黄钟》第五卷第 9 期里辱承易鹰先生对于拙著加以指教，不胜荣幸！易鹰先生以史家的立场来摘出拙著的瑕疵，这是不佞乐于拜领的，若是以戏剧的原则而论，则年代的伸缩如无害于剧情，甚或有利于表现，亦未尝不可原谅。历史务求真，戏剧则以感动为主旨，譬如画家把保俶塔描长了一点，更显得挺秀，又何害于塔？加之，拙著《西施》尚属初稿，如有毛病尽可修正，尚望海内高朋不吝珠玉，是为跋。

原载《黄钟》1935 年第 6 卷第 1 期

话剧运动之挫折及其前途

话剧运动的起源远在辛亥革命之前，当时称为文明戏，据说党国先辈如吴稚晖先生等都登台表演过，借此唤起民众的觉悟，并且也是筹款的妙法，可知文明戏对于辛亥革命不无相当的功绩，但是，我们不要忘记，当时演文明戏的目的不在玩玩，也不在文化，是专为革命而演戏，可以说是话剧借政治运动而产生，革命者以戏剧为宣传的工具。辛亥革命之后，以排满为内容的文明戏顿失了对象，遂沦为意趣不高而徒博人嬉笑的通俗剧，渐次散布在各大都市的游艺场中，同时剧本皆出诸庸手，演员皆属无知之徒，因此，文明戏没有达到艺术的境界就腐化了。

真正以学术为立场的话剧运动尚在五四运动之后，前北京戏剧学校及艺专戏剧系确是当时话剧运动最有力的集团，嗣后南国社也曾赫耀一时，可惜因种种关系，一个个都夭折了。此外，除了后起的杭州艺专剧社不时放点异彩，其他各处的剧团都是失败多于成功，这不能不令人灰心而且怀疑到话剧运动在中国之可能性。这种疑惧是否属于杞忧，姑且勿论，现在先来检讨话剧运动受挫折的主因，然后再推测它的前途。

建筑是静的艺术的结晶，戏剧是静的与动的艺术之综合，歌剧需要长时期的训练，话剧似容易而实难。当年的文明戏，形式虽属于话剧的雏形，但是只注意表面的事实，不顾到质的健全，演员的幼稚还可以混过于一时，惟有剧本内容的空虚才是不永年的主因，所以，文明戏对于真正的话剧，犹之乎普通广告之对于纯粹的绘画，当然不能同日而语。文明戏的失败在质，在不成为艺术。

"五四"以后的新剧运动（有语病，姑且照例引用之，因为话剧在西洋远溯希腊，不算新了）才是话剧运动的滥觞，当时大家都致全力于介绍西洋剧本，大吹大擂，纷纷公演《娜拉》《守财奴》《莎乐梅》等名剧，表面上果然有相当的成功，主因在剧本的完善、演员的熟练，同时观众都是醉心于新思潮的青年智识界，在喜新好奇的空气之中，话剧在中国好像根深蒂固可以繁荣了，但是，实际给我们一个否认。失败的原因何在呢？有人说是斗不过旧戏，但是，话戏与歌剧的性质不同，各不相侵，可以说毫无关系；又一说是话剧运动史太短，还不成为观众的习惯，此说虽有相当的理由，仍不是话剧失败的主因。其实，病源可分为精神的和物质的。

戏剧是最富于民族性的艺术，《娜拉》可一时风靡于北欧，而不容于南欧，莎翁的戏剧终不适于拉丁民族的脾胃，同种不同族的阿利安人尚且如此隔膜，何况风俗习惯相差甚远的黄白两种人的戏剧，可以相容吗？试问中国的观众有几个能够彻底了解《娜拉》与《莎乐梅》的意义？假如像娜拉与莎乐梅那流人物在中国是绝无仅有，那么这种剧本的上演只能得到时髦性的成功，其印象等于把《还魂记》介绍给西洋人，所得的效果不外引起一些惊奇的情绪，好像我们看见非洲的长颈鹿。

固然，话剧运动首先势必介绍西洋剧本，有了翻译家然后才有创作家的出现。这十几年来，创作剧本的数量或许比翻译的还要多，这本来是很好的趋势，但每次公演的结果，本国剧本不见得优于外来的，这是何故呢？众口一声都说艺术较逊罢？也许是的。最大的原因在创作像翻译，不但形式，连人物的心理好像不知是哪一国人。这类剧本并非创作，是仿造，是"自然的侄子并非自然的嫡子"。观此可知话剧的挫折是由于缺少健全而适于民族性的剧本。总而言之，是艺术的质的贫弱。

此外，还有更重要的原因，就是经济。我们不要忘记戏剧是集团的艺术，由剧本而达到登台公演，中间经过种种人力与物质的襄助，那么，一切上演的第一条件当然是经济了。话剧运动最大的缺陷，就是徒有研究的机关与团体，而无正式舞台的组织。戏剧学校培植出来许多专门的演员，因为没有职业的舞台，就失了用武之地，至多只能召集同志，组织剧社，不时公演，终以经济力量薄弱而不能持久。现在各处许多剧社都是少数的专门演员及作家，拉拢一班业余或课余的新演员，凭一时的高兴，马马虎虎凑起来，公演几次，就无形消灭了……试问这种忽生忽灭的话剧运动，可有多大的效果？我所以说，话剧运动缺乏经济的后盾，才是致命伤！无经济就没有舞台，无舞台的组织就不能维持职业的专门演员与作家，演员与作家失了活动的场地就不能进步甚且不能生存，一曝十寒，连观众也无由养成爱好话剧的习惯，无习惯就缺少鉴赏的能力，相因为果，话剧运动不绝者如缕，这是无可讳言的僵局！

我们看清了话剧运动受挫折的主因是如此，前途是绝望吗？说一句老套话——失败者成功之母也！话剧的正面运动固然受了许多挫折，但在另一方面观察起来，话剧的势力较之十年前已经比较普遍化，无论哪一个青年对于话剧总有相当的兴趣，甚且浓于旧剧！那么过去与目前的挫折，在多数青年的心理上已经为话剧的将来预备了广大的运动场！此后，只要作家努力磨炼他的艺术，静心抓住时代的意识，创造出具有性灵与永久价值的剧本；演员的技巧可由职业化而臻于完美的境界，这不必过虑。最后的关键在创设经济雄厚的公立或私立的剧场，这一点，现在许多人都觉悟到了，问题不在知而在行。假如此后话剧运动可有相当的物质为基础，假如艺人不甘自弃，谁还敢武断它的将来……

一九三五年春于玉泉作庐

原载《神车》1935 年第 3 卷第 3 期

法国中学生活素描

天还没有亮，麻雀刚跳出巢，在檐前啁啾的时候，一声军鼓来自校内的广场上，同时楼上的电灯齐明，寝室内的助教拍掌三声，许多青年都从床上跳起，纷纷披衣，急忙进沐室，开龙头，冷水向脸上乱擦，刷牙，梳发，并且把梳子洗刷得光洁无垢（否则半小时后训育主任跑来检查，稍不满意就罚你假日留校摘录五百个生字）。十分钟后，大家都到广场上集中，由助教点名，随即整队进自修室，各自就座，预备功课。助教坐在讲台上亦预备他的功课（因为助教都是贫寒而未毕业的大学生），有时学生来质疑，他就低声代为解析，自修室内肃静得只有钢笔擦纸之声，假如有个学生偶然大声说了一句话，就受警告或罚抄书五页。七时鼓声又起，大家齐往食堂早餐。吃的东西只有一大碗咖啡牛奶和几块面包，既无奶油也无果酱，胃口大的多添一碗咖啡或两块面包，那是可以的。吃完了大家一齐到广场上才散队。各级学生三两成群说说笑笑，在广场来来往往像梭子一样，绝少木立者。年纪较轻的学生有时因口角之争甚至于用武，助教及其他同学在旁观战，绝不加以干涉，一个打倒，大家一笑，就了事，败者也不哭，也不向师长诉苦，揩揩身上的泥土，若无其事！八时前，校外的通学生陆续到齐，广场上顿形拥挤热闹，鼓声一起，各自集中进教室。教员一进门，全体肃立，听到一声"请坐"，大家才坐下。假如是法文课，或按名背诵某篇诗文剧本，或随意指定某生讲解某篇的大意及字句的原义，如有错误，就有许多自告奋勇者纷纷举手求代为解答，先生随即择定其中之一，如所答仍不对，又另择一个，如果全体都答不对，先生才来解析。学生最怕的是背诵，每星期照例有两次，每学期考试时，将全学期内所曾熟读者临时抽签背诵一篇，这是最可怕的难关。

午时就餐，秩序一如早点。每人有一小瓶红酒，面包冷水随意，一盘白菜汤，一块牛肉，一盘豆或马铃薯，一小片奶酪或一条香蕉。下午一时上课，四时下课。由工役送一大篮干面包，每人只许拿一块作点心。富裕的子弟则临时向号房买一块朱古力糖和面包下喉，穷苦的只好干吞，冷水都没有。六时晚餐，七时上自修室，九时登楼就寝，全校电灯全熄寂然无声，一天的学校生活，就这样过了。

　　每星期四下午由助教统率出郊外散步，星期日如有家庭来信，可领出入证回家。晚六时前返校随即缴出入证，并由家长签字证明何时抵家，何时离家，防范可谓严密之至，但有时仍不免有少数血气未定的青年在校外破戒的。这些像野牛一样躁暴的法兰西中学生受了铁一般的教育，才了解自由的范围与意义。

一九三五年春于作庐

原载《学校生活》1935 年第 104 期

所望于杭州作者协会

作者协会的组织，古今有之，中外亦有之，在吾杭尚属创举。协会的成立史仅一年，回顾这短短的时期中，表面上似乎没有什么成绩可言，但是，精神上总算有点形式的团结，不能说是等于虚设。外国的作者协会，其用意全在互助，互助之义可分精神与物质。杭州作者不甚多，且都是心织笔耕的劳农，仅堪自给，物质的互助，苟无外力作后盾，一时恐难办到，这是国内一般贫于经济的团体所最感困难者，吾杭作者协会又岂能为无米之炊？

但，协会的用意本乎互助，今既不能以物质相助，至少限度，又岂不能作精神上的切磋？切磋之方甚多，最简便而易行者莫过于座谈会，或定期，或分组，均可；只要志同道合，到会人数可不计多少，三人中必有我师，大家都是益友！我想这总可以试办的罢？我并非否认物质的重要而高谈精神的互助，如会员中较有力者能急公好义，为协会努力于物质的建设，则馨香感祷之犹恐不及，何敢言却！即如最近胡健中先生为协会会址的建筑费，已筹得相当的基金，这是最可喜可庆的义举！甚望胡先生继续努力，并望协会同仁各尽所能，本互助的精神，完成协会对于文化的使命，这便是区区所望于诸贤豪者！

一九三五年五月底于作庐

原载《东南日报》1935 年 6 月 3 日

抗战时期戏剧音乐运动的原则

在为民族生存而抗战期间，各尽所能，是举国一致的神圣义务，终是有劳力与劳心，有流血与流汗之别，文艺界中人是属于劳心流汗者，因为他们的工作在鼓励士气唤起民众，简言之是宣传。宣传的方式甚多，效果最速者当推戏剧与音乐，苏俄在革命时期曾利用之，在建设时期亦继续利用之，我国到现在才来试用，亦未为晚也，兹为研究的便利起见，且将戏剧与音乐的宣传原则分论如次。

目前戏剧连动的方式约分为平剧与话剧两种，平剧又有两种趋势：一派是新词新曲旧衣冠，另一派是新词旧曲现服装。话剧较为一致，皆以抗战现实为题材，编为喜剧，或悲剧。无论平剧家或旧剧家，他们的热忱都可钦佩，他们的成绩也大有可观，但是缺憾也颇多，不妨提出来讨论：平剧改良派仍以历史为题材，编剧制曲虽煞费苦心，但剧情流于平淡散漫近乎演义小说，曲谱音乐更嫌贫弱幼稚，这是艺术工夫的不足了；平剧应时派即以当前抗战人物为题材，服装与话剧无异，惟音乐腔调则仍旧，近乎取巧，颇可博得一般观众的欣赏，但剧情终落于陈套，不甚新颖紧张，且演出效果，任何悲都有点滑稽性，这是否作家的本意呢？

话剧运动有二十年的历史，已稍有成绩与经验，这次以抗战事实为对象，驾轻就熟，理应有惊人的杰作，就目前而论，尚未达到我们的期望，原因是在急于演出、仓促编剧、潦草松懈，势所难免，且剧团多属业余，人才经验皆感不足，这类毛病在升平时候早已显露，抗战期内更待补救了。

戏剧的公演与观众有密切的关系：观众或全是学生，或全是武装同志，或全是商人，或全是文盲的农工，或农工商学军的混合，这是作家及导演所应注意的，质言之，我们应当明了观众的程度与心理，即以武装同志而论，亦宜分别前方归来将士或未经战场的新军，前者已精疲力竭，亟待休养，后者整装赴敌，亟待鼓励，对于前者要喜剧引起他们的笑，对于后者要悲剧激励他们的怒，这是心理与生理问题。我们不要忘记，目前戏剧运动的意识固属于宣传抗敌，但欣赏是艺术的特性且为其存在的价值，这也是观众所最需要者！回想欧战期内法国著名女演员莎拉白纳氏特赴前线公演《茶花女》，可谓深知前方战士的心理！据此，今后戏剧的编制及公演，切忌划一及单调，以免事倍功半。

音乐运动向来因人才缺乏，功效不彰，但是音乐的普化力及感动力又较戏剧为强，在欧洲音乐之发达远胜于戏剧及绘画，其故亦在此，音乐运动与戏剧运动有共同点：需要作曲家及演奏家，这两种人才在我们皆不多，现在为抗战宣传的需要，只好暂时侧重编制歌谱以求普遍化，组织歌咏团深入民间及行伍，奋其气，乐其志，和其心，厥功亦伟！

西湖艺社济济多士，既有展览会之举行，同时为参加兵役宣传运动，复有抗敌戏剧音乐之演奏，救国热忱可谓不落人后，深望再接再厉，对于今后戏剧音乐运动之各种原则加以注意，将来收获之丰亦在意料之中，勉哉！

原载《战时艺术论文集》，国立艺术专科学校刊行，1938 年

色空漫谈

　　色空本释家之术语，用以喻有无之非二，虚实之双融，破我执，明本性，涵义至奥；人皆目之为出世法，其究竟，亦世间法也。即以文艺而论，其性本空，而不离现实；现实即色，色因识生，依空住，色空谐和是为文艺之极致。空非无色，色非无空，见色而不明空，执实而不制虚者，非文艺之上乘。绝妙诗歌皆不执一时一地而言，必也融会物我，贯彻时空，其普遍永久性即在此。绘画亦以控制空白为极则，国画如斯，西画亦如斯。犹记画圣达文西语人云："画家应向白壁凝视出无数山川人物……"此非空中有色乎？色在自然，非有非无，因分成彩，因合为白，白即空，亦色亦非色。音之为物，亦虚亦实，乐家假音为色，以状万籁；若据实临摹，甚至酷肖狗吠鸡啼，未有不流于俚俗。音乐绘画，首重神似，神似之义，非实非虚，非真非伪，即色空不二也。欧洲百年来文艺之思潮，不离色空两字，其弊在前期务色，后期务空：写实派刻意求真，乃至以显微镜观察人生，结果求真见伪，适得其反；超现实派则矫枉过正，务脱形相，专事虚构，终于扑空，二者皆落边际忘中道。在文艺标榜主义，必流于偏，偏必弊，故不永年。文艺非有主义，非无主义，不宜自宣，不传自传。近代派别林立，如巴黎之时装，纽约之广告，虽五光十色，而幻灭如浮云。凡在文艺上以派别相号召者，其造诣多中下乘。高尔基，宁推普斯金，不推陶斯道伊夫斯奇为俄国精神之代表，亦鉴于后者之偏执也。陶氏固未尝立派别，榜主义者，尚不免于偏颇，况其下焉者乎？

　　人类之通病，可概名之为无明，无明即执者，所谓我执、法执、色执、空执等等。执着即凭贪嗔痴之冲动，坚持非此不可也。然而执着者多失败，即成功亦幻灭。古来为政在求治，用兵在取胜，而政有异见，兵有对敌，何以破之？曰明虚实，知彼此。政不正不立，兵不诈不克，以我之正制彼之邪，以我之虚控之实，此色空之双运也。推而论及为人之道，亦莫能离色空之中观。富若不富，则不守财如命，不骄不淫；贫若不贫，则不见利忘义，不谄不曲。成若未成，败若未败，得如不得，失如不失，无悲喜，无憎爱，一视平等，无动乎中，是谓之圆觉。少壮之人，多着相执色，不明空之非空，色之非色，凭一时意欲之得失，虚荣之成败，而妄生哀乐。吾亦个中人，岂无同感，故拉杂书此，以自警惕，并以告今之患得患失，执色执空，采镜花，搂水月者。

一九四一年元月十日于官渡

原载《荡寇志》1941 年第 4 期

漫谈法国诗风

　　法国散文的优美，可以说是举世共赏，无异议了。只有诗，尤其是浪漫派以前的，无论北斗派龙莎如何典丽，拉芳登的寓言如何冷隽，拉辛的调如何高雅，一般外国人读起来，仿佛高鼻子品龙井，喝花雕，莫名其妙。甚至于浪漫派四杰，如嚣俄的雄奇，拉马丁的清逸，缪塞的奔放，维尼的高远，都不足以令人五体投地。自波德莱异军突起，法国诗在欧洲文坛才独步一时。其原因全在意境空前，端的"摩登"。

　　西洋诗虽然浩如瀚海，但在意境方面综合起来，也不免寥若晨星。依照维尼的观点，能够为诗国开疆辟土，远征绝漠，深入不毛，上穷碧落，下极黄泉，所谓不世出的诗才，委实不多。就法国的诗史而论：中世纪固然是韵文独盛时期，诗的意境不外乎普天同调的骑士风，英雄美人丹心碧血的赞颂，《罗郎歌》《蔷薇记》是这类的典型。文艺的作风可一不可再，多则流于雷同，令人生厌。事过境迁之后，世上既无如此慷慨的人杰，诗中何来如此圣洁的天使？到处只看见唐吉诃德式的骑士，和逆旅当垆的伪文君，休矣英雄与美人，咏史诗也同归于尽。

　　在文艺复兴的前期，法国出了一个"梁上诗人"卫龙，替西洋的穷途薄命的诗人，作了千古的典型，在诗国里行吟出一片悲天悯人的永言。这是人间地狱的意境，切身苦痛的写真，至今仍非陈朽，堪称早已"摩登"。至若十六世纪的龙莎，生逢文艺复兴的盛世，才华媲美"相如"，作风远追希腊拉丁，近拟意大利，人物是才子佳人的滥觞，诗境由英雄而雅士，由天使而闺秀，由乐土而红尘，由宫廷而田野，一切感慨无非是红颜易老，共勉以及时行乐。才子气派，风靡一时，后来造成朝野无数矫饰的才郎雅女，笑话百出。

这位桂冠峨峨的龙莎，功不在于创造意境，而在美化了法国的韵文，臻于极端的绮丽。

十七世纪路易王朝的古典文学，就是反文归质而趋于高古的运动。诗风纯粹白描，仿佛水墨画的趣味。若是用现代以抒情为时宗的看法，十七世纪几乎没有纯粹诗。拉芳登的寓言是玲珑绝顶的韵文，高奈的悲剧是口若悬河的雄辩，惟有拉辛的人物，往往情不自禁，冲出一片悲鸣，不愧为白描的抒情诗，这是天才无意中超越了格律的胜果，拉辛可称为古典派唯一言情的诗圣。他的悲剧，不是戏，是奈何天，断魂国，真堪称是诗了！此后十八世纪是散文驰骋的时期，茫然不见个诗魂。卢梭徒有诗骨，服尔泰并无诗心。当时法国的骊琴早已绝响。诗神大睡百年后，才从大革命的血泊里醒过来，浪漫派就此痛挥一把红泪。

什么是浪漫派的诗？短言之，是古典派的反面，是情胜理，是大悲心的长啸。四杰虽然同派，但各有天地：拉马丁温柔敦厚，意境超凡绝俗，真是大罗天上客；嚣俄是个生不逢辰迫上文坛的拿破仑，把鹅管当作红衣大炮，惊天动地，英雄气派也；维尼是落地天鹅，一尘不染，象牙塔上，四顾茫然苦海，不知苍生何来何去，如垂死之狼，吞声寂灭，确是高士；缪塞是宿世情种，子夜披肝沥胆，偿不清万古蛾眉债，是直抒失恋的圣手，典型的才子。但是法国的浪漫诗，不是纯粹国产，显然受了北欧和三岛的影响。有了歌德的日耳曼人，有了拜伦的条顿人看起来，总有点不十分佩服，甚至于当作高足。这也无怪其然，凡是模仿，虽青出于蓝，也是事倍功半。假使起古希腊人而问之，对于法国古典戏剧的意见，未有不大叫好学生而已。所以法国诗绝对称霸，当始于波德莱的《恶之华》。波氏兼有浪漫的心灵、古典的头脑，是智悲双融的鬼才，是近代西方长吉。他的诗境不在缥缈的天国，不在灿烂的自然，凡此都属于浪漫派的禁脔，他绝不染指。他毅然真投阿鼻，并非但丁的地狱，是人间的丰都，举世神往的巴黎。他把近代最繁华的城市生活的丑象，写成毛骨悚然的阴森废窟。在他的慧眼中，善恶无别，美丑不分，同时色声香味触五蕴皆通。这位神出鬼没的文字魔术家，把人间七情五欲全归结在撒旦一声狞笑中。这种意境，象征着西方人失了乐园啼笑皆非的穷途。这不仅是有刺的蔷薇，这是诗园里一朵五彩的罂粟花，恶之华！比之于同时高蹈派的"蛮诗""古赋"，在文坛上的潜势力，真不可同日而语，虽然高蹈派的铁画银钩，也有独到之处。无怪乎现代大诗人华列利，公然说波德莱尔与大嚣俄，平分了诗国的秋色：一个集过去大成，一个开未来的天地。后来象征派澎湃一时，实在就是承袭波氏的遗风。

这派对外反对浪漫与高蹈，对内又鼎足三分，各奔前途。其中首创新声，神游"华多"的梦乡者，是狂情的魏仑。首先感觉色即是空，空即是色，想入非非，超然物外者，是神窟仑豹。真正坐镇艺宫，以身作则，打破旧律，弘扬新诗的微言妙境者，是辩才无碍的玛拉美，假如浪漫派是五光十色的油画，高蹈派是掷地生铜吼的雕刻，那么象征派是大珠小珠落玉盘的钢琴独奏。后者不但摆脱诗律，甚且唐突文法，标榜诗的绝对自由，超乎功利，旨在抒情，唯美至上。这种诗风，表面上与唯物时代南辕北辙，其实是物极必反的自然结晶。

十九世纪末年以后，派别林立，各树一帜，解放过度，诗无定论，才小志大的作家，故示怪诞以沽名，一时诗坛为之板荡。首次欧战之后有个年逾不惑的象征派旧弟子梵乐希，突然发表一部廖几十篇的诗集，竟轰动了整个文坛，惊为稀有杰作。新旧各派为之搁笔叫绝，这无疑是现代诗界一大奇迹。梵氏的诗，格律严密，得心应手，目无全牛，音调谐和，深得拉辛三昧，暗合希腊建筑原理，好古派也只好拜倒。造语无一句前人糟粕，超凡入圣，天衣无缝，意境玄奇空灵，如七宝楼台，亦虚亦实，令人仿佛望见柏拉图理想的天境，让喜新者心悦诚服。原来这位大诗人，博古通今，自比文西；闭户造车，苦修半生的词林隐士，似乎得了"诗道"，才来问世，所以一鸣惊人。他的诗是由明心见性之后，发出一片纯粹的抒情。他不像尼采，仅以诗为哲意的外衣；他是即心即相，事理浑然一体，最有声有色有情有境的高咏，他的成就，使纯粹诗的呼声高入云表，诗与散文的分野，自此泾渭清浊有别。鄙见以为象征派的诗境已近词境，梵乐希的诗是集象征派音韵的大成，意境不约而同，简直神似清真白石的长调，而其气象浩大则过之，这种新诗是《恶之华》的秋实。法国尚清谈的风度仿佛东晋南朝，梵氏的诗恰好是现代西方靡缦精神的反映。

今后法国诗风如何，不可说，不可说。这五年来的沧桑，影响于未来的文坛亦不可测。万法唯心，诗国唯才，一切事在人为，不可与一时国力的盛衰相提并论，楚亡而屈原不朽，何况法兰西至今健在，一如中国的前途是无穷的。（注一）

又例如，自明朝末年始，我国文化与西洋文化有更密切的接触。（注二）我国人又逐渐采取西洋文化之所长，以补自己之所短。故近代我国的学术、思想、政治、文艺……都起了很大的变动，向着新的途径迈进。

综括言之，我国在世界文化中独树一帜。它不断地需要域外文化的刺激和输入，借以改进自己，使适应世界潮流。（注三）

域外的文化中为我国目前所急需继续输入者，当然是西洋文化，在西洋文化中，法国文化是站在前列的。甚至有人说法国是西洋近代文化之源。所以本刊打算把法国的文化陆续介绍给我国人士认识，以应我国之需求。同时，也打算把我国的文化陆续介绍给法国人士知道，（注四）因为们也极欲认识我国文化的优点，以期有所借镜。总而言之，我们希望中法两大民族由互相认识而互相了解，由互相了解而互助合作，共同为世界未来和平而努力。

注一　中国的特长是真正的人生哲学。西洋的特长是真正的科学方法。所以英国哲学家罗素说："吾人文化之特长为科学方法。中国之特长是人生究竟之正当概念。"法国文豪兼哲学家服尔泰也说："欧洲的贵族同商人只晓得在东方求富。而哲学家倒在那里寻得一个道德的新世界。"德国哲学家来布尼兹也说："我们从前谁也不信这世界上有比

我们伦理更美满，立身处世之道更进步的民族存在。现在东方底中国
给我们以一大觉醒！"

注二　真正中国科学的发生，实从西洋科学输入以后。可以说：实从明末徐
　　　光启与西洋教士译述天算、水利诸书以后。

注三　见郑昶编《中国美术史》第一章中（廿四年中华版）。

注四　高朗节教授把本刊所载关于中国文化的重要作品译成法文，寄往巴黎
　　　发表。

原载《中法文化》1945 年第 1 卷第 1 期

编后漫谈

顾名思义，本刊旨在阐扬中法文化。中法彼此均在努力建国之秋，东西两大民族都有知己知彼、推诚相见的需要。世界上，任何民族的文化，都有偏颇之处，在某种情形之下，往往长处转为弱点，弱点反成长处。换言之，一切过去现在的文化都不是十全十美，否则万事俱备，天国早已在人间实现，何劳我辈后人苦思焦虑，奋斗牺牲？

受过了大时代血泪的洗礼者，都应该大彻大悟，明白这幕齐天悲剧的动机，完全发轫于人类的自私自大与愚昧无明。自私是不慈，愚昧是不智，不慈不智，何异于衣冠禽兽？现在是大家猛省的时候了。

中法双方在立国方面，都在亡羊补牢。文化合作，精神交流，彼此均有同感，尤其是思想的交流，已成为今后共同的新趋势，谁也不能闭关了。我们所期望的，不仅是舍短取长，互通有无，不仅是他山之石，切磋于一时，我们更乐于站在人的本位，借深□的认识，若谷的虚怀，扩大彼此精神的领域，在智悲双融的光明大道上，并驾齐驱。

本刊此刻虽然形似原始的独木小舟，在东西思潮上荡漾，也许将来在国际学术的航程上，慢慢地变成一艘文化巨轮。从此天涯比邻，地无分东西，人无分彼此，而同归于真善美的本体。发了这种愿望，目前这一叶孤舟又何妨试航一番？

原载《中法文化》1945 年第 1 卷第 2 期

诗圣梵乐希论

古今东西诗人称圣者，不多亦不少，如希腊的荷马、意大利的但丁、日耳曼的歌德、中国的杜甫、印度的泰戈尔等等。可是，圣号虽隆，我已微嫌其滥。何以呢？依据三不朽的原则，惟立德者可以称圣，其余文艺家，挟才学以问世，止于立言，尊之为圣，岂非过誉？准乎此，荷马空前绝后的史诗，只见其才之雄，杜甫毕生流离苦吟，只见其才之大，如果以文艺作品之登峰造极为圣，古来可称圣者，几乎星斗漫天，更茫无定论。若要称圣，必也有道。所谓道，并非像韩愈所标榜的小道，乃是真善美一体，智悲双融的大道。上列诸圣，似乎只有但丁、歌德、泰戈尔，名符其实。在法国一千年来，文学史上的诗圣，惟有最近逝世的梵乐希，可以无愧。

梵乐希的大名，在中国不算生疏，也不见得脍炙人口。十多年前，梁宗岱先生已挥其彩笔，倾心介绍他。《水仙辞》的珍本，仿佛已成为诗界琼楼，为其原文似雪峰上的玉宇，对于译本，也令人不胜其寒。由来曲高和寡，岂止于和寡，知音尚且无多！在中国，因史地悬殊，犹可说不易共鸣，就是在法国，梵氏的诗，对于一般读者，仍然望洋兴叹。幸而懂不懂，与作品本身价值无关，犹如当年恩斯坦的相对论，全世界科学家能登其堂奥者，不出十名。我们岂能埋怨他的理论太高而不大众化，又岂能因此而减低其价值？梵乐希，就是现代文坛的恩斯坦，他的诗像秋月一样孤高，一样神秘，一样可爱。现在他的躯壳安眠在海墓之中，诗卷常留于天地之间，像空气一样慷慨，任人类开怀呼吸。让我们受惠者，追思他的音容，神游他的诗国罢。

一八七一年十月三十日，这位旷代巨人，生于地中海海滨，一座小小的赛德城（Sete）里。他的祖先是岛民，只有海味，并无书香，父亲迁居大陆，终身碌碌为税务员。梵氏高朗的天才何来，与其说是意大利母系的遗传，宁可说南国海天的殊遇。童年在当地中小学，不露头角；少年在蒙伯利大学习法律，志不在辩才无碍，而暗向诗神膜拜。这匹千里驹，正在彷徨歧途，忽然巴黎天外跑来一位少年伯乐，十足才子派，彼得·路易斯（Pierre Louys），彼此一见如故，终身莫逆。受其鼓舞，毅然北上花都，仿佛当年陆机之入洛。但是，梵氏到巴黎并非献艺，而是问礼于老聃，当代诗坛盟主马拉梅。这位老师把诗中三昧，像五祖一样暗传衣钵给惠能。他发表那首《水仙辞》，轰动了巴黎文坛，又仿佛六祖的口偈"菩提本无树……"一样惊天动地。那时他太年轻，才华有余，而恐修养不足，何况他是天生高士，诗坛牛耳，无心染指，一八九八年悄然搁笔，埋头故乡，隐身于小公务员之列，恰似南能亡命走山泽，与猎人为伍。前后二十年间，巴黎文艺界，不知人间犹有梵乐希。可是，他的长期缄默，并非消极遁世，而是多闻、沉思、苦修，由戒而定，由定而慧。在上穷雅典文哲，下极现代数理之中，他顿悟，他得了道，不仅是诗之道，甚且是宇宙万物之真谛。诗人成了大哲，仍然缄口无言。

一九一七年欧战中，他在前线服务，他的好友、大作家纪德再三敦促他，才发表他五年苦吟的长诗《少司命》（La Jenne Parque），法国当代最大诗人的桂冠，从天而降到头上，他的光荣高于福熙大将的胜利。《少司命》一旦披露，"比之于欧战的爆发远更严重"，整个文艺界为之疯狂。一九二四年冬，继法朗士之后，被选为法兰西学院院员，这种虚荣，对于他是锦上添花。享大名不是乐而是苦，出山的梵乐希从此岁无宁日。一九三七年，法国研究院特设诗学讲座，聘梵氏为教授，听众如山，盛极一时。巴黎沦陷后，闭户大隐，去秋光复，年逾古稀的梵乐希，仍然尽瘁于缪司，登坛重讲诗学，今年，一九四五七月十八日，卒于巴黎，寿七十四。遗容公祭于灵光殿，国葬于故乡之海墓，"以安水仙之灵"。一代诗圣，就此圆寂。

古往诗文兼长者，殊不多见。庄子、史公能文不能诗；屈原、杜甫能诗不能文；荷马、但丁亦如此。庾子山、苏东坡虽然诗文并茂，不到圣境，强求之；渊明、太白可当选。歌德双绝了，无奈日耳曼民族之长，又不在散文。

法国文学史上，以前亦无此全才，除非是梵乐希。批评家一致推崇他雄浑高洁的散文，直使法国文中司马服尔泰为之失色，除了十七世纪的文豪波舒丹（bossdet），无出其右。

要了解梵氏的诗，请先研究他的散文。文是他的枝干，诗是他的花叶。无论诗与文，都出发于根本一贯的精神，意大利文艺复兴时期的画圣，文西，就是他人生观的先导。少年所作《文西法导言》那篇高论，足以证明他早已胸有成竹。何谓文西的精神？简言之，把文艺的创造与科学的原理融为一体，希腊的真美与基督教的善综合，《曼娜丽莎》不是一幅空谷佳人的肖像，是文西灵魂的写真，她的静穆表示大定，明眸表示大智，微笑表示大悲，梵乐希少负大志，以完人自期，文西的高风，便是他最理想的典型。五十年前，他写了一篇漫谈《与太史德先生夜话》，当时竟无人知其玄旨。一直到欧战后，才被认为奇文妙语，读之，使人神往苏格拉底之圣堂，柏拉图之天国，宇宙万有，罗列方寸，自在无碍，各得其和。在文中，梵乐希高悬其大同镜智。通常说诗发乎情，言情是诗的极致。这是由于一般的人生水准，多半在情海上浮沉，绝少升上精神的高峰。因此，不是非凡的诗人，也只好以抒情为能事。其实，情不是诗的真知，情是肉，不是骨，是用，不是体；否则人孰无情，有情而即能诗，天下谁非诗人？固然，作诗要学问，但是有情有学，又不一定可以做大诗人。最后，乃归之于才。所谓天才，定义含糊，向来说科学天才唯智，文艺天才唯悲；凡此，只指多数的偏才，不能概括卓绝的全才如文西之流，更不能范围梵氏的诗境。惟古语"诗以言志"最暗合梵氏的本旨。

梵乐希不是以诗人来谈哲理，也不是以哲人来写诗；否则谈哲学要变成门外汉、野狐禅，做诗要流于学究的迂腐，口偈的干枯，四不像了。幸而天赋他一副慧脑，一颗诗心，心脑相应，浑然一体。因此，他的诗发乎智，止乎情，完于艺。脑，空也，心，色也；色空双融，智悲不二，便是梵乐希的诗境。

现在，且让我们漫游他的禁苑罢。青年时期所栽的初花，如"纺纱女"，但见满园春色，与少女的嫩态，化为一幅印象派的艳阳天，仿佛飞卿的小令，清真的长调。这朵蔷薇，虽然长在象征派的琉璃圃里，一尘不染的风姿，又神似忧郁的圣洁，飘逸，无常，绝妙词境也。《水仙辞》，远出神话之林，而不泥古。希腊的美少年是顾影自怜，玉碎香消，绝望而死，那是鹤立鸡群，无可为俦，慢性的自杀，梵乐希诗中少年，是自我心灵的沉思、反省，把一切幽怨诉诸深渊的明镜，把两性的牵引，荟于一心，从静观中发现境由心造，表里相生，一切烦恼，皆无自性，悟则生死即涅槃，更无出世与入世之别。这两首杰作，字面上，洋洋一片咨嗟，浩然孤高自赏，其实，是描写方寸的挣扎与颤动，歌咏其层出无穷的演变，而臻于大定圆满。这是由两仪归于太极，由报身化为法界。梵乐希的水仙，虽然像神话中人一样寂灭，但是，这种寂灭不是死，而是归真，内心具足一切，如如不动，是谓之圆觉。假如我们不明《水仙辞》内在的哲意，也无妨，就当作梦游幻境，漫步迷楼，琳琅满目，美不胜收，南柯之乐，亦虚亦实也。一首神品的诗，必然真善美三绝，仿佛空谷佳人，必然才德貌具备，肉眼但见其殊色，慧心兼知其德性，欣赏诗亦如此。

这首千载绝唱，直译为《少司命》，和屈原九歌之一同名，可谓巧合（按梁译为《年轻的命运女神》），这是梵乐希诗国群峰中之须弥山，毕生心血的玉盘甘露。请放言之：诗长五百余行，少司命取名于神话中三司命之一，化身为《旧约·创世记》中之夏娃，旨在直抒希腊精神与耶教人生观中，是为西方出世与入世思想之总和。诗中暗示少女在似梦非梦中，被毒蛇所蜇，觉后，万念猬集，而临大海，沉吟悱恻，无可奈何……少司命，象征因果，是后天，夏娃象征阴阳，是先天，毒蛇象征变灭，是法性之用。夏娃初生，浑然天真，七情五欲，不染心灵，未知亚当之为男，自身之为女，忘形相处，陶然极乐。但是，万物始于无明，无明生行，行始于妄念，妄念生我见，我见生区别，区别生取舍，取舍生爱憎，爱憎生烦恼，乃长沦于生死有无之苦海中。毒蛇又象征妄念，而为烦恼的化身，蜇在少女胸上，心伤则念生，念生则智开，智开则苦乐交错，入于变灭无常。梵乐希的《少司命》，用沉雄悲壮的笔调，高咏有生与无生的彷徨，灵与肉的搏斗，色与空的消长，苦与乐的去取。最后，在悲天悯人的交响奏中，顿悟苦乐平等，色空无二，不离生死，不出红尘，不慕天国，而归于常乐我净。浊土的悲花，结出乐园的智果，毒蛇变为人间天使，"少司命"超然因果之外，夏娃甘染红尘而永生。万世悲剧，化为绮梦缤纷。《海墓》这首诗，脱离了人的本位，站在大自然的立场，静观万物的生灭不息。梵乐希除了遗传，还有半世的海滨生涯，使他的心地充满了南国的阳春，碧海长天无形中与四大等量。海滨的墓园，面临一片喜怒无常的大海，千秋长眠的枯骨，静听微波与骇浪之合奏，此情此景，诗人在定中，悟到海天浑然一大墓。极目汪洋，象征着宇宙无定而有常，万变而不变，生生灭灭，等于不生不灭，翻腾起伏，等于不增不灭，百川奔海，等于殊途同归。动的海是色，静的天是空，色空两忘，生死齐观，即是正觉，诗人的慧心，隐约看到法身永恒的境界，他也就和天一样晴朗，和风一样自在，和海一样忘机。梵乐希诗国中，还有许多悬园、璇宫、宝塔，限于篇幅，不便一一巡礼，就此止步。

　　天才是种子，环境是园地，学问是栽培。梵乐希不生于法国，不有西方三千年文化的陶冶，断无此大成。在诗的艺坛方面，论者只高谈他如何受惠于拉辛的音韵、马拉梅的玄想，而忽略了他更上一层楼的希腊精神。固然，因为他是法国人，用法文写作，不能不继承先贤的遗产；但是他所采取的是技巧，不是意境，就在技巧上，他也闻一知十，借小本，还大利，慷慨之至。若把他的技巧和前人比较一下，分明青出于蓝，后来居上。要了解他的诗艺的来源，不可向历代诗中探溯，因为他的诗，生于内心的意境，不向古人树上接枝。他的意境何来？发乎思想，融为精神，化为色空双融词藻。笛卡儿启示他如何明心，文西引导他如何见性，进而遨游雅典的智涯悲海。博古通今之后，天才自然高旷，胸襟自然无碍。回想他由入都而退隐，而东山再起，前后五十年间，诗只写了四十余首，何其难作，何其苦吟！当真是才短吗？绝对不！原来此公，志不在诗，而在道，道成诗亦成。道是性灵之体，诗是性灵之用。体不归真，用不臻美。别忘记，《少司命》是搁笔十五年后，却情不下，勉强破戒的。得了道，可以从心所欲，指挥万象于方寸之中。但是，不世出的天才如梵乐希，也在知命之后，才得到自在。由来大器晚成，名不可早，才不可恃，苦修第一，梵氏已终身力行之，足资后人警勉。他的诗，妙在有道而若无道，纯粹抒情，不言事，不说理，而哲意自在色声香味之中，万象归于真知。他的抒情，是形而上的悲剧演变，用形而下的感觉，描写内心的幻想；同时非唯物而唯心，即心即物，加以天才奔放，使读者心不由生，随他一致神往。从中世纪《罗郎歌》的岩石，到梵乐希的象牙塔，法国的诗路，不知蔓延了几千万里，在长途旅行中，这只天鹅直飞时代之前，又不知已过了几万重山，高高在大罗天上，令人仰止。读他的诗，无以形容其神韵，惟有逸少的兰亭遗墨，文西的倾城微笑，可以仿佛。对于今日法兰西文坛，我敬献一句"南朝人物晚唐诗"。梵乐希，拟屈称之为西方的陶谢与温李，可乎？

至若目前的中国，能否欣赏梵氏的作品，请看我们还徘徊于十八世纪的新旧论战中，所谓文艺，总不离政治意识，同时举国在饥饿线上悬倒，人人自危，各倾全力于糊口果腹，生活已降到三恶道里，谓演悲剧，万念成灰，何来清福，优游于精神之圣境？悲夫！想到此处，啼笑皆非，惟有庆幸这位西方诗圣，不生于中国，而寿终正寝于明都。鲁殿灵光，瓦砾无存，屈原沉沙，太白浮水，诗人无国葬之礼！梵乐希，魂兮归去，"东方不可以托些……"

一九四五年十月于昆明苍茫楼

原载《中法文化》1945 年第 1 卷第 3 期

文艺与政治

文艺到了今天，真是左右做人难！虽然自由的呼声，叫遍天下，有口皆碑，但是，无论哪一派的政治家，总以主人翁自居，丝毫不肯放松文艺，非同鼻孔出气不可！好像良家女子，不管对方是否乘龙快婿，不管你愿意不愿意，非嫁不可！至若洁身自爱，就要被认为不伦不类，简直违法，这种惨无天日的局面，不知道多少文艺家都要觉得啼笑皆非！

我们承认政治家，要采取文艺一致的步骤，是一片婆心，并无恶意。这种爱护，对于政治运动，表面上，当然是有利之至。平时用来歌功颂德，八面宣传，战时可以口诛笔伐，退可以鼓励军民，一支笔当得千兵万马，好不威风！可是，用非所用，对于文艺本身，反而是致命伤。文艺好像是自由的燕子，应该让他们随缘选择人家，随意在梁上做窝，出去不知不觉之中，为人类除了害虫，飞舞天空，令人赏心悦目，回来啁啾堂前，令人觉得生气勃勃，喜色盈门，不需要一粒米、一滴水，燕子无意中，给人类以无穷的好处。但是你如果贪心无厌足，又恐怕他们飞到邻家去乔迁，硬把它关在笼子里，虽然饮之以甘露，饲之以珍珠，结果反而把它们饿死、闷死、气死！近代政治家的文艺政策，往往得到豢养燕子的效果。若是有人不相信文艺像燕子一样，让我们举一点历史的事实，不必有诗为证。

在欧洲，首先公开利用文艺，做政治宣传的工具，就是大革命时期的法国。当时，所谓自由、平等、博爱的口号，简直是天经地义，法国的政治家、革命家，一朝权在握，就指挥文艺家，做他们的吹鼓手，结果，当然造出一大批专门捧场的作家，不论是戏剧家、小说家、诗人、音乐家、雕刻家、画家，一齐随声附和，争先恐后，大吹大擂，对于不肯苟同者，威胁利诱，无所不至，总之，顺我者生，逆我者亡。结果好极了，把十八世纪唯一的大诗人申尼哀（Andre' Che'nier）送上断头台，同时把许多天才的科学家、哲学家，不分皂白，全送进枉死城。拿破仑，尽管他如何雄才大略，对于文艺总是门外汉，把十九世纪初年最大的文豪莎多白礼阳（Chatean Briand）驱逐出境。大革命三十年间，所有雇用的文艺家，虽然红极一时，事过境迁之后，不到今天，早已烟消云散，无声无嗅。只有斫头的诗人，光芒万丈，只有亡命的文豪，流芳千古！

其次，一九一四年的欧洲大战，向来在文坛执牛耳的法国，不消说，笔杆与枪杆齐举。第一流的文豪，像罗曼罗兰，平时杰作汗牛充栋，到了战时，也写不出什么好东西，只有一本论文集《混战之上》轰动一时，胜利之后，也成了明日黄花，何况罗曼罗兰还自以为是局外人，自以为隔岸观火，不受人利用的。至若，因为描写战争而成名的小说家巴比塞（Henri Barbusse），生的时候，出了一些风头，死了盖棺定论，也在遗忘之列。总之，法国在第一次欧战四年间的文艺价值，无论诗歌、小说、戏剧、音乐、美术，都是轻如鸿毛。

这次世界大战中，双方的文艺战、宣传战、神经战，空前激烈，每个作家，都成了战士，斗得火热。现在，凯旋之后，谁还高兴去看战事影片、战争小说？风行十多年的《义勇军进行曲》，现在再唱起来，未免旧事重提，有点无聊……就是举世以为不朽的《马赛曲》，调子尚可取，歌词则成为无的放矢。这种情形，不分古今，无论中外，都是浪费笔墨。

说到此处，也许有人要怀疑，文艺非独立不可，非超然不可，非脱离政治不可。我们的意思，并不如此固执。是的，文艺要独立，但是，并不需要孤立，死守门罗主义。是的，文艺要超然，但是，并非漠视人生，傲然高高在上，惟我独尊。政治是向社会病状对症下药，病好了，药就用不着；病态改变，药方也随之而易。总之，专讲一时功效，所以，并无永恒性，文艺与政治，可以说是小同大异。讲一时一地的效果是小同，讲万世不朽，讲永久价值，是大异，政治家不能因为小同，而忽略了文艺的大异——永久性。政治帮助文艺的自由发达则可，利用文艺做政治的宣传工具，未免慷他人之慨，行不得也！文艺的生活，完全寄托在自由的空气里。文艺有政治性也可，无政治性也可，总之，要让它自由、自主、自在，千万不好勉强。像上面所说的燕子一样，飞下堂前，好比文艺之入世，飞上天空，好比文艺之出世，对于社会，对于人生，总是尽善尽美。现在，又有人要说，文艺既然不可利用，政治家就不必提倡文艺。其实不然，放债不如布施，收买不如供养，要人卖力，不如望人归心，奴仆成群，不如高朋满座。试举一个例子：泰戈尔超尘绝世的诗歌，与政治可以说是风马牛不相及，但是印度国际地位的提高，国内民心的复活，泰戈尔自有不朽的功绩，在有意无意之中，帮助了印度的独立运动，功不在圣雄甘地之下。可见文艺在政治上的妙用，不在正面，不在反面，倒是在超然的立场。

人类史上，文艺有三个黄金时期：二千年前希腊的雅典，十五世纪的意大利，中国的唐宋两代。这三大时期的文艺，所以夸耀千古，就是东方西方的政治家，彼此不约而同，一心一德，发乎至情至性，提倡文艺，崇拜文艺，几乎可以说是政治为文艺，绝对不是文艺为政治。唐朝重诗，宋朝重画，雅典重雕刻，意大利重建筑，各有千秋。他们并不因为重文而轻政，总之，文艺未尝误了政治。历史上政治的光荣是无常的，只有文艺代表了民族精神的永恒。政治家能够站在利他的立场，抱着大公无私的友谊态度，来维护文艺的自由发展，就等于解放了民族的灵魂，那才是开明的政治，那才是真了解文艺无用之大用！

一九四六年七月昆明电台文哲讲座讲稿

原载《中法文化》1946 年第 1 卷第 10 期

中西文艺之交流

我们一向接近外国文艺，多半出于被动，无论欣赏，或者介绍，都是凭一面之词，人云亦云，很少有知己知彼的眼光、取舍自如的精神，所以这几十年来，接近外来文艺，一般的态度，未免失之于饥不择食，甚且囫囵吞枣。结果当然不消化，不能融合贯通，患了肠胃闭结的毛病。有些自夸是时代的先导者，总以为本国文艺是旧，外国文艺是新，等于把母亲当作旧，奶妈当作新，固然，有奶便是娘，但是背了亲母，去拜奶妈，也不近人情。何况自己的母亲，还是年富力强，有的是奶！至若新旧观念，更是没有标准。换个立场，而西洋人又何尝不把他们的文艺看得厌倦，认为陈朽不堪，反而把东方文艺看得"别有风味"？虽然彼此时有同感，并不见得他们就此拜东方干娘，雇东方奶妈。他们对于东方文艺不过表示好奇，等于买点奶粉，换换口味。莫非是优劣之分吗？未必如此。说到中西文艺之交流，西洋人还在深沟高垒，守着门罗主义，远不如我们开明，对于外来文艺，简直是"夜不闭户"！智识广进，精神"入超"，表示我们量大，如果能消化，是好现象。反过来说，我们的文艺"出口"不多，也无伤大雅。文艺非商品，更非霸道！无所谓文艺帝国主义，绝对用不着东征西讨，文艺界用不着苏秦张仪之流，让他们自动来光顾我们的茅庐罢。

现在醉心于外来文艺，犹之乎喝香槟、抽香茄、吃大菜，当然不亦乐乎，若因此大叫打倒本国文艺，未免过分。文艺不是政治，可以借口号、暴力来推翻的！文艺无从革命，只有自然演变，只有新陈代谢。新芽嫩叶，还萌发在隔年的旧枝上。纵使介绍外来文艺，作为写作的蓝本，依旧是移花接木。这种办法不是究竟。现代的园艺学，同古老的群芳谱，都告诉我们，例如栽果接木，不发奇花，播种才生异类。换句话说，接枝是寄生，是张冠李戴。文艺上的接枝法，也是如此，何新之有？不外是改头换面。如若硬要说，不除旧无以反新，这种理由，也似是而非。文艺要累积而成，文艺要有历史，才有资本。否则，现在世界上最有资格创造新文艺的民族，应当首先推崇非洲黑人。事实上反而不然。如果当真采取焦土作风，一把火烧了五千年的原始森林，改种洋松，幼苗一时不成材，烧了再种洋槐，长此烧烧种种，何日成林？如果再说，不摆脱历史的重担，文艺无法解放，又何异于千金之子离家托钵，岂能致富？西洋有句俗话，钱只借给富翁，水只流入江河。假如煤油大王的儿子，忽然自动宣布，放弃一切遗产的权利，身无长物，赤手向某家银行借款，必然一毛不拔，连地摊子也摆不成，谈什么开发新油田？为什么黑人吃不消欧洲文化，中国人受之而无愧？岂不是因为祖先遗下雄厚的文化资本做底子，所以宾客盈门，多多益善；在个人也是如此，祖先不怕太多，最怕败家子，或者蠢材！不但是目不识丁的中国人，虽然满口外语，不足以介绍西洋！文艺，就是国文基础稍浅的人，虽然西文一目十行，也不足以谈创造新文艺，连翻译还不胜任，何况其他。不知己，何以知彼？不博古，何以通今？拆了古城的砖来建筑洋房，总是大煞风景。天宽地阔，何处不可以建都立市？何必慷古人之慨！试问法国人，为了开辟一条新马路，谁肯把他们的国宝巴黎圣母教堂，夷为平地，如果说非破坏、非毁灭，就不能建设，那是魔王希特拉荒谬绝伦的理论，更不适于创造性的文艺。

　　文艺不占领他人的空间，不限制他人的时间，彼此分道扬镳，各有天地，无所谓新旧，只有真善美。天才的杰作就是不朽，不朽是永恒，永恒性是文艺的本体，至若普及，是教育家的责任，提驾是创作家的义务，例如美国的飞机，碍难迁就"东亚病夫"的体格与高驶能力，让文艺水准的提高与普及，亦步亦趋罢！

　　地球在大千世界中已经渺乎卑小矣！就是夜郎自大的人类到了今天，也有斗室之感，所以圆顶方踵都是一家人了，文艺更不能闭关自守，分甚么界限，历史仿佛百川归海，将由国族史写到人类史，文艺的过去属于私有的遗产，文艺的未来势必归于大同，生在二十世纪的中国文艺家，应当高瞻远瞩，无分内外，屈原、李白、杜甫与荷马、但丁、嚣俄，一视同仁，简称之为大诗人，不必冠之以国界，此后，引典用事，言情琢物，可以不分时间地域，否则，自甘落伍，失之于陋，未来不可测。目前国际上各种文艺，正在纷纷逐鹿的时候，我们应抱的态度，就是相敬如宾，彼此上承全人类的文艺遗产，做资粮，各取所需，各展所长。固然因文字之亲疏有别，因脾胃爱恶无常，总希望化万难于一心，学习的时候，上下皆可以师法，创作的时候，古今中外无可模仿。文艺是无人、无我，亦唯人、亦唯我，若是要个典型人物，请以泰戈尔为例。在现代文坛，为东方人争光者，非中国，非日本，反而是印度，泰戈尔的诗何以见重于世界呢？不错，他精通英法文字，但是他的诗并不欧化，他当然博览梵文，但是他的诗文又不复古，这是天竺的新声、人类的真言，也就是泰戈尔的圣心。观此所谓欧化、复古，全属子虚之谈，不着边际，我们可以猛省，无劳自欺。欺人，不是老马，何苦当先。

假如今后人类的理想，以真为体，以美为象，以善为用，生活以精神为经，以物质为纬，必然化干戈为玉帛，化红尘为乐土，除了生老病死苦爱别离之外，可以没有烦恼，那个时候，物无所谓贵贱，人无所谓贫富，琉璃大地之上，尽是天之骄子，回头再看现在过去的文化，无非是全武行，那种辛辣，那种黑暗，那种狰狞，那种血雨腥风，都不可思议，未来的文艺家，一定把我们当作猩猩来描写，描写成童话，描写成漫画，如此而已。

原载《广播周报》1948 年第 82 期

蔡孑民先生二三事

林文铮　述　陈觉民　记

　　蔡先生是一位对我国近代政治、教育、文化各方面具有重大影响的人物。记得一九二三年六月蔡先生回到故乡绍兴时，浙江省立第五中学、省立第五师范学校、县立女子师范等三校联合举行欢迎大会，会上先由第五中学的老师刘大白先生致欢迎词，他说："我国春秋时代的教育家孔子，人称他弟子三千。蔡先生从担任绍兴中西学堂开始，直到现在任北京大学校长，真所谓桃李遍天下，学生何止十倍于三千！可说是举世无第二人。"

　　关于蔡先生的传记、言行录、年谱等，都已有很多人写过了，我现在只就人家少提及的几件事介绍一下。

　　一仕一商。蔡先生名元培，字鹤卿，一字鹤廎，又字仲申，号子民，这是用《诗经》里"周余黎民，靡有孑遗"两句中的各一字以为别号的。公元一八六八年（清同治六年丁卯）生于绍兴城内大江桥下笔飞弄，笔飞弄距离戴山很近，晋朝大书法家王羲之家就住在戴山山麓，传说王羲之有一天正在挥毫写字，手中的笔忽然飞去落在弄里，因此这条弄就称为"笔飞弄"。

　　他的父亲叫宝煜（一名光普，字耀山），叔父叫铭恩（字茗珊）。绍兴地方有很多人家有个"老规矩"，就是家里有两个孩子，总是一个经商，一个读书。因为读书总是清寒，经商则可以致富，蔡先生的父亲是绍兴一家钱庄的经理，而他叔父是一名举人。蔡先生的大哥元钦（字鉴清）是经商的，后来在上海崇实石印局工作，三弟元坚（字镜清）在绍兴县钱庄工作，而蔡先生是读书的。

蔡家的故居是笔飞弄九号门牌，六扇大门，五开间三进，民国十五年左右出卖与徐叔荪（名锡麒，是徐锡麟的三弟），这足以说明蔡先生虽是历任教育总长、大学校长、研究院院长等要职，还是两袖清风。

博览群书。清朝季年，绍兴城里的豪富有四家，当时称为"徐、李、胡、田"。徐树兰是绍城的首富。曾于光绪六年捐银十万两建屋购书，创立"古越藏书楼"，藏经史子集四部书籍十五万卷，编有《古越藏书楼书目》六册，石印行世。他和他弟弟徐又兰编刻《绍兴先正遗书》四辑，凡十二种一百五十八卷。

蔡先生因他的叔父曾在徐家教过书，通过这点关系，就进入徐家"古越藏书楼"，校勘《绍兴先正遗书》，他一边校书，一边读书，自一八八六年至一八八九年，达四年之久。他遍读了楼中的十余万卷藏书，其中重要的书籍，均经蔡先生亲笔批注。我曾在徐世大那儿见到一部《管子》、一部《墨子》，都经蔡先生批注，有用红笔的，也有用墨笔的，蝇头小楷，书的每页上面下面批注得密密麻麻，一点空隙也没有。据徐家的人说，像这样批注过的书不止这两部。他四年来锲而不舍的治学精神，为以后博大精深的学问打下了基础。此后，先生再肄习日文、英文、德文、法文、意大利文、拉丁文（师事马相伯，学拉丁文）等外国文字，并广泛浏览各国思想家的书籍，养成先生的不主一家、兼收并蓄、新旧贯通的高深学问。

笃念师门。蔡先生二十三岁（光绪己丑科浙江乡试）中了举人，二十四岁（光绪庚寅科）会试联捷，中了进士，二十六岁（光绪壬辰科）补行殿试，点翰林院庶吉士，散馆授编修，可说是少年得志。但他从不以此自满，他对乡前辈如当时耆年博学的名士李慈铭（字莼客，号越缦）非常尊敬。蔡先生曾在李家北京寓居里教过李越缦的儿子李孝赉的书，可是蔡先生不以师宾自居，对李越缦以师礼相待，执弟子礼甚恭。

李越缦去世以后，留下的著作很多，其中以《越缦堂日记》一部数十年从不间断的日记最为著名，蔡先生于一九一九年为了刊印《越缦堂日记》，募集垫印费用，用全浙公会的名义发起，交由商务印书馆印行。清朝末年，写日记的人不少，如曾国藩、翁同龢、王闿运都有日记行世，但是内容丰富，文笔遒秀，当以《越缦堂日记》为第一。鲁迅先生也很喜欢这部多达五十一册的《越缦堂日记》。

李越缦父子相继去世以后，家境非常拮据，他家便把越缦堂藏书一百三十余箱、二万余册，抵押与本城开同兴酱园的陆姓，得款数千元，但每月须负担重利息。蔡先生知道了这件事，觉得受人重利盘剥，不是办法，他就介绍给北京图书馆。北京图书馆把全部越缦堂藏书收买下来。这件事对学术界也有重大贡献。这批书经该馆中人辑录李越缦在书上批校的文字，编成《越缦堂读书记》《越缦堂读史札记》等书。

长中西学堂。一八九八年，蔡先生从北京回到绍兴，就在这一年的冬天担任绍兴中西学堂监督（校长）。绍兴中西学堂创始于光绪十三年（一八八七年），它是绍兴最早的一所学校，即浙江第五中学的前身。

中西学堂初成立的时候，校址暂借西郭门内豫仓。

中西学堂首任监督是何阆仙，也是一位翰林出身的人。中西学堂是用绍兴的公款开办的，但也接受私人的捐款，它以学生程度的差别分为三斋：略似后来的高级小学、初级中学、高级中学。蔡先生在这样守旧的社会里办学校，其艰难情况是可以想见的。

中西学堂的课程中原有英语、法语两种外国语，蔡先生到校以后，又添设了日语，聘请日本人中川到绍兴来任教。

中西学堂教师之中，分为新旧两派：新派教师有杜亚泉、寿教天、胡道南、马天锡等，旧派教师有任秋田、薛阆轩、陶斐然、周凤苞等，英文教师是许翰西，算学教师为何豫才。新旧两派教师之间，斗争是激烈的，常常为了校里革新的问题发生争论，蔡先生当然站在新派一边，而全体学生也同情新派。为此，蔡先生受到校董的警告，他就愤而辞职，一八九九年离开了中西学堂。

择偶条件。蔡先生的原配王昭夫人于一九〇〇年逝世，那时候蔡先生才三十四岁，因他是翰林出身，门第清高，丧偶以后，做媒的人，纷至沓来。

蔡先生很不耐烦，遂写了五条选择配偶的条件，用大字写了贴在书室的墙壁上：（一）女子须天足，（二）女子须识字，（三）男方不娶妾，（四）男死后女可再嫁，（五）男女两方意见不合可以离婚。看了这些条件的人，都摇摇头，乘兴而来，败兴而去。

蔡先生的堂弟媳郭老太太叙述一件趣事：当时绍兴城里有一位科第辈分比蔡先生高、年龄也比蔡先生大一倍、专讲程朱理学的老先生，认为这是"叛道离经""淆乱纲常"，特地坐了大轿上门来和蔡先生辩论。见蔡先生还是"执迷不悟"，就叹了一口气，说声"孺子不可教也"，上轿回去了。

后来蔡先生和黄仲玉女士结婚，她是江西人，天足，工书画，是符合所规定的条件的。一九〇一年在杭州结婚的那一天，来宾有孙翼中（偶耕）、宋恕（燕生）、陈黻宸（介石）、汪希（叔明）、叶景范（少吾），都是知名之士，乃举行演说会以代替旧风俗的"闹新房"。

陶成章之死。一九〇四年以前，浙江的革命势力，是各自秘密进行的，互不统属，如徐锡麟、竺绍康、王金发等在绍兴、嵊县一带活动，陶成章在金、衢、严、处一带活动，敖嘉熊在嘉兴一带活动，龚宝铨在日本东京一带活动，形成一个群龙无首的局面，力量涣散，既无严密的组织，又缺乏行动纲领。自从留日学生所组成的军国民教育会暗杀团团员龚宝铨等到达上海以后，与蔡先生洽商，乃于一九〇四年冬成立光复会，推蔡先生为会长。蔡先生和徐锡麟是绍兴府中学堂的先后同事（中西学堂后改为绍兴府中学堂），原来相识，和陶成章的族叔陶子缜、陶仲彝、陶浚宣等是乡会试同年，因此先后特邀徐、陶两人加入光复会。同盟会虽由兴中会、华兴会、光复会所组成，但并不是所有光复会会员尽是同盟会会员。有原是光复会会员后加入同盟会的，这是多数，如蔡先生既是光复会会长，又是同盟会上海分部负责人；也有的光复会会员并未加入同盟会，如徐锡麟就是没有加入同盟会的。

光绪三十三年（一九〇七年）徐锡麟在安庆刺死恩铭壮烈牺牲，秋瑾也因"安庆事件"株连而逮捕就义，光复会实力受到挫折。一九一一年十月十日武昌起义后，上海、杭州相继光复，陶成章自南洋归来，不久为上海都督陈其美（英士）指派蒋介石、王祝卿两人暗杀于上海广慈医院。

陶成章死后，光复会中有号召力的实力派没有了。当时在上海都督陈其美势力范围之下，沪上各报对陶的被刺不加评论，唯《越铎日报》曾发表评论略谓：陶之死，各方反应甚微，唯有光复会会长蔡元培在南京为陶举行之追悼会上致悼词，痛惜备至，甚至泣下沾襟。但蔡先生是一书生，不是一个有斗争性的革命党魁，所以追悼也只是托之空言。

恸哭杨铨。一九三二年蔡先生和宋庆龄、杨铨（杏佛）等在上海组织中国民权保障同盟，推宋庆龄为主席，蔡先生为副主席，杨铨为总干事，鲁迅先生当时也是民权保障同盟的执行委员。

"九·一八"和"一·二八"事变以后，蒋介石对外不抵抗，对内则变本加厉，实行镇压，以巩固他的独裁统治，先后在北平、上海等地逮捕了很多进步人士和爱国学生。如在北平逮捕了许德珩、侯外庐、范文澜等，在上海逮捕了陈独秀、丁玲和许多学生，还有外国人牛兰夫妇。蔡先生都以中国民权保障同盟的名义函电营救。

一九三三年六月八日，中国民权保障同盟总干事，也是中国研究院的总干事杨铨，被国民党特务暗杀，蔡先生哭之甚恸。杨铨言论精辟、文笔犀利，为当时蒋介石所嫉恨，蒋介石对德高望重的蔡先生不敢下手，但对杨铨却以最卑鄙的暗杀手段对付。

杨铨在被杀前，曾到诗人徐志摩故乡硖石镇徐氏墓前吊奠，并做有一首悼诗，诗道："梵祠瘦塔护东山，浪漫诗人去不还。死本易求中岁早，人难更得一棺寒；云中纵迹知何似？别后情怀更不堪。今日独游苦寥落，可能招璧续前欢。"当时蒋政府的"御用文人"在上海某小报上登了一首步原韵的诗来谩骂杨铨："管弦丝竹护东山，黄脸家婆逐不还；赢得诗人心欲动，已教竖子胆殊寒。民权消息今何似？地府生涯亦大堪。吾佛何妨九泉去，自能把臂续前欢。"那时杨铨和他夫人赵志道离婚不久，所以有第二句。"民权消息"即指中国民权保障同盟；"吾佛"影射杨杏佛，说他当死。当时杨杏佛见了这首诗非常气愤，蔡先生劝他：这种"泼妇骂街"式的文字，还是"置之不理"最为上策，不然的话反而纠缠不了。过了不久，杨果被刺而死，也有人说："诗能成谶"；蔡先生则说："这是蒋介石的预谋杀人，诗不过是他的爪牙们事先的警告信罢了。"

八行荐牍。蔡先生巨眼识英雄，对人才最肯提拔，从教育部开始，后来北京大学的教授和众多学生，以及最后的大学院、中央研究院，他不拘一格地造就人才，这些人材遍布了全中国。当时有人比拟：经过蔡先生识拔的无异于古代的"登龙门"。

很多人说：蔡先生的八行书最"滥"，甚至有人求他介绍门房或工役，他也会慨然答应。我以为这正是蔡先生伟大之处，蔡先生平易近人，最肯帮助人。凡人能力有大小，不能强同，蔡先生能按照各人的能力，予以适当的位置，使人人各尽其能。

蔡先生的学术思想，以及他在各方面的成就与影响，不是这篇短文所能尽述，以上不过是就我所知道的，略述一二。昔人有言"识大识小"，我不过"识小"而已。

原载《浙江辛亥革命回忆录》，浙江人民出版社，1981 年

法国著名小说家比埃·米尔
对孙中山先生的回忆

在辛亥革命之前，孙中山先生不仅走遍南洋各埠，而且经常游历欧美各国，和先进人物取得联系，对于近代民主革命策源地法国，尤为重视。因此，他在法国的朋友之中，既有政治家、社会家、哲学家，又有许多文坛巨子。例如比埃·米尔，这位十九世纪末和二十世纪初期的著名小说家，和孙中山先生就有着深厚的友谊。原来在辛亥革命十多年前，他们已经在巴黎相识了。

一九二五年三月十二日，孙中山先生在北京去世，消息立刻传遍全世界。当时法国各大报纸也纷纷发表纪念孙中山先生的文章。当时我在巴黎，看见《晨报》发表了比埃·米尔的纪念孙中山先生的回忆录，文字虽短，意味深长，使我惊叹不已。当时即把这文的大概录于我的记事簿内。其内容约略复述如次：

比埃·米尔说："我的老朋友——孙逸仙先生逝世的消息，使我十分悲痛。中国不世出的伟大革命家、政治家，一旦长眠，实在是太匆匆了。这是中国的大不幸，也是全人类的大损失。缅怀故人，不胜浩叹！

"记得孙先生在辛亥革命之前，在伦敦蒙难之前，他来巴黎和我最后一次见面，出人意表的情况，历历如在眼前。在彼此互相热烈握手的时候，孙先生含笑对我说：'令爱赛西尔小姐可好吧？'当时我感到愕然，莫名其妙，我并没有女儿，哪里来了个赛西尔小姐呢？孙先生更是喜形于色地对我说：'怎么？你想想看，十年前您曾当面介绍令千金赛西尔小姐和我认识呢，哈哈！'当下，我才恍然大悟，原来孙先生所谓的赛西尔小姐，就是我十年前发表的一部长篇小说中的人物。当时我赠送给孙先生一个样本作纪念。我回想起孙先生为中国革命奔走全球，百忙之中，还有闲情细心阅读我那部小说，而且他就过目不忘书中人物的名字，很幽默地把赛西尔小姐这个书中杜撰的主人翁，当作我这个作家的女儿看待，更是意味深长，不可言喻。当时我欣喜欲狂，我更加紧紧握着他的手，表示由衷感谢他的隆情高谊，并且赞叹说：'您的记忆力多么出人意表，您的风趣更是非凡！'即从此短短的回忆中，就更使我永远不忘怀孙逸仙先生，这位不朽的老朋友！"

我当时读到比埃·米尔的回忆录，使我对于孙中山先生，不仅敬仰他精通外语，多闻博览，学贯中西，更加爱戴他伟大的革命精神。无以致敬，谨借古人的名言曰："先生之风，山高水长！"

一九八一年七月
作于浙江富阳旅途中

原载《文史通讯》（北京）1981 年第 5 期

二　剧　本

易水别（三幕悲剧）

人　物：荆轲

卫兰姬（荆轲之妻）

田光（燕国长者）

高渐离（狗屠）

樊於期（秦将）

燕太子丹

太傅鞠武

秦武阳（勇士）

歌女十人

食客甲

食客乙

食客丙

家将四人

卫士四人

第一幕　荆轲之家

荆轲家于燕市陋巷之中。时为下午，室内极其简陋，四壁灰黑，方凳一张，椅子四张，纺织机一架。开幕时，兰姬正在纺纱，侧面向观众。

第一场

兰姬一人。

兰姬：唉！天色又快要黑了，这几卷麻纱还纺不完，光阴真容易过呀！工作老是这样慢，怎样维持得了两口儿的家呢？我这副弱小的手，单是为混混饭吃，已经勉强得很，加之以荆卿的海量，就有点儿难对付了。他在家里喝还不算事，又要到外面去和那班狗屠胡闹，口袋里剩下一个钱都要给他们喝光了才痛快。他每次都是带着一副红脸回来，往床上一躺，半句都不说就睡着了。我有时禁不住，稍为责备他一声，他就难受，要生气，甚至于伤感起来。可怜的荆卿呀！我当真是不了解他的品性吗？但是怎么办呢？他老是出外面去交朋结友，剩下我一个人在家里，举目无亲，多么凄凉呀！做丈夫的都是只顾自己的事情，总不有了解女人的心理……唉！爱情在男子的心灵上，不过是暂时的狂热，目的达到了就慢慢地冷淡下去……几乎忘记了有个女人在他的身边，冷落无聊……（她又望户外的暮色）他今天早上翻一翻兵书，舞了一次剑，就出去了，现在这样迟迟还不回来……唉！（摇摇头）

第二场

兰姬、荆轲。

（荆轲身披黑色旧袍，腰佩长剑，带有酒色，步武踉跄自外面闯进来）

荆轲：兰姬，你还在那里做工，不累吗？

兰姬：唉！（沉默不答）

荆轲：你又叹什么气呀？埋怨我回来太迟了吗？

兰姬：（故作安闲状）不，没有什么。我不过是觉得日子过得太快了，这几卷麻纱还没有纺完……

荆轲：（坐下）我知道了，兰姬，你的心事不用说，我都明白。请你不要伤心罢！我时常觉得惭愧……

兰姬：（故作笑容）你又来了，荆卿，你总是喜欢在我面前慨叹、告罪。我并没有向你要求赔偿什么……（媚笑）

荆轲：（带笑）像你这样好的人，世上真是难得的，兰姬！你知道，我是个不会说好话的硬汉，可是每次回来看见你，心里总是觉得有一种莫名其妙的酸痛……回想起五年前我们在卫国初结婚的时候，你还是个二十岁的窈窕淑女，我也是个二十岁的爱国志士，那是多美满的生活呀！现在呢，都做了亡国的流民，东飘西泊，由魏国逃到赵国，又由赵国流落到燕国来，你这几年来跟着我跑，弄得形容憔悴，饱受了许多风霜，幸亏你一点也不埋怨……

兰姬：我哪里敢埋怨你，荆卿！跟着丈夫同受甘苦，可不是妻子的天职吗？我们亡国的遗民，哪能有幸福的生活？

荆轲：受了委屈还不以为意，你真是个好人！但是，连累你日夜辛苦纺纱，来维持我们的生活，这是很难为情的！一个堂堂七尺的大丈夫，不但不能养家，反而要妻来养他！世上许多光棍，都可以冒充国士，到各处去做食客，我呢，只会做妻的蛀虫，真是无聊呀！（凄然）

兰姬：（抚慰状）荆卿，不要伤感罢！我们既然是夫妻，还有什么彼此之分呢？（户外鼓声大震，杂着妇女悲号顿足之声，兰姬惊讶状）外面又发生什么事呀？

荆轲：（摇头慨叹）又是拉了一批小百姓当兵去了！听说秦国已经派王翦带了五十万大军去打赵国，也许不久就要攻到易水边来了。现在燕国非常着急，积极准备抵抗，所以近来天天都是调兵遣将，天天都是拉人索马，甚至于十三四岁的小孩子，都要拉去凑数……

兰姬：可怜的弱小民族！就是我们，也恐怕不得安身罢！（户外哭声渐远。突来了一个衣冠楚楚的人，态度颇兴奋）

第三场

兰姬、荆轲、高渐离。

荆轲：（向来人作揖笑）渐离，你来得正好！请坐，两天不见面，以为你是害病了……

高渐离：（作揖）托福，托福。两位都好罢？

荆轲：托福！（低声问妻）请你预备夜饭罢，如果没有什么东西下酒，索性把那只母鸡杀了敬客，好不好？（妻点首）

兰姬：高先生万福！我去做饭就来。你们可以谈谈天罢。失陪了。（退）

第四场

荆轲、高渐离。

高渐离：（还礼后，向荆轲）你们在家里多安静呀？到底还是有家庭的人潇洒一点，连外面的鼓声也闹不进来，哈哈！

荆轲：渐离又来嘲笑了！我表面是个安乐虫，肚子里好像沸鼎一样！你我都是知己，还不能谅解吗？

高渐离：（肃容）荆卿，请你不要见怪，刚才不过是开玩笑的。我哪里不知道你的心底！荆卿，你是个落魄的英雄！当初卫元君老朽昏庸，没有听你的策略，一转眼卫国就被秦国灭了，连你自己也变做亡国民，幸亏逃得快，不然也被牺牲了！你这几年来，不但是流离转徙，还不知道受了多少气呢！你还记得在并州和盖聂论剑的事情？你还记得在邯郸受鲁勾践的叱骂吗？一想起这些奇耻大辱，连我都要发指，都要痛哭流涕！可是你始终能够忍受得下，又使我佩服你的度量宽大！

荆轲：（垂头丧气）忍受自是忍受下去了，实际上不但是无济于事，并且把自己的灵魂都弄脏了！我每次想起以前的耻辱，就觉得惭愧痛心！如果不是因为卧薪尝胆的观念和家庭的牵挂，我就是不死于卫国灭亡的时候，也就和那班土豪拼了命！现在呢，渐离，（慨叹着）恢复祖国的计划仍旧是个空梦！实际上是偷生！灵魂一天天消沉下去，不但是个人的堕落，还连累兰姬也陪我受苦，并且把汗血钱去喝酒，去胡闹！唉！我还有什么面目偷生在世上呀！（伏案唏嘘）

高渐离：（以手抚其背，甚为感动）老朋友！何必这样伤心呢？你的落魄并不是你没有志气呀！好比一匹千里马，没有人去赏识它，甚至于埋没了一生，那是马的过失吗？从前卫元君没有赏识你的天才，也罢！但是现在的各国贤豪长者，又何尝了解你呢？你来到了我们燕国也已有两年了，试问除了田光老先生和我这狗屠之外，还有谁了解你呢？我们天天在酒馆里闹酒，在街市上慷慨悲歌，人家还笑我们是疯子，尤其是你，唉！可怜的壮士！

荆轲：（忽然兴奋起来，向渐离）渐离，我真不敢受领你的过奖！我自己觉得，生平没有干过一件事，可以令人尊重我的！你那样高尚的友谊，我不知道怎样感谢你，渐离！我本来是个亡国的难民，已经无家可归的，现在来到燕国，得了几位知心的朋友，早晚聚会谈天，就好像是在自己的家乡一样，燕国人民也就是我的同乡。并且，凡是被虎狼的秦国压迫不过要起来抵抗的弱小国民，都是我的同志。但是，我现在是赤手空拳的匹夫，只好眼睁睁地看着强暴的秦王，今天屠一个城，明天灭一个国，唉！

高渐离：宝剑总不至于老是沉在水底里生锈罢！我相信天命，我相信天生英雄必定有用武的机会！不要着急罢！荆轲，你看终有一天……（突来一个白衣皓发的老翁扶杖而进）

第五场

上场人物：田光。

高渐离：哈！田老先生你来了，凑巧极了！

荆轲：（恭迎之入座）老先生，你可好吗？

田光：（兴奋而镇静，目灼灼有神光，深视荆轲，微笑中带愁容。作揖后坐下）你们都好罢？（四面看一下）嫂夫人不在家吗？

荆轲：她在厨房里做夜饭。老先生就请在草舍里用便饭罢？

田光：谢谢（继续注视他们），这个时候，你们还在这里谈天，多舒服呀！

荆轲：老先生不要取笑了，我们并没有谈什么天，不过是有点感慨，朋友之间，大家谈谈消愁罢了。

田光：哈哈！你们还有工夫谈个人的问题！哈哈！我们现在处的是什么年代呀！现在燕赵的少年只晓得穿漂亮的衣裳，天天出去打猎、跑马、斗鸡、养狗、赌博，或者是花天酒地招摇过市！对于国家的大难，人民的痛苦，一切都是漠不关心！唉！燕国不亡是没有天理了！

荆轲：（唏嘘叹息）

高渐离：（惊讶状）田老先生今天为什么这么愤慨呀？

田光：渐离，你也来说风凉话吗？少年人不振作吗？就怪不得老人家要感慨！唉！我虽然是年纪大了，对于时代的恐怖，社会的混乱，人民的困苦，也不能袖手旁观的！你们看呀！这几年来横霸的秦王，野心也一天大似一天，伐了楚国就来攻齐国，灭了卫国又来吞韩国，现在又派了几十万兵来侵略赵国，连我们弱小的燕国也朝不保夕了。唉！各国的君主都是暮气沉沉，老让虎狼的秦兵来宰割土地，残杀无辜的小百姓，所到的地方，都是尸横遍野，血流成河。除非席卷了天下，并吞了六国，是不肯甘休的！可怜我们弱小的燕国，现在还在那里做太平的好梦！

荆轲：田老先生未免太过虑了。近来不是天天有征兵的命令，天天听见许多战车战马的声音，和老妪少妇送行的哭声吗？太子丹派了许多军队到易水那面去，不是为提防秦国吗？

田光：哈哈！有什么用！有什么用！这几万又老又弱的残兵，可以抵挡得住王翦的五十万铁军吗？哈哈！简直是赶羊入虎，白白地送死去！现在就是调动全燕国的兵马，全燕国的男男女女、老老少少，都上战场去抵抗，也只有杀得个精光！何况是做不到的呢。

高渐离：像田老先生这样说起来，我们的燕国简直是不能抵抗，也可不必要抵抗吗？我们大家只好敛着手等死吗？不见得罢？

田光：我的意思并不见得就是这样便宜罢！渐离！我若是看定了我们的祖国是没有救的，天下的弱小民族也是应该给秦国吞并的，那我又何必在风烛残年之中，多生无谓的伤感呢？（以目视荆轲）惟其是觉得还可以有救，倒是没有人去救！惟其是觉得有人可以一手打开这种危亡的局面，倒是没有人肯去，这真是民族精神的堕落，这才是死心，这才是可耻！

荆轲：（佯作不注意，潇洒地说）太子丹总揽燕国的军政大权，并且是礼贤下士，上至豪杰，下至民众，都一致拥戴他，难道他不是燕国的栋梁，天下的救主吗？老先生为什么还说没有人肯出来救国呢？

田光：太子固然是德高望重，但是除了调兵遣将之外，还有什么别的办法呢！我们大家都知道，燕国向来是兵微将寡，无将可遣！太子就是有惊天的本领也是支持不住了。

高渐离：那末，太子尚且没有办法，我们小百姓就有办法吗？

田光：也许是有的！我刚才说过，用武力来抵抗秦国的强兵猛将是不行的了。我们应该用智来斗力！试问赤手空拳可以打虎吗？但是我们可以设陷阱，可以装弩箭，把它生擒，把它射死，这不是用智吗？现在的秦国就是一条又凶恶又残暴的老虎，你们还想用拳头去抵抗它的爪牙吗？你们试回想一下，好几回，齐、楚、韩、魏、燕、赵联合起来大吹大擂去攻打函谷关，起初秦国简直不理这回事，后来忽然大开关门，出来一哄，就骇得六国联军鸡飞狗走，一阵子杀得片甲不留！所以我说，我们不能用弱小的武力去抵抗强大的武力，应该用智来斗力！

荆轲：（庄重）老先生所说的智，是怎样的智呢？

田光：救国救民的几种：有大智小智，有远智急智，又有大人先生的智，有庶民匹夫的智。

高渐离：怎样解析呢？

田光：大智是广施仁义以德服人，拱手而治天下；小智是取巧弄诈，欺骗致胜于一时；远智是十年生聚，使国富兵强；急智是利用外交手腕，来应付目前的危难。大人先生的智是招贤纳士，使各尽所能，各得其用；庶民匹夫的智是不顾一切、赴汤蹈火去解救国家的大难！

高渐离：现在呢？

田光：现在是千钧一发的时候，谈不到大智，施行仁义不是三两天就可以感化人的，也谈不到小智，几百年来，各国都是用惯了诈术，现在谁也骗不了谁；谈不到远智，越王勾践这枭雄也费了二十年卧薪尝胆的苦功夫，才振兴了越国，我们现在是来不及了；也谈不到急智，国际间的假面具不撕破的时候还可以像郑子产一样，用外交手腕苟且偷安于一时，等到兵临城下的时候，就用不着文人的口舌了！现在也谈不到大人先生的智，天下英雄豪杰也不是一朝一夕之间可以招致得来的，从前孟尝君门下虽然有了三千多名的食客，其中的豪杰还不外鸡鸣狗盗的小角色！这都是无济于事的！现在呢，只有最后的，庶民匹夫的智，非常的智，可以施展一下……（又以目视荆轲）

荆轲、渐离：（惊讶状，同声说）怎样呢？

田光：我们现在既然不能战，不能守，又不能投降，还有什么积极的办法呢？刚才已经说过，仁义、诈术、外交、内政，种种办法都是不行，现在除非由匹夫之勇，单刀直入……

高渐离：什么话？六国的联军还打不进函谷关，你想单刀杀进秦国去，不是做梦吗？

田光：哈哈！你们忘记了曹沫劫齐桓公的故事吗？他不是用一条剑，就把鲁国三战三北的耻辱和屡次丧失的土地都一齐洗刷，一齐收回来了吗？

高渐离：（肃然起敬）老先生，有理有理！

荆轲：曹沫不愧是匹夫救国的英雄，可敬可敬！

田光：可惜这个好榜样，我们燕国就没人肯出来照样做一下了！唉！

高渐离：太子手下不是有很多豪杰吗？

田光：他们都不过是冲锋陷阵的武夫，都不中用！可怜的太子，他虽然是卧薪尝胆想救国，但是，没有人可以为他牺牲，燕国自是快要灭亡的！可惜我田光现在是太老了！

荆轲：老先生是太谦虚了。

高渐离：燕国谁还不知道你老英雄的大名呵！

田光：唉！什么英雄都怕老呵！你看我这对老眼睛，三丈之外就昏花起来；你看我这两条老腿，跑不上三里路就要酸软；你看我这双骨瘦如柴的手臂，连三斤重的母鸡都缚不住了！唉！老了的千里马，还赶不上一匹年轻的驴子呵！今天早上初次去拜见太子，我也是这样谢绝了他！（摇头叹气，又以目视荆轲）我真羡慕你们这班雄赳赳的少年呀……

荆轲：（惊讶状）老先生干不了的事体，难道我们后辈就可以干得了吗？

田光：我若是还像你们这样年富力强，就用不着伤心了。也就不到这里来诉苦了，我老早就答应了太子的请求，就单刀西进咸阳，去找秦王的头了！

高渐离：（恍然大悟，以目视荆轲而笑）哈哈！我现在才明白老先生的来意，哈哈！我的脑筋迟钝极了，惭愧惭愧！

荆轲：（攘臂而起）你老人家莫非是怪我们少年人不争气吗？荆某当真是这样偷生无耻的懒虫吗？我不可以替你老人家效力祖国吗？我不可以为救国而牺牲我的血吗？

田光：（极感动，起而拍其肩，微笑着）这才是我的荆卿呀！这才是我的好兄弟的真面目呀，这才是非常的英雄呀！当初你来燕国的时候，我一看见你，就知道你是个奇人，是个壮士！

高渐离：（含笑而起）田老先生，我高某的眼光算不错！你刚才进来的时候，我看见你的神气就觉得有点奇怪！哈哈！你原来是想放出这匹狮子去杀秦国的老虎！哈哈！

荆轲：不敢当，不敢当！荆某不过是一个武夫，浪荡的光棍，哪里配得起英雄豪杰的尊称！当初卫国亡了的时候，没有殉难，已经是不忠！后来个人屡次受辱，也没有雪耻，已经是不勇！现在流落在燕国，又多蒙老先生和渐离的垂爱，时常觉得惭愧！现在既是国难当前，我的头，我的心，我的血，都是属于你们，属于燕国的了！请你老先生下命令就是！

田光：荆卿！燕国得了你，可以有救了！天下无数弱小国民的性命，都托付在你这把剑上！你这一剑，就可以把时代的面目改变了！荆卿，你的使命是多么重大呀！我一向就知道燕国中只有你一个人才可以负得起这种非常的使命！现在太子所有的勇士之中，最杰出的：夏扶是粗暴的大汉，一发怒，就脸红耳赤；宋意是躁急的武夫，一发怒，就脸青鼻黄；还有个武阳，是横暴之徒，一发怒，就脸白唇紫，都是会误大事的，不中用的！看来看去，只有你，荆卿，你才是天生神勇！心里虽然是火热，一点也不露声色！

高渐离：田老先生讲得对呀！荆卿的闷葫芦，谁也猜不破的！我和他相处多年，从来没看见他生气！真是奇怪！可是，我们喝醉了之后，慷慨悲歌是有的！我打的筑，和你的歌，配得真好呀！荆卿！

荆轲：过奖了……

田光：荆卿，时机是很危急了，你应当就出山罢！我已经荐你给太子了！我是老朽不中用的！救国救民的大任，只好请代劳罢！荆卿，你知道，我并不是贪生怕死呀！（唏嘘）

荆轲：老先生不要悲伤罢，士为知己者死！你老人家去尽忠报国，我敢不去吗？何况是为救天下的弱小国民而死呢！

田光：（熟视荆轲，宛若慈父之与爱子）荆卿，你去罢，你今天晚上就去见太子罢！你既然这样慷慨，肯背负起这非常的使命，我这个不中用的老朽，也算是尽了责任，我就此告别了！（唏嘘）

荆轲：老先生，珍重！

田光：荆卿，珍重！（唏嘘）荆卿，再见……也许是九泉之下再见了……

高渐离：田老先生年纪这样大，天又黑了，我来奉陪罢！

荆轲：老先生，珍重！改天还是我来府罢！

田光：（决然）国家大事要紧，望你不顾一切，勇往去干罢！不要来看我了！荆卿，别了！（作揖，掩面唏嘘而退）

高渐离：荆卿，再会！（亦随田光而退）

第六场

荆轲一人。

荆轲：（送至门外作揖回来，至室内默然徘徊，抚着佩剑自语）做梦也想不到有这样的一天！活了三十多岁，都是失意、受辱、倒霉！从来没有吐过一口气！我老早就该死了！好几次都是应该死的，可是没有死成功！为什么活到现在？难道是为偷生吗？可耻呀！荆轲！（对着自己的宝剑）宝剑呀宝剑！你随我已经二十年了，可是从来没有尝过血的腥味，真是屈辱了你呀！

宝剑呀宝剑，我要请你开杀戒，我要请你尝一尝秦国魔王的黑血呵！我也要像聂政一样，请你同时钻进我的心窝！我不至于老是辜负你的，好朋友！（静，旋即自语。）哈哈！牺牲一个人的性命，就可以替代了全燕国人的性命！用我的头去换魔王的头，就可以免天下人都断头，就可以救了几千万个孤儿寡妇！这种牺牲是多有价值呀！去罢……（忽而低声）但是……兰姬呢？她这几年来跟着我，形影相随，漂流受苦，不是为了我吗？我好几次忍痛受辱，又不是有点为了她吗？几年的患难，几年的恩爱，一旦之间就可以生离死别吗？我去了之后，她怎样活得了呢？又没有儿子，可以安慰她的孤苦……怎么办呢？但是，我又不能不离开她，我又不得不去死呀！她也是一样被牺牲了，可怜的兰姬呀，可怜的兰姬呀……（伏案唏嘘）

第七场

荆轲、兰姬。

兰姬：（从室内捧油灯出来，望见荆轲惊讶状）怎样了，荆卿？又在那里伤感什么？（趋前）起来罢，荆卿。你不觉得饿吗？晚饭预备好了，我们进去用饭罢？

荆轲：（不动）唉！唉！

兰姬：又为什么叹气呀，荆卿？（抚其背）刚才高先生为什么不用饭就走了？他向你说了什么话吗？你每次同他聚会的时候，就免不了一番悲歌痛哭！唉！大丈夫何必这样多感慨呀！荆卿，你是旷达的人，收敛你的心罢！

荆轲：（唏嘘，低声说）兰姬，你哪里知道呀……

兰姬：怎样呢？我不了解你的心吗？你不是因为落魄无聊，才这样伤感吗？你不是因为我受苦受累，才这样懊恼吗？荆卿，请你不要这样自寻苦恼罢！荆卿，我和你同受甘苦，不是天经地义的吗？

荆轲：唉！兰姬，你误解了我……

兰姬：（焦急）我有什么误解了你的地方，荆卿？我的肉体，我的心灵，我的一切，不都是你的吗？

荆轲：不是这个问题呀！兰姬！我这个时候的痛苦，是说不出口的……

兰姬：（急）荆卿，荆卿，你究竟有什么痛苦呢？我不可以安慰你吗？

荆轲：（摇头唏嘘）亲爱的兰姬……

兰姬：告诉我罢，荆卿！我不是你的妻吗？我不可以知道你心里的秘密吗？

荆轲：（忽然起来，瞠目熟视其妻，如伤兽之哀号）兰姬呀，我们快要分离了！

兰姬：（哭声）怎样？荆卿，你不要我吗？

荆轲：（哭声）不是这样，兰姬！我的心永久是你的！

兰姬：那，你为什么要离开我呢？

荆轲：因为要牺牲了自己的生命，去救燕国，去救天下！

兰姬：谁要你去的？

荆轲：是刚才田老先生，他是来传达太子的意旨的。

兰姬：太子是要你怎样去报国吗？带兵马去抵抗吗？

荆轲：不是！

兰姬：那么，怎样呢？

荆轲：（镇静）要我单刀直入秦国，要刺杀那个混世的魔王！

兰姬：你答应了太子吗？

荆轲：是的。

兰姬：天呀……（仆到于地）

荆轲：（急忙跪下抚慰之）我的兰姬呀，不要伤心罢……

兰姬：（呜咽中）你就这样忍心丢弃我吗？荆卿，你忘记了我们五年来的恩爱吗？你……你……

荆轲：兰姬唉，我哪里舍得你！我是个男子，生死都是不足惜的！但是想到你过去的恩爱，目前和将来的悲哀孤苦，我的悲痛就好比是万箭穿心……

兰姬：你既然知道我的悲哀孤苦，你就不应该答应太子的使命呀！

荆轲：唉，兰姬，但是，激于义愤，我又不能不答应呀！大丈夫一言既出，驷马难追，答应了，现在我又不得不去了……

兰姬：（忽然翻身起来兴奋地）好！那么我陪你去罢！

荆轲：（亦起）不行的！兰姬，万万行不得的！

兰姬：（愤懑）怎么？你嫌我女人家胆子小吗？

荆轲：并不是这样说……这种事情，要秘密又要机警，越是多人越要误事！女人陪着更不行！只许一个人去干的！

兰姬：（又失望，伏在案上呜咽）那么，你决然丢弃我了……天呀！

荆轲：（亦呜咽）这是无可奈何呵，兰姬！

兰姬：唉！一个弱小的女子，嫁了一个壮士，总是不能白发偕老的！我当初和你结婚的时候，看见你不可一世的气概，就觉得心寒，就知道将来要被你丢弃的！像你这样的豪杰，当然不能永久是女人的怀中物，迟早总要被国家社会抓去牺牲的，但是明明知道迟早都要生离死别，我又不能不服从天命！这几年来，能够在患难之中，和你形影相依，已经是谢天谢地了！因为我知道你露头角的那一天，就是我进地狱的时候，我并不希望你埋没一世，不过暗地里总是祷告上天，希望那可怕的死刑慢一点执行……不料就在眼前……

荆轲：我辜负了你呵，可怜的兰姬，命运注定了我是你的罪人，那又有什么办法呢？我并不是甘心离开你的，但是救国就不能顾家，救天下人的父母、兄弟、姊妹，就不得不牺牲家庭的幸福和自己的头颅！兰姬呀！我是你的罪人！今生害了你的终身，只好来世做牛做马，来报答你的恩德！（跪下呜咽，室内渐黑）

第八场

高渐离、荆轲、兰姬。

高渐离：（自外闯进来，仓皇之至）荆卿，荆卿……

荆轲：（急起）渐离，你又来了……

高渐离：田……田……田老先生……

荆轲：你不是送他回家去吗？

高渐离：他……自杀了！

荆轲：怎么？

高渐离：一到家就拔剑自杀了！

荆轲：呀？他老人家为什么寻短见呢？

高渐离：（庄严）并不是寻短见，他是为国为民捐躯的！

荆轲：怎么？他不是已经把这个责任交给我吗？

高渐离：唉！是呀！

荆轲：他懊悔吗？

高渐离：不是的！

荆轲：那么，还有什么更重大的理由呀！

高渐离：唉，还有更重大的理由呀！

荆轲：什么？你说罢！

高渐离：他不大信任你呀！

荆轲：（愤慨）怎么？他还不相信我的人格吗？

高渐离：不！他是怕你儿女情长，英雄气短！你若是犹豫不决，那就坏了大事！燕国就亡了！与其生前看见祖国的灭亡，倒不如预先殉国难，以谢太子，以谢天下，因此他就自杀了！

荆轲：（呜咽）老先生呀！你是过虑了！你是冤枉死了！你是为我死了！我若是不去，简直是最卑鄙无耻的人了，还可以偷生吗？（决然，回头向妻）兰姬呀兰姬！大义当前，我不得不去了！

兰姬：（低声）事到如此，我还能阻挡你吗？你去罢！荆卿，你就……去罢……

荆轲：（奋勇）我辜负了你，兰姬！保重！保重！我……去了……

（荆轲与高渐离默然同出。兰姬伏地呜咽。同时遥闻路上有军队开拔之声，鼓声与喇叭齐鸣，并杂着妇女之哭声。室内全黑，幕徐徐下）

（第一幕完）

第二幕　燕太子宫

燕太子宫中，花园在右角，正厅走廊在左。

宴罢，日已斜。

启幕后，台上无人，遥闻正厅中许多歌女合唱着。

燕宫词

（一）

西风烈兮雁南还，白露团兮枫叶丹；

欢宴罢兮夕阳残，蛾眉倦兮舞袖寒。

（二）

燕女舞兮赵女歌，琴瑟鸣兮朱颜酡；

欢乐极兮忧思多，风云四起兮扬血波！

（三）

边城急兮鼓如雷，征夫去兮不复回；

少壮尽兮老弱摧，长守空房兮思妇哀！

（四）

烽火炽兮日月黑，万室空兮碧草赤；

太子忧兮忘寝食，思壮士兮除暴贼！

第一场

食客甲、食客乙、食客丙。

（三个黑衣食客酒气熏熏地自厅内出）

食客甲：痛快呀，痛快呀！今天太子真是慷慨极了！

食客乙：咱们三年来都没有像今天这样吃得痛快！哈哈！

食客丙：痛快痛快！难为你们说得出来！人家吃的是什么饭呵！

食客甲：怎么？你还不满意吗？

食客乙：你什么时候吃过这么丰富的酒席呢？

食客丙：你们这班狐群狗党的食客，有的吃总是好的！人家吃的是马肝、熊掌、驼峰，咱们吃的是猪肚、狗腿、羊肝；人家喝的宫里特别酿的高粱酒，咱们喝的是市面上卖的冲水白干！人家一来就是大宾，太子的堂上客；咱们来了三年还是倒霉的堂下客，连姓名相貌都不认识！你们还说什么痛快呵！

食客甲：老三，你说的话，倒有一点道理！

食客乙：听了你的话，我心里也觉得不大舒服起来了。这个穿红袍的荆……荆……

食客丙：荆轲！

食客乙：对啦，荆轲，太子口口声声称他是荆卿，所以连他的名字我也记不清楚了！是的，那位穿红袍的荆轲，架子真大呀！

食客甲：神气十足咧！

食客丙：嘻！上个月我还在街路上，看见他发酒疯！

食客甲：我呢，前几天在太子宫门口，我也看见他，穿着一件破烂的衣裳，被号房挡驾咧！

食客丙：嘻！挡驾，挡驾，因此号房倒被太子罚了五十下军棍！

食客乙：他的来头这样威风，是谁荐他来的？

食客甲：不知道呀！

食客乙：他究竟有什么大本领？太子为什么这样尊重他？

食客甲：谁也不知道呀！

食客丙：嘻！他的底细，我倒知道一点。

食客甲：你说罢？

食客丙：这里人多，不便说，恐怕要闯祸……

食客乙：不错，不错，号房的榜样是学不得的！

食客甲：那么，咱们到那面凉亭里看菊花吧！

食客乙：老三，幸亏是荆轲来了，咱们才有这一顿饱，你还不痛快吗？

食客丙：你始终是个齐人，叫花子，小饭桶！

食客甲：看，太傅鞠武和樊於期将军来了，咱们走吧！（齐向绿荫下去）

第二场

鞠武、樊於期。

（鞠武披蓝袍，年约五十余，樊於期披黑袍，年约四十，同自厅内出）

鞠武：樊将军，记得当年太子留在秦国的时候，你常常请他到你府上喝酒，你现在来到我们燕国，太子再三向你劝酒，你为什么总是不肯尽量呢？

樊於期：太傅，抱歉抱歉！还请原谅罢！满腔都是悲哀怨恨，哪里还有喝酒的余地呀！你看，我现在还不过四十岁，我的头发不到几天工夫，不是完全白了吗？

鞠武：樊将军，你的身世，你的境遇，活像当年的伍子胥，你来归附太子，也像伍子胥归附吴王夫差，我们燕国真是荣幸呵！

樊於期：不敢当，不敢当，樊某是个亡命之徒，哪里敢和伍子胥比拟呢！

鞠武：太谦虚了，将军！你脱离了秦王的虎口，来到这里，总算是燕国的光荣，你现在住在老朋友太子的宫里，总可以得到相当的安慰，静心等待报仇的机会罢？

樊於期：不共戴天的仇恨还未报，哪里可以一刻安静呢！

鞠武：太子宫里的许多娱乐，都不能使你消愁吗？

樊於期：丧家灭族的人，哪里还能够享乐！

鞠武：樊将军，大丈夫总要旷达一点，有仇恨固然要报复，有欢乐也不要错过，报仇是要等待机会的，享乐也不见得颓唐，你还是宽心吧！

樊於期：敬领太傅的雅教！但是，我每次想起秦王的冷酷残暴，不但忘记了我的功劳，并且凭空把我的父母、妻子、亲族，一齐杀光，我就恨不能即刻剥他的皮，吃他的肉，并且还要鞭他的骨头！

鞠武：你放心罢。太子不是像你一样恨秦王吗？你的仇恨，总得和他的仇恨一齐报复！我们且来谈谈今天快乐的宴会吧！你看，太子怎样款待你呀？

樊於期：太子的隆情高谊，真令樊某五体投地！

鞠武：你看我们燕赵的美女，比秦国的如何？

樊於期：我觉得颜色分外娇艳些。

鞠武：燕赵的歌声比之于秦腔，又有什么分别呢？

樊於期：燕赵是哀怨，秦声是强悍，一个是悼亡悲歌，一个是胜利的蛮声。

鞠武：不错！你听见没有？刚才那些歌女所唱的词调不是娇艳而是悲壮吗？

樊於期：是的，我听见她们的歌声，就心痛发指，几乎流泪！

鞠武：你听见她们唱到最后那一句"思壮士兮除暴贼"，你不免有所感触吧？你看，燕国可有这一类的壮士吗？

樊於期：我看也许有的罢！刚在宴会上那位气宇不凡的荆卿，不是这一流的豪杰吗？

鞠武：（点首）我也是这样想啊！

樊於期：太子的眼光真高明，能够找到这样的人物，可以说是英雄识英雄！

鞠武：太子天性是温柔谦恭、礼贤下士的！你看他敬爱那位荆卿，是无微不至的！他喜欢吃马肝，就把千里马杀了；他看见美人的手纤小可爱，就斫了那个美人的手，给他细细赏鉴！他喜欢用瓦片去投池上的鱼，就送上一盘金片给他玩！同车，同桌，同床，文王待遇姜太公，也不过如此罢！可是，荆卿毫不在意，真是奇怪了！

樊於期：太子有知人之明，非常的人物，应该享受非常的待遇！

鞠武：太子未免委屈了你……

樊於期：岂敢，岂敢！樊某是个无用的废物，岂敢与荆卿比拟！

鞠武：樊将军，你的胸襟真是宽大，佩服，佩服！现在时候已经不早了，我们也得去花园里散散步，看看菊花罢？

樊於期：太傅请先，樊某奉陪。（同向花园去）

第三场

太子丹、荆轲。

（太子丹披紫袍，年约二十余，荆轲披红袍，同由厅内谈笑出）

太子丹：太傅说，你是燕国第一豪饮的人，真是名不虚传！今天宴会上你一气喝了五斗酒，脸色一点也不改变，态度比平时还要从容，你真是个能人之所不能的非常人！荆卿，和你相处愈久，愈是钦佩你的神勇！

荆轲：太子过奖了，委实不敢当！能够多喝几杯，也不过是个酒徒，算得什么！

太子丹：荆卿不必客气吧！我现在十分懊悔自己的肉眼不识英雄！你在燕国好几年，我都没有机会和你交游！现在国家危亡之秋，才得田光老先生的介绍，认识了壮士，也算是不幸中之大幸了！荆卿，我不晓得怎样向你表示我敬爱你的热诚！

荆轲：太子未免过爱了！像荆某这样的武夫，多到可以车载斗量，哪里配受太子的宠遇呢！

太子丹：荆卿，你也不必谦虚了！燕国的存亡关键，和我个人的报仇雪耻，都靠着你呢！我这几年来无时无刻不怀恨着秦王政！当初我在秦国作抵押的时候，秦王不但非常虐待我，并且不许我回燕国，还要故意为难我，他说："除非是马会生角，乌鸦会白头，你才可以回燕国！"幸亏上天垂怜我的孤苦，马居然生角，乌鸦居然有白头，秦王只好放我回来了！唉！荆卿，他现在又派大兵来灭我燕国，我还能够再忍痛受辱去投降，做奴隶吗？

荆轲：马会生角，乌鸦会白头，有这样惊人的奇迹，足证上天要太子回来，解救燕国的危难……

太子丹：解救燕国的危难，全仗荆卿的大勇了！像我这样的庸才，只好做太平的公子，哪里配做乱世的储君。（微笑）

第四场

前人、鞠武。

鞠武：（自花园中来）太子，荆卿，你们两位真是如鱼得水呀！

太子丹：太傅，你这样匆匆忙忙地跑来，究竟有什么事啊？

鞠武：我刚才和樊将军在花园里赏菊花，忽然来了一个太监，向我报告说，大王有要事，要召见太子和老夫。

太子丹：又是什么要事啊？

鞠武：时局日见紧张，边境上告急的消息雪片般而来，大王的意思，大概又是要请太子设法了罢！

太子丹：什么法子都想尽了，我还有什么法子好想呢？（向荆轲）荆卿，是不是？现在只好少陪了……（向鞠武）太傅，我们就进宫去罢！（互相作揖，太子、太傅退）

第五场

荆轲一人。

荆轲：（在庭前踱来踱去）"什么法子都想尽了"，唉！刚才太子说的话真不错，兵也调尽了，将也调尽了，连燕京的许多狗屠也调去做火头军！马肝，熊掌，驼峰，美人的手，歌舞，宴会，金片，一切荣华富贵，都一齐送上来，这也可以说是想尽办法了！哈哈！太子未免看错了人，把荆某当作贪图利禄的武棍！哈哈！世界上哪里有这样的笨伯，享受了几天的富贵，就愿意为人牺牲性命，去做刺客呢？假如是有这一类的刺客，那是世风日下了！可是，对于我，太子就看错了！我可以为他个人的私仇，白白地牺牲我的家庭和我的脑袋吗？哈哈！太子没有想到，我是为田老先生，为救国，才来见他！其实，他只晓得用利禄诱惑人，不晓得用情义来感动人！他近来天天希望我早一点动身，去履行他的使命；刚才临别时的话，不是弦外有音吗？他哪里知道刺杀深宫里的秦王，不是全靠勇敢就可以成功呀！有勇，还要有谋，这个计划从何而来，那是他没有想到！太子还是英而不明，唉！可惜！我的使命越大，了解我的人越少，我在这荣华富贵之中，更觉得孤独，孤独！

第六场

荆轲、侍卫。

侍卫：大人……

荆轲：什么？

侍卫：宫廷外有一个女子要见大人……

荆轲：（脸一沉）她的姓氏呢？

侍卫：卫兰姬！

荆轲：（吃惊，低声自语）又是兰姬！（沉思无语）

侍卫：可否许她进来呢，大人？

荆轲：（摇首，忽然坚决地说）不见！

侍卫：她等了半天，并且哭得真凄惨呀……

荆轲：（感动，仍坚决地说）我说不见！你听见没有！

侍卫：是，大人……（退）

第七场

荆轲一人。

荆轲：唉！（静默片刻）这并不是我忘恩负义，是她自己不了解我的地位！唉！见了面，又还有什么说呢？哭吗？拉我回去吗？这都是不可能的了！从前在家的时候，我是她的丈夫，现在离了家，我已经不是一个人，唉！我是燕国最后的一把剑了！

第八场

荆轲、樊於期。

荆轲：（望见樊，兴奋地说）樊将军，你来得真凑巧，迟来一步，我就要先去拜望你……

樊於期：（谦逊）不敢屈驾！荆卿！我到现在还没有来拜望你，抱歉得很！

荆轲：庶人哪里敢劳将军的驾……

樊於期：先生是太子的上卿，燕国的壮士，大家不要客气罢！刚在宴会之后，我和太傅一齐出来，到花园里散步，正谈得高兴的时候，忽然来了一个太监，说燕王要召见太傅和太子，因此太傅就匆忙和我分手。我一个人在花园里，觉得无聊，也不大放心，所以我特地来探问时局的消息……

荆轲：刚才我也看见太傅急急忙忙跑来，邀请太子进宫去见燕王，内容我不太熟悉，总是时局格外严重了罢……

樊於期：我也是这样想。你觉得有什么法子，可以解救燕国的危亡呢，荆卿？

荆轲：还有什么法子呢，将军！刚才太子临去的时候还说，"什么方法都想尽了！"我也是同样的感想！

樊於期：（着急状）怎么办呢？荆卿，我们总不能让恶魔的秦王白白地灭了燕国罢？

荆轲：我也觉得，受了太子的非常宠遇，总不能让太子再去做秦国的阶下奴！

樊於期：我们总得和燕国共存亡吧？

荆轲：我也是有同样的决心。樊将军！请问你又有什么为燕国尽忠的办法呢？

樊於期：我一向是带兵的武将，我总可以投效太子，替他带一支兵马去抵抗。假如秦王的兵敢来侵犯燕国，我就和他决一死战！你觉得怎样？

荆轲：樊将军，不客气的话，你的计划是不中用的！

樊於期：我也觉得不大济事，但是，在我个人的立场和能力，也只好如此罢？

荆轲：你既然承认，这种办法是不中用的，总得另想更中用的办法！横竖是一样的牺牲，总得找到更好的代价吧？

樊於期：那末，还是请荆卿替我想一个更高明的办法罢！

荆轲：（沉着）樊将军，你是不是太子的老朋友？

樊於期：是的。

荆轲：秦王政，是不是你不共戴天的仇人？

樊於期：是的。

荆轲：秦王杀了你的家族，你为什么逃到燕国来呢？

樊於期：别的地方都不肯容纳我，只好投奔太子了……

荆轲：你来投奔太子，是不利于燕国的，你晓得吗？

樊於期：这，我承认的。

荆轲：太子明知容受你，是不利于燕国，他还不能拒绝你，那是什么缘故呢？

樊於期：太子太重义气了！

荆轲：现在秦王，是假借什么罪名，来侵略燕国呢？

樊於期：（垂头长叹。）唉！我误了太子，移祸于燕国了……

荆轲：你懊悔吗？

樊於期：唉！

荆轲：总得亡羊补牢才好呀……

樊於期：荆卿，我现在懊悔也来不及，我不晓得怎样才可以赎我的罪！

荆轲：赎罪事小，报仇事大呵！

樊於期：罪犹且赎不了，还能够报仇吗？

荆轲：刚才不是说：你和秦王誓不两立吗？

樊於期：是的！

荆轲：你愿意和他拼命吗？

樊於期：当然愿意的！

荆轲：你愿意报答太子救你的恩德吗？

樊於期：更是愿意的！

荆轲：你愿意解救燕国的危亡，来报答太子吗？

樊於期：能够这样，那是更好啦！

　　荆轲：樊将军，我知道你是一个英雄好汉！你要报私仇，我要救燕国，我们两个人的目的是一样！你可以和我合作吗？

　　樊於期：我是绝对愿意的！

　　荆轲：樊将军，现在，无论是为公或者为私，都是到了紧要关头！你可以和我一齐牺牲吗？

　　樊於期：生死，老早是置之度外了！

　　荆轲：好！你既然有这样的决心，那么，你愿意听我的话吗？

　　樊於期：你说罢，荆卿！

　　荆轲：你知道，我们不能用弱小的兵力，去抵抗强大的秦国；现在，我们只有一个法子，就是去刺杀秦王！

　　樊於期：对的。

　　荆轲：杀了秦王，秦国就要内乱，自相残杀，六国随之而复兴，我们燕国当然可以歌舞升平了！可是，怎样去刺杀秦王呢？这倒是困难的问题……

　　樊於期：问题倒是困难的……假如可以实行的话，我是很愿意干的！

　　荆轲：樊将军，真的吗？

　　樊於期：真的，荆卿！

　　荆轲：樊将军！我有一种办法，也是唯一的办法，你可以听从我吗？

　　樊於期：你尽管说，我绝对服从！

　　荆轲：好！你听我说罢！我们要刺杀秦王，总要找一个亲近的机会，才好下手！像我这样一个外来的生客，怎么可以亲近他呢？你是深知秦王的性格的，他是贪利而且非常残暴的恶魔，我若是要见他，总要向他献献宝才行！并且还得是，教他非常高兴、非常满意的宝贝才行！他现在要来侵略燕国，如果先贡献给他燕国督亢的地图，那是可以得他的欢心的！可是，这还是不够，你知道，秦王恨你，像你恨他一样么？你知道，他已经悬赏十万贯，要买你的脑袋吗？假如你愿意牺牲……我把你的脑袋和地图一齐献给他，当面献给他，我就可以趁机抓住他，一刀刺进他的心窝，同时替你报了仇！你愿意吗？

樊於期：（恍然大悟，攘臂而言曰）荆卿！这是我最大的愿望啊！这几个月以来，我废寝忘食，不晓得怎样来报答太子的隆情高谊，怎样去雪我的耻恨！现在多蒙你指点我这个绝好的办法，用我的头去换秦王的命，那是上算极了！好！我多活一天，就多苦恼一天，倒不如早点结束我的无意义的生命！好，荆卿，我就这样干罢！

（侧身回首拔剑自刎，倒地）

荆轲：（跪下致敬，态度悲壮）樊将军！你是为报恩救国，牺牲了你的头颅，我，后死的荆轲，向你伟大的人格致哀！

（幕下，第二幕完）

第三幕　易水

易水边，大道上一座风雨亭。亭后河水滔滔东流，岸上隐约露出许多芦花。远处三两点帐幕。时为秋末下午，秋云惨淡无日色。

启幕时，台上冷落无人。但闻远处喇叭声凄然相和。

第一场

兰姬一人。（兰姬披着素衣裳）

兰姬：（垂头叹气，徐徐而来）他怎么还不来呢？……今天早上，天还没有亮，我就跑到易水边上等着他，为什么到现在还不来呢？他不去吗？他临时改变了宗旨吗？他懊悔吗？唉！这都是妄想啊！他哪里还想得到我呢！自从那天分离之后，他简直就不理我了！有一次，我忍耐不住，只好不顾什么礼义廉耻，从家里单身跑到太子宫门口，再三求见他，哭了半天，都没有用，结果，他还是不见我！唉！世上也没有这样冷酷无情的男子！我真要恨他……但是，恨他也是没有用的！我失了他，就好像失了灵魂！我是不愿意活了！（倚亭上栏杆而泣）

第二场

兰姬、荆轲。（荆轲披紫袍）

荆轲：（望见兰姬，作惊讶状）怎么呢？兰姬！你也来了……

兰姬：（急忙抬头，悲喜状）谢天谢地，我还能够看见你最后一次……

荆轲：（惊讶之余，急忙止住）你不好好地住在家里，来这里是什么意思呀……

兰姬：我还有家庭吗？荆卿……

荆轲：太子可以给你一笔养老金吧……

兰姬：你还希望我活到老吗？

荆轲：女子有三从四德，你也应当听我的话吧……

兰姬：不错，荆卿！四德是我兼备的，但是，讲到三从：我既然没有父母，又没有儿子，丈夫也是……等于没有了！你叫我从什么？

荆轲：你的年纪还轻呵，你总可以……

兰姬：什么话，荆卿？自古道"忠臣不事二主，烈女不事二夫！"你还不认识我的人格吗？

荆轲：我错了，兰姬，请原谅罢！可是我也承认我此后对于你，绝对没有什么权利了……

兰姬：那么，我来此地，也是我的自由吧？

荆轲：自由固然是你的自由，可是你的自由，未免要妨碍我的使命……

兰姬：我何尝妨碍过你呢？从前，你在家里的时候，你要朝出暮归，你要喝酒，你要什么就什么，我几时阻挡过你？后来你听了田光先生的话，丢了家庭去救燕国，我又何尝反对你呢？现在，（低声带泣状）你要走，我来望一望你，就算是妨碍了你了吗？

荆轲：（力持镇静态度）兰姬，你太多情了！

兰姬：不说你冷酷无情，还说人家多情！

荆轲：兰姬，你总得想一想我的地位吧……

兰姬：就是因为你的野心，才造成你这样的地位！就是因为你贪图个人的光荣，才把家庭看得这样轻！

荆轲：兰姬，你错了！大丈夫不但对于家庭有责任，对社会、国家，还有更大的责任，太平的时候，他属于家庭；国家危亡的时候，他是属于社会的！试问亡了国，家庭还能够存在吗？你看，燕国除了我，就没有第二个人可以完成救国的使命，因此，我就不得不牺牲我们的感情，我们的家，和我个人的血！

兰姬：你说的理由，也是很充分的，荆卿！并且，请你不要误会，我今天特地来到易水边，并不是要妨碍你的行动！我知道，就是想阻挡你，也是阻挡不住了……

荆轲：你既然了解我的使命，你又何必这样辛苦跑来呢？

兰姬：我不远数十里来见你，你一句话也不说，只会装出凶神的样子，你简直是个冷酷的武棍！

荆轲：兰姬，请你想一想，我从前在家里，是怎样的一个人……

兰姬：你为什么不看一看，你现在变成怎样一个人！

荆轲：那么，你要我向你说什么呢？

兰姬：那，你自己应当知道，还用得着我替你说么？

荆轲：唉！兰姬，我是去送命的人，我是再也不回来的人，我没有什么话可以安慰你，我只好请你，还是回去吧！

兰姬：我还能够回去吗？

荆轲：你不回去，不就是要阻挡我吗？

兰姬：你又误会了！

荆轲：你莫非是要跟我去吗？

兰姬：唉！你更误会了！

荆轲：兰姬，请你告诉我，你不回去，究竟是什么意思呢？

兰姬：唉！荆卿，我们不是做了多年的夫妻？

荆轲：是的，兰姬！

兰姬：今天是不是我们生离死别的时候？

荆轲：也许是的罢……

兰姬：你有你对国家的使命，我有我对于丈夫的义务，是不是呢？

荆轲：我的使命是绝对的，你的义务倒是相对的。

兰姬：那么，你有你的自由，我也有我的自由，是不是呢？

荆轲：现在只好如此了！

兰姬：你可以自由解决你的生死问题，我也有同样的权利罢？

荆轲：这是你的自由！可是，我劝你还是珍重一点罢……

兰姬：我既然可以自由，你就管不着我的生死问题！

荆轲：你若是寻短见，那是无谓的牺牲，我劝你还是回去罢！

兰姬：这是我的自由，你不必过问！好，荆卿，（哭声）你也是活不长久的人！我也要劝你，在路上珍重一点，希望你完成你的使命！（望河边后退）我也不便再耽搁你的前途，你安心去吧！我们……我们将来……再见罢！（言毕，纵身投易水）

第三场

荆轲一人。

荆轲：（急忙趋至河边，向流水）兰姬！怎么呢？你何苦自尽呀！（欲哭而自制）唉！（静默）唉！在我的地位，只好做冷酷无情的丈夫；在你的地位，又何苦做烈女呢！唉！（又静默）

第四场

荆轲、高渐离。（高渐离披白衣）

高渐离：（望见荆轲状态）荆卿，你在河边叹什么气呵？

荆轲：唉！渐离！

高渐离：究竟什么事呢，荆卿？

荆轲：唉！

高渐离：你又伤感什么，荆卿？你有点懊悔吗？

荆轲：（摇首）不是……

高渐离：那为什么这么悲哀呢，荆卿？

荆轲：唉！渐离！兰姬……刚才投易水死了！

高渐离：唉！真可怜呀！嫂夫人的精神太伟大了。（相对无语。少顷）荆卿！嫂夫人的死节，不但是为你，而且是为了燕国！我用老朋友的资格，奉劝你，不要过于伤心罢！嫂夫人的节烈，应当增加你的勇气，你自己更应当奋发精神，努力完成你绝大的使命！

荆轲：是的，渐离！我应该遵照你的话才是！唉！想不到今天动身的日子，就发生了这种不幸的事……唉！

高渐离：荆卿，真奇怪，我昨天晚上做了一个梦，梦中看见你跑到一所宫殿里，你忽然看见一条大白蛇，缠在铜柱上，你当时就毅然拔剑去斫它，不料没有斫中，反而被白蛇咬了一口，觉得痛极了，大叫一声，就醒了……这个梦真是奇怪！

荆轲：（毫不在意）也许是因为你挂念我太过了，才有这样的怪梦！

高渐离：我也希望这个怪梦是没有什么意义的……

荆轲：渐离，我拜托你代送的那封信，送去了没有？

高渐离：老早送去了，荆卿！

荆轲：我约他做副手的那个人，有回信没有？

高渐离：没有。

荆轲：他究竟来不来呢？

高渐离：不知道呀！

荆轲：唉！他若今天赶不到这里来，我就不能再等他了！我只好一个人去！

高渐离：荆卿，你一个人，尽可以杀一条老虎吧！

荆轲：渐离，唉！谋事在人，成事在天了！

第五场

太子、鞠武、家将四人、卫士四人,全白衣冠。(秦武阳年约二十,全黑衣,手提红绸包着的沉香木匣,内存樊於期首级,背负地图一轴,内藏匕首一柄)

荆轲:(望见太子等,往迎迓,作揖互施礼)荆轲何人,敢劳太子、太傅和诸位将军远送,愧不敢当!

太子:荆卿,你负着国家的使命出去,我们来饯行,也不足以表示我们的敬爱、留恋和悲哀!

鞠武:左右,奉上酒来!(太子,太傅,荆轲等,齐进亭内,分主宾排列,其余将士环立侍卫)

太子:荆卿,你到秦国去,总得要一个副手吧?

荆轲:副手也是很需要的!可惜我约了的那个人,今天还没有来!太子又等不得的了……

鞠武:荆卿,你的副手没来!这并不要紧吧?你看,太子手下也有不少勇士!这个秦武阳,是我们燕国最勇敢的一个青年!他十二岁的时候,就敢杀人不眨眼,吓得谁都不敢近他的身!你看他行不行呢?

荆轲:(熟视之,作怀疑状)勇敢有余,镇静不足……到底是年纪太轻了一点!

太子:荆卿,你放心吧!除了他,燕国再也没有比他更适当的人物!你就领他同去吧!

荆轲:太子的命令,荆某只好拜受了!

太子:(捧杯,庄重)让我们全体敬荆卿一杯酒,庆祝壮士的胜利。(荆轲一饮而尽!)

鞠武:左右,再进酒!让老夫代表燕国的民众,敬荆卿一杯!庆祝壮士的成功!(荆轲再饮)

高渐离:(亦捧杯凄然欲泣)荆卿,我只好用老朋友的资格敬一杯酒,庆祝你的精神不死!

荆轲:(接杯,悲壮)太子、太傅,诸位将军,渐离老友!今天是荆某和诸公死别的日子！多蒙诸公不弃，驾临易水相送，隆情高谊，委实不敢拜领！荆某一介武夫，谬蒙太子的知遇，燕国的付托，现在负着这个关系国家存亡的使命，去虎狼秦国，成功或不成功，都不敢预料！在荆某个人，惟有粉身碎骨，以谢天下！可爱的燕国呀！我们从此不再见了！（饮毕，唱歌，高渐离击筑和之）

歌曰：

秋霜凛兮草木摧，

燕市空兮碎酒杯！（投杯于地）

独擎大厦兮天地哀！（全体同唱末句）

荆轲：（歌毕，续说）可哀的燕国呀，荆轲，总不至于辜负了你……了！（又进而歌曰）

风萧萧兮易水寒，

壮士一去兮不复还！

（荆轲重唱变羽之声，全体和之。同时荆轲缓步离亭，登车而去，秦武阳随之。全体侧身向荆轲去处，复合唱易水别。幕徐徐下）

全剧完

原载《黄钟》1933 年第 22 期、第 23 期

香 妃（三幕悲剧）

登场人物：香妃（和卓木之妻）

巴图汗、回王和卓木

乾隆（清高宗）

孝圣太后（高宗之母后）

维齐（回相）

素尔坦沙（回将）

郎世宁（教士兼画家）

爱米（香妃之侍女）

老宫女（高宗之使者）

兆惠（清将）

西宫宫女八人

慈宁宫宫女二人

报卒一人

回部卫士四人

清兵四人

太监三人

第一幕

回京叶尔羌，回王宫里。

布景：一座阿剌伯式的正殿。

第一场

维齐、素尔坦沙。（两人徘徊殿前）

维齐：怎么呢，将军，我们的军队明明是打赢了的，为什么又会败了呢？

素尔坦沙：唉！是呀，明明打胜了，并且已经把他们围住，连兆惠的马都被我们射死了，不知道是什么缘故，又被他们冲出来……

维齐：真奇怪！究竟是怎么一回事呢？

素尔坦沙：尤其是在黑水那一仗，打得真离奇！那时候，我们在城里，他们在城外，双方相持了半个多月，后来他们的粮草也尽了，有一次半夜里，他们搭了一座浮桥，私下派了一大半人马想过河来抢我们的牛羊被我们发觉了，马上派了一万兵去袭击他们，恰好在半渡的时候，桥又忽然断了，把他们的军队截成两段，我们就乘机包围过去，把他们杀得七零八落，同时我们又调大队马兵去劫他们的大本营，真是一场恶战呀！人马的尸首把河都塞住了，鲜红的河水也流不通了！那时候，大家都以为可以把他们杀得全军覆没了！殊不料清国另外一支军队由阿里衮统领的，忽然跑来解围，兆惠的兵也像老虎一样杀出来，里应外合，结果反而把我们打败了，连城也保不住了！

维齐：唉！真不幸呀！现在我们的军队退守什么地方呢？

素尔坦沙：最前线在阿尔山。

维齐：我们还有多少兵呢？

素尔坦沙：十万兵已经损失了一半，还有许多轻伤的不在内！

维齐：像这个样子，怎么能够守呢？

素尔坦沙：并且双方所用的兵器又不相等，清国用的是大炮火枪，我们用的是弓箭短刀，哪里能够抵抗呀！

维齐：现在怎么办呢？怎么办呢？

素尔坦沙：（冷笑）除了投降，向清国称臣，此外我想不出更高明的办法了

维齐：什么话！我们的巴图汗肯投降吗？

素尔坦沙：打败了之后，还容许我们打别的主意吗？

维齐：难为你做了武人，讲这样的话，简直是太没有志气了！

素尔坦沙：（笑而不语）

第二场

前人、回王巴图汗、四卫士。（群臣朝拜毕）

巴图汗：维齐，平身！（望见回将）素尔坦沙，你回来做什么？我不是叫你去打仗吗？

素尔坦沙：大王，奴才活该万死！

巴图汗：怎么？又打败仗吗？

素尔坦沙：败得不可收拾了，大王！

巴图汗：（大惊且怒）真是不中用的老奴才！你们这班饭桶！平时养得头大耳粗，雄赳赳地像老虎一样凶，现在用得着你们的时候，就一个个缩头缩脑像乌龟一样胆小！唉！尤其是你这个老饭桶！你还敢回来见我，你想偷生吗？左右，把他押出去斫了脑袋！（卫士前执之）

维齐：（跪请）大王，请息怒罢！素尔坦沙打了败仗，按照国法是应当死的，但是，在敌人兵临城下的时候，又来杀自己的大将，恐怕要摇动军心，还请大王三思罢！依照老臣的见解，不如给他自新的机会，叫他回去收拾残兵，再和敌人决一死战，也许可以挽回大局罢！

巴图汗：也罢，看丞相的面上，饶了你的死罪，快一点滚开！再打不赢仗，你可不必回来见我！

素尔坦沙：（拜谢）是的，谢谢大王的天恩！（退）

第三场

巴图汗、维齐、四卫士。

巴图汗：唉，想不到我的臣民这样不中用，还不如沙漠上的羊，羊看见狼来，还会团结起来一致抵抗，有时还可把狼赶跑，我那班奴才看见敌人，只知道滚，滚！唉！真该死！

维齐：这都是武人贪生怕死的缘故，大王平时也未免太骄纵了他们……，好像唐明皇借重了哥舒翰，把潼关都失了……

巴图汗：也许是的，维齐！做一个国王真不容易呀，讲文就弄得文弱，讲武就弄得武人跋扈。你看我们的国家弄得文不文，武不武，现在成了一盘散沙！

维齐：这是老臣辅佐无方，罪该万死！

巴图汗：算了罢，丞相！还是我无才无德，才弄到这样糟！唉！弱小的国家不但内政难，外交也难！我们一向对于清国也算应付得颇周到了！乾隆这次忽然派兆惠带兵来打我们，简直是无理取闹！他们在东方，我们在西方，可以说是风马牛不相及！他们的地方那么大，我们的地方这么小，他们的物产比全世界都丰富，我们只有野马和绵羊，讲起来，他们是阔佬，我们是穷光蛋，为什么要不远万里来打我们呢？

维齐：理由是很简单的，大王！富贵的人家偏要剥削穷人的皮肉，才可以永保他们的富贵！我们的地方固然是一片沙漠，但是有了骏马和肥羊，他们就要来过问了！历史告诉我们：弱肉强食，是人类和万物共同的定律，人与人之间可以分出狼和羊，国和国之间也可以分出狼和羊，现在清国是狼国，我们是羊国，唉！还有什么公理好讲呀！自古道"匹夫无罪，怀璧其罪！"何况，我们不但有良马，有肥羊，并且还有更宝贵的东西可以令人眼红的……

巴图汗：还有什么呢？

维齐：（有难色）还有………还有美人呀！

巴图汗：美人？我们蛮夷的女子，在他们上国人的眼中，也配称为美人吗？哈哈！这很简单，我们可以不必打仗了，我们何不仿照汉朝和番的办法，他们要良马肥羊，我们就给良马肥羊，他们要美人，我们就选几个比较漂亮的女子给他们，这不是完事了吗？哈哈！到底流血总不如破财，战争总不如和平，你说是不是，维齐？

维齐：事情恐怕不像这样简单罢，大王……汉朝和番的政治手腕固然是很好的榜样，可是……在大王，怕不容易模仿罢！

巴图汗：什么？我做不到吗？为保境安民，牺牲几匹良马，几千条羊，几十个美女，这算得什么一回事呀！哈哈！你这个老头儿，也有点糊涂起来了！

维齐：老臣年纪虽大，对于国家的事情倒很谨慎的！大王要知道，清国这次无缘无故来攻打我们，不但要我们的牛羊犬马和许多女子，并且要大王的心呀！

巴图汗：要我的心？要我投降乾隆吗？

维齐：投降是形式问题，这还可以商量，可是，假如乾隆不要许多美女，只要一个美人，假如乾隆单要我们的昭君，大王可以学汉元帝那样慷慨吗？

巴图汗：什么话？你哪里得来的消息？

维齐：清国的主将兆惠写了一封亲笔信给老臣，请大王看看就明白了。（呈信）

巴图汗：（阅毕即撕碎投之于地）真真岂有此理！乾隆要我的香妃！简直要我的脑袋！

维齐：他并不要大王的命，单要大王的心！

巴图汗：要我的心，比要我的命还要紧！要我的香妃，比要我的国还要难！不行！不行！我们要杀！

维齐：屡战屡败之后，军心已经涣散，现在敌人兵临城下的时候，我们还能够抵抗吗？

巴图汗：要我的香妃，我就要抵抗！打剩一兵一卒也要抵抗！要我的香妃，我只好拼命！没有别的办法！

维齐：大王，我们的国家呢？我们的百姓呢？唐明皇牺牲杨贵妃的榜样也得学一学罢！

巴图汗：什么国家不国家，百姓不百姓？我都不管！我的命可以牺牲，我的香妃总得保留着！

第四场

前人、香妃（武服）、侍女。

卫士：（报告）王妃驾到！

香妃：（礼毕）大王和丞相刚才所讲的话我全听见了！据我的意见，还是丞相有理！大王应当以国家为重！

巴图汗：（愕然）你也来反对我吗？你也来残杀我的心吗？香妃！

香妃：（冷然）做了一国的君王，就应该先公而后私，牺牲个人的感情为国家的安全！我一个女子有什么稀奇呢！大王的宫里，像我这样的人，不是很多吗？

巴图汗：（悲愤）什么话，香妃？今天你简直变了！平时你是多么温存而且体贴我的心，现在，你的话句句都和我相反，我简直不认识你了，香妃！

香妃：大王，不要误会罢！香妃还是从前的香妃，现在不过情形变了，所以不得不改变态度，古来都是因为女色误了国家，大王，我不愿意因为一个女子，弄得国破家亡！

巴图汗：你何尝败坏了我的国家，香妃！（回顾维齐）丞相，我们全国的臣民，哪个说过香妃的坏话？

维齐：没有一个人不称赞娘娘的圣德的，老臣可以作证！

巴图汗：（满意）你看，香妃，这不是证明你容德双全吗？

香妃：（谦逊）唉！一个王妃不能辅佐她的君王，使得国富兵强，虽然无罪也是个废物！假如为国为民还有点用处，倒不如送出去好！

巴图汗：（愤慨）又是这样说法，你简直是没良心的女子！呵！我知道了，你想顺水推舟，羡慕清国的繁华富贵，乘这个机会去做乾隆的妃子罢！（作拔剑状）

香妃：（跪求于地哭着）大王，请您不要生气罢！我侍奉您这样多年，您还不认识我的人格吗？刚才，您不是说我并不坏吗？

巴图汗：那么，你为什么要离开我呢？

香妃：我离开您是万不得已的，大王！您想一想，我们的军队已经败到不能再打了，试问，覆巢之下，还有完卵吗？与其等到城破的时候，大家一齐做俘虏，不如现在牺牲一个女子，保存您的国家！大王，您现在要杀我，不过是一时的愤慨，对于国家是毫无用处的！我不愿意做误国的西施，我愿意做为国牺牲的王昭君！

巴图汗：你所讲的固然有一番道理，但是我可不愿意做那庸懦无能的汉元帝！并且，你不能和王昭君相比呀！王昭君是个无名的宫女，冒充公主去和番的，你是一国的王妃，代表一国的母仪和荣光。我，堂堂一个回教的国王，可以没廉耻白送妻子给敌人吗？不！这是绝对不可能的！你听见没有？我，巴图汗，可以做断头王，不可以送妻子给那残暴的乾隆！（向维齐）维齐，我今天决定背城一战，胜才回来，败就把我的灵魂交给真主！你现在就去召集我的卫队，尽数调到城外去抵抗，我马上就来！

维齐：大王，还请三思罢！

巴图汗：用不着商量，你去罢！

维齐：（仰天长叹）唉！真主保佑我们的大王罢！（悄然退，卫士亦退）

第五场

回王、香妃、侍女。

香妃：（奋起）大王，您不应当这样干的！

巴图汗：你还说什么话，香妃？

香妃：您这种举动是不大光明的！

巴图汗：为国牺牲还不算光明吗？

香妃：全国的百姓可不这样想！他们要说您因为舍不得一个妃子，才去牺牲的！胜利还好，假使发生不幸的事情，千秋万世之后，人家怎样议论您呵！

巴图汗：管得许多！刚才我已经说过，我不愿意牺牲你，在公，是维护国家的体面，在私，是保存我的名誉，我现在去决一死战，总算对得住我的百姓！

香妃：（悲哀）唉！说是那么说！大王，您未免太重感情了！您不肯让我去牺牲，这是感情作用，您甚至于自己去牺牲，也是感情作用！唉！我始终逃不了误国的罪名！大王，请再想一想罢！改变宗旨，现在还来得及呀！

巴图汗：我的话像铁铸的一样，不能改变了！

香妃：既然如此，我只好随大王一齐去打仗罢！

巴图汗：不行，香妃！你虽然有点武艺，但是在战场上便不中用了！你还是留在宫里静候消息罢！

香妃：唉！我要替您去救国，反而您为我去拼命，我要和您同去牺牲，您又嫌我弱小无能，唉！一个女子，终归是废物，并且是祸根！

第六场

前人、报卒。

报卒：大王，敌人打到城门外五里了！

巴图汗：哈！素尔坦沙的军队呢？

报卒：全部瓦解了，现在只有卫队在前线抵抗着。

巴图汗：好！再去打听！

第七场

巴图汗、香妃、侍女。

巴图汗：香妃呀！前线这样的紧急，我现在和你告别了！

香妃：（哭声）大王，您就离开我吗？

巴图汗：生离或者死别，只有真主才知道！愿真主保佑你！

香妃：唉！大王，我也不能挽留您了，可是万一不幸的话，您要我怎么办呢？

巴图汗：（决然）我若是战死了，随你的便，或者为国家报仇罢！香妃，珍重，别了！

香妃：敬祝大王胜利，大王万岁！（伏地泣）

（巴图汗不回首而去）

第八场

香妃、侍女。

侍女：（扶之）娘娘，请起来罢，大王已经去了，悲哀也是没有用的，我们静候他胜利的消息罢。我想，大王神勇善战，总可以把敌人打败的……

香妃：（绝望）胜利的希望总是很微的了……他这次出去，恐怕凶多吉少，我真担愁呀！爱米，我昨天晚上做了一个梦，在梦中看见天崩地裂，我们的宫殿也坍得粉碎，大王一个人抱着一根铜柱想去撑住快要倒下来的栋梁，结果一齐埋没在灰尘瓦砾之中，我吓得一身冷汗醒来了……你看，这个预兆有点不大好呀，爱米！

侍女：近来娘娘为国事忧愁过度，才有这种怪梦，梦是不可靠的，请娘娘宽心罢！

香妃：梦里的吉凶且不去管他，今天大王去打仗，我总不能放心。爱米，你到城墙上去望一望，就回来告诉我大王的消息。

侍女：是的，娘娘，我出去打听，就回来复命。（退）

第九场

香妃一人。

香妃：（徘徊自语）唉！黑水那一仗打不赢，这次背城之战恐怕更没有希望了……刚才大王那样气愤愤地出去抵抗，假如打不赢，一定不回来的！唉！想不到今天是我们死别的日子，也是祖国存亡的最后关键！现在全城人都出去救国，只剩下我一个人在这座冷清的宫里，好不凄凉呀！……唉！大王，是我误了您，误了国，因为我的姿色乱了您的圣心，我的虚名引起了清国的干戈……唉！想不到我的命运也和跳楼的绿珠一样凄惨！……不！我不能像绿珠那样软弱无能，跳楼死了就算忠于石崇，我香妃是要抵抗的！真主呀！保佑我们罢……

第十场

香妃、侍女。

侍女：（匆匆上）娘娘！不好了，逃罢！逃罢！

香妃：怎么了？

侍女：叛贼卖了国！

香妃：谁呀？

侍女：素尔坦沙投降清国，做了敌人的向导了！

香妃：素尔坦沙？唉！我老早知道他是个奸臣！大王呢？

侍女：（哭着）大王，可怜的大王呀！在城门口战死了！

香妃：（倒地呜咽）天呀！我的大王呀！

侍女：娘娘，逃罢！敌人已经打进城来了，逃罢！

香妃：逃什么？逃到哪里去！大王死了，我还可以偷生吗？不如死罢！（拔剑欲自刎，侍女急救之）

第十一场

香妃、侍女、清兵四人。

清兵：（自殿前冲进大呼）别放走香妃！别放走香妃！抓住她绑起来！（齐来执香妃，香妃挺剑抵抗）

第十二场

前人、兆惠。

兆惠：（大呼）大家不许动手！有谁伤了她一根头发，我就斫了他的脑袋！（清兵住手肃立，兆惠向香妃致敬）

兆惠：娘娘，请恕孩子们无礼！（香妃仗剑兀立如天神）幕疾下。

（第一幕完）

第二幕

北京清宫西内。

布景：一所正厅，中置桌凳花瓶，旁置长方画桌一座，上有一幅未完的肖像，全部陈设极富，启幕时三个宫女正在拂尘闲谈。

第一场

宫女三人。

宫女一：小青，你看这对花瓶好不好？

宫女二：宋朝的哥窑还不好吗！那对浮雕的蟠龙，做得多神妙呀！

宫女三：我也觉得不坏！可是，今天早上，李公公又说要换新的来。

宫女二：怎么？前两天才由内府搬到这里来，现在又要换了？

宫女三：宫里的东西老是换来换去，自寻烦恼！苦的还是我们！

宫女一：嗐！皇上嫌它不够好！皇上恐怕香妃讨厌这对雕龙的花瓶！

宫女二：龙是最高贵、最神圣的东西，香妃为什么会不喜欢龙呢？

宫女三：龙不好看，还有什么更好看呢？

宫女一：理由……我也不大方便说……龙是代表天子，香妃不喜欢龙……啐！你们明白了罢！

宫女三：呵！原来如此！

宫女二：那么用什么花瓶来调换呢？

宫女一：听说要换一对雪白的雕暗花的定窑瓶，并且花纹纯粹是梅花！

宫女二：那有什么好看呢？雪白的花瓶不显得太冷吗？雕暗花远远地看去，几乎看不见什么东西，不是淡而无味吗？梅花又有什么趣味呢？若是我呀，我倒喜欢五彩的牡丹花瓶！

宫女三：我还是喜欢雕龙的花瓶！

宫女一：你们太傻啦，皇上当然另有高明的意思寄托在梅花瓶上面啦！听说皇上还要为她定烧一大批饶瓷，花纹全用回文和西域的人物故事呢！刚才李公公又送过两件貂皮袍子，两条玄狐披肩，还有一颗粉红色的金刚钻！

宫女二：香妃修了几世阴德，才受得起皇上那样宠爱她！

宫女一：她还看不上眼哩！

宫女三：我们想也不敢想！

宫女二：真是有福不会享！我们呢？在宫里也有四五年了，皇上看也不看我们一眼！

宫女一：傻子！拿一面镜子看看你的脸孔！

宫女二：香妃固然长得像天仙一样，我们也不见得像母夜叉那样难看罢！

宫女一：差不多了！

宫女二：你太偏心了，小红！我们也算是高贵的旗人呀！，

宫女一：人家是西域的王妃！

宫女二：唉！要流血，要从万里之外抢来的才是宝贵呵！

宫女一：千辛万苦得来的才是奇花异草，国色天香，我们生长在京城的贵族反而当作粗茶淡饭！

宫女二：太不公平了！小红！太不公平了！

宫女三：公理永久没有的！

宫女一：啐！住嘴！香妃来了！我们正经一点罢！

第二场

宫女、香妃（回服）、爱米。

众宫女：（齐拜）——娘娘，奴才请安！

香妃：免了！郎世宁神父还没有来吗？

宫女一：大概等一会就要来的，娘娘。

香妃：他的画笔颜色都预备好了没有？

宫女一：都预备好了，娘娘，并且那幅画也摆好了。

宫女二：禀上娘娘，刚才李公公送来皇上的礼物，娘娘要不要看呢？

香妃：不必看了，收起来罢！

宫女三：今天的天气很冷，娘娘不要换一件貂皮袍子吗？

香妃：用不着。你们去告诉李总管，派人把我那匹马和那匹骆驼牵出散散步。

众宫女：是的，娘娘。（齐退）

第三场

香妃、爱米。

爱米：娘娘，自从您来到清宫之后，什么都不关心，单单关心那匹马和那匹骆驼！

香妃：唉！爱米，世界上还有什么东西值得我关心的呢？那匹马是先王日常骑的战马，我看见它，就想到先王的威仪！那匹骆驼送我经过天山和万里的沙漠，来到这座金碧辉煌的牢监！我看见它，就想到我的故乡叶尔羌！

爱米：娘娘太多伤感了！

香妃：谁不伤感呀！那匹马每次看见我，就前纵后跳，好像看见先王一样高兴，又好像在埋怨我这样没志气……那匹骆驼也摇动它的鼻子，眼睛盯住我，有时甚至于跪下来，好像要我骑它回我们的故乡……唉！我们的国都叶尔羌呀，现在已经是一片荒城了……

爱米：过去的事何必再三提起来呀！娘娘，请您宽心罢。您不想想您的将来吗？不见得不会像过去那样美满罢？

香妃：将来还有什么希望呀！美满更无从谈起！

爱米：皇上多么敬重您呀，娘娘！

香妃：在这里做囚犯！

爱米：这是最华丽的西宫呵！皇上看待您比看待皇后还更宠爱哩！

129

香妃：也许不错……但是，在这里做囚犯，比得上在叶尔羌做王妃吗？

爱米：只要您愿意，一切荣华富贵都在您的手里！

香妃：我不稀罕这样的虚荣！

爱米：世界上总没有比皇上更仰慕您的了……

香妃：他还比得上我的先王那样宠爱我吗？

爱米：皇上总算是多情的天子呵……

香妃：你也来说这样的话吗，爱米？你简直被他买了你的心！

爱米：娘娘，请您不要生气，奴才始终是忠心于娘娘的！

香妃：那么，刚才你为什么说那样的话呢？你不是我唯一的心腹吗？

爱米：奴才刚才说的话不过是劝娘娘，不要过于伤感罢了，看您这半年来，不知道瘦了多少！白天愁眉不展，夜里总是背着人流泪……唉！您现在还不到二十岁，怎样活得到老呀！

香妃：你还希望我活到老吗？我的人生还有什么意义呀！

爱米：奴才总希望娘娘能够多福多寿！

香妃：这是绝对不可能的了，爱米！在当年国破家亡的时候，不是你挡住我，我老早就跟着先王死了！想起来，我真要恨你！

爱米：嗳呀！这样年纪轻轻哪里好寻短见……还有先王临别的遗嘱呢？

香妃：我偷生到现在，就是为了遵守先王的遗嘱！我要履行他的遗嘱……

爱米：当心呀，娘娘！他们戒备得多森严！连说话都要谨慎呵！

香妃：我总得找一个机会完成我的志愿！

爱米：不容易呀，娘娘！除非您肯答应他的条件……

香妃：什么条件？

爱米：给他和您亲近的机会……最好是做他的妃子……

香妃：（愤怒）住嘴，什么话？做他的妃子！我看见他就恨！和他亲近？简直和亲近魔鬼一样！他无缘无故灭人的国，杀人的丈夫，不是地狱里钻出来的魔王吗？

爱米：谁不恨他！娘娘，您想一想，您若是不肯亲近他，到老也不能够

130

完成先王的遗嘱……

香妃：不错，爱米！但是，我的贞操呢？我的圣洁呢？我死了之后，我还有什么面目去见我的先王呢？唉！忠于国家，就对不住我的丈夫，为我的丈夫守节，就不能报亡国的仇！唉！爱国就不能守节，守节就不能报国！爱米，我真痛苦呀！

爱米：奴才也觉得娘娘的境遇是很难处的，不过，在奴才的意思，还是报国在先，守节在后罢……

香妃：我何尝不想报国？先王未死之前，我曾经打过这样的主意。可惜先王不容纳我的意思！先王之死，既然是为了我，我现在若是不能坚持我的贞操，岂不是背叛了先王？（仰天祈祷）真主呀！您教我怎样办呢？大王呀，您在天上，还知道我在人间受苦吗？（唏嘘欲泣）

爱米：当心呀，娘娘，有人来了……

第四场

香妃、爱米、宫女。

宫女：（报告）郎神父来了，娘娘。

香妃：请进。

第五场

香妃、爱米、郎世宁。

郎世宁：娘娘，请安！

香妃：神父，你好吗？请坐。爱米，献茶。

郎世宁：谢谢娘娘。今天外面真冷呀！风刮得特别厉害，轿夫抬得慢一点，所以迟到，请原谅。

香妃：天气这样冷，难为你老人家冒着大风跑来，真是太劳驾了，神父！

郎世宁：应该的，应该的，娘娘。

香妃：爱米，你替郎神父磨墨。

郎世宁：今天娘娘的气色好得多了。我想我的画也可以进步一点……

香妃：（带笑）我的气色尽可以坏下去，你的画总可以一天比一天好的！神父，我看你的画法真高明呀！我那幅肖像虽然没有画完，神气已经非常生动……

郎世宁：娘娘过奖了！不会被人骂做第二个毛延寿已经万幸了！并且，我只能描写娘娘的颜色，不能表现娘娘的天香……

香妃：神父，不要取笑了，你每次来总喜欢讲讲笑话，真有趣！

郎世宁：请恕老臣无礼！

香妃：现在开始画你的画罢。

郎世宁：（执笔细审所画）用中国画来画像真不容易！没有顾恺之的线条，画起来就没有气韵了！

香妃：你不是会画油画吗？

郎世宁：我在祖国葡萄牙的时候只知道画油画，来到中国之后，才学中国画。

香妃：听说用油画表现得更生动完备，你为什么不用油画呢？

郎世宁：皇上不喜欢油画呀！他一定要我用中国画来画娘娘的肖像……

香妃：唔！神父，你可以为他画中国画，就不可以为我画油画吗？

郎世宁：只要娘娘吩咐一声，老臣一定照办！

香妃：你们西洋人，对于女子总是很尊敬，很会奉承的，我很羡慕西洋的骑士精神！

郎世宁：我们的皇上也像法国的路易十四那样文雅的……

香妃：听说路易十四无论看见什么女子，都要脱帽致敬的，是不是，神父？

郎世宁：不错，据说他是很有礼貌的。

香妃：不知道路易十四会不会把一个女子关在牢监里……

郎世宁：娘娘的辞锋好厉害呀！可是这种比喻也未免太严酷了……皇上，总算是很尊敬娘娘的。

香妃：这件事可以不必提，再提起来，我就要怀疑你是他的说客了……现在，请你谈谈西洋的故事罢，我最喜欢听西洋的故事……你看，西洋也有像我这样的女子吗？

郎世宁：像娘娘一样境遇的王后还不少，但是没有这样奇，这样美！

香妃：又是骑士精神！好罢，神父，请你举出几个人物给我听听……

郎世宁：耶稣纪元前六十年，埃及国最后的一位王后，叫做克列阿拔，据说长得很美，并且很会交际……罗马的大将凯撒，打到埃及，就被她迷住了。凯撒死了之后克列阿拔又回到埃及做女王，后来罗马另外一个大将叫做安端，又去打埃及，又被这位王后迷住了，结果乐不思蜀，把罗马都丢了，弄得身败名裂！这位王后用温柔的手腕软化了她的敌人……

香妃：软化了她的敌人，就算尽了王后的责任吗？这位克列阿拔不算得英雄！

郎世宁：女英雄？我们西洋的贵族里没有什么女英雄……他们多半只晓得打扮、跳舞、交际，要男子奉承。我们西洋的女英雄，要在乡下去找！比如，法国中世纪的詹达，牧羊出身，忽然投到军队里去做先锋，居然把英国人赶跑，恢复了她的祖国，后来，她因此也被人谋害了……

香妃：真是个女英雄呀，我佩服她！被人谋害死了，更显得悲壮，更可以令人仰慕……

郎世宁：娘娘，这幅肖像应当配什么服装呢？据我的意思，还是本朝的礼服来得堂皇好看……

香妃：不，我不喜欢奴性的礼服，我要宽袍大袖，照我的回教礼服一样。或者是武装，穿铁甲的，像詹达的一样。

郎世宁：恐怕皇上不大喜欢这样……

香妃：神父，你画像为我呢，还是为他呢？

郎世宁：当然为娘娘……可是皇上的意思又不能不顾到一点……

香妃：我的像总要照我的意思，你画罢，神父！

郎世宁：皇上还要顺从娘娘的意旨，何况老臣呀！那么这一幅就画武装，戴铁盔穿铁甲的，像詹达一样，可是，我觉得中国的战袍也不难看……

香妃：中国的战袍哪里像武装，太文弱了！我还是喜欢西洋中古的铁甲，来得威风！

郎世宁：可是西洋的铁甲，样子有点像龙虾……

香妃：总比中国的铁甲好看得多！

郎世宁：娘娘的艺术眼光真高明，佩服佩服！美人穿铁甲，不是美人兼英雄吗？简直是雅典娜再世！

香妃：雅典娜是谁呀，神父？

郎世宁：是希腊的女战神，波斯打希腊的时候，她显圣救了希腊，所以希腊最文明的城市就借用她的名，叫雅典……

香妃：你们西洋人真有趣，战神也用女子来代表。

郎世宁：娘娘不是东方的雅典娜吗？

香妃：不敢当，神父！

郎世宁：听说近来皇上讨伐四方的远征军到处胜利，大概是托娘娘的福……

香妃：（带笑）不相干，神父！我又不是女战神。

郎世宁：差不多了……娘娘。

香妃：你的骑士精神太漂亮了，可惜你出了家，做了神父……

郎世宁：出家人也应该有礼貌的……

第六场

前人、宫女。

宫女：娘娘，皇上驾到！

香妃：请！

郎世宁：那么我告退了……

香妃：不要紧，你留在这里，继续画你的画罢。

郎世宁：恐怕不大方便……皇上要见怪的……

香妃：怕他做什么，你在我的宫里呀，神父！

第七场

香妃、郎世宁、爱米、乾隆、宫女、太监。

（乾隆便服，进场时，众齐拜，香妃行回礼而已）

众人：佛爷，奴才们请安。

郎世宁：皇上，请安。

乾隆：在家里，免了罢。（众起立）香妃，你好吗？神父，你来得这样早？

郎世宁：已经来迟了一点，皇上。

乾隆：你的画画得怎样了？

郎世宁：还没有画完。

乾隆：（看画）画得真像呀！香妃，你满意吗？

香妃：（垂头不语）

乾隆：衣裳呢？神父，你想什么衣裳呢？

郎世宁：刚才娘娘说要配西洋的武装，穿铁甲的！

乾隆：（带笑）穿铁甲的西洋武装？香妃，你的艺术眼光算新奇呀！

香妃：（不语）

乾隆：（向郎世宁）神父，还要多少时候才可以画得好呀？

郎世宁：还要三五天，皇上！

乾隆：快一点，神父！画完了就送到我的书房里来……

郎世宁：是的，皇上。

乾隆：（看见花瓶）怎样呢？这对花瓶还没有换了？我叫人送来那对梅花瓶呢？

宫女：（跪禀）娘娘没有说要换，所以还没有换。

乾隆：（带笑）香妃，你不讨厌雕龙的花瓶吗？我觉得你比较喜欢梅花瓶罢？

香妃：花瓶总是一样的，装饰品没有什么关系……

乾隆：我觉得人像物，物像人；一个人的房子、衣服、用品，都要相称才好，你在这里太委屈了……

香妃：皇上，过爱了……

乾隆：中国式的房子，你总不大习惯的……我已经下令给工部，要他们替你造一所完全亚剌伯式的宫殿，一座清真教堂，并且特雇了回族人来，画许多关于回教故事的壁画……你觉得怎么样？

香妃：谢谢皇上！

乾隆：不用谢了，香妃！还是我谢谢你，因为你肯接受我的敬意……

香妃：（默然）

乾隆：神父，画你的画罢！我希望你快一点画完……并且替我再画一幅穿便服的……

郎世宁：是的，皇上。（作画）

乾隆：（向太监）那匹马和那匹骆驼还好吗？

太监：奴才已经叫人每天牵出去散步一次，洗刷一次，白天喂三次粮草，晚上喂两次，近来养得很壮，毛都发亮……可惜有点野性，娘娘去看的时候，才不作怪了……

乾隆：好！（带笑向香妃）你看，香妃，马和骆驼看见你都服服帖帖地呵……

香妃：（又默然）

乾隆：（带笑）我记得西洋有一句格言，说话是银子，沉默是金子……（向郎世宁）神父，是不是有这句话？

郎世宁：是的！皇上的记忆力真好呀！

乾隆：我觉得这样的比喻还不够好，沉默的价值不但像金子，简直是无价之宝……观音从来不说话，可是我们特别敬爱她……

郎世宁：我们西洋人总是太唯物了，什么精神上的长处都用物质来代表，还是皇上的见解来得高超！依照皇上的圣意，老臣想把西洋这句格言改一改：说话是金子，沉默是神圣！

乾隆：神父，你真聪明！

郎世宁：皇上过奖了……

第八场

前人，又一太监。

太监：皇上，老佛爷有事要请圣驾到慈宁宫。

乾隆：（不悦，低声自语）我每次来待不到一刻钟，老佛爷就要召我回去！太不体谅人了……（高声）那么，我就来！香妃，今天我少陪了……

郎世宁：娘娘，老臣也告退了……

香妃：神父，明天请早。

郎世宁：是的，娘娘，老臣一定早一点过来请安！

乾隆太监先退，郎世宁后退，宫女又退。

第九场

香妃，爱米。

香妃：（叹了一口气）好容易才送走了，我每次都要感谢太后替我解围呵！

爱米：娘娘，您对皇上未免太冷淡了……

香妃：唉！自从先王死了之后，我的心已经像冰一样冷了……他尽管那样热诚，也动不了我的心……

爱米：怎样大块的冰也要被太阳的热力晒融了，娘娘，您的心就不能被太阳感化吗？

香妃：唉！我不能接受太阳的热……

爱米：世界上谁不喜欢太阳，尤其是在冬天的时候……

香妃：唉！爱米，你不要再来打动我的心……你不要忘记我是亡国的俘虏呀！

爱米：娘娘总是忘不了祖国，忘不了先王！但是……

香妃：我现在想静一静……爱米，你去看一看，我那匹马和那匹骆驼回

137

来了没有……

爱米：（叹气）是的，娘娘，我就去看，请您放心罢。

第十场

香妃一人。

香妃：唉！谁都劝我投降！乾隆的殷勤，郎世宁的推波助澜，甚至于我的爱米也同化了！唉！只有马和骆驼还有点风骨，才了解我的悲哀！怎么办呢？大家都一齐来攻打我的贞操，没有一个人体贴我的心，保护我的灵魂，鼓励我的勇气。（仰天）大王呀，你还知道我现在多么孤单凄凉呵！您想想，在我的境遇之中，报国和守节可以两全吗？唉！（静默）

第十一场

香妃、老宫女（手捧大托盘一个，上盖黄被）。

老宫女：（笑嘻嘻地）娘娘，请安！娘娘一个人在这里不觉得冷清吗？

香妃：你又来做什么？

老宫女：（殷勤献上）奴才送礼物来的，娘娘！皇上派奴才送上一对金如意，一对碧玉杯子，一对翡翠的胭脂盒子，一串珍珠颈链，一对镶嵌金刚钻的手镯！这些小小的东西，不足以表示皇上的敬意……请娘娘不要推辞……

香妃：唉！又来送这样贵重的礼物，我真不好意思领受……

老宫女：娘娘太客气了……都是一家人，有什么彼此之分呵！

香妃：皇上错爱了！

老宫女：嗳呀！皇上想送给娘娘的还不只这些小小的东西……还有更重的礼物？谁都不敢希望的礼物……他要把心送上来！

香妃：（默然）

老宫女：娘娘的福气真好呵！自从娘娘来到西宫之后，好像月亮照着紫禁城！皇上没有一天不思慕娘娘！到处想着娘娘的丰采！到处闻着娘娘的天香！可是，娘娘又像菩萨一样不大理人……暧呀，无论什么菩萨，看见皇上那样至诚，也要点点头呵……

香妃：皇上找错了人！换过别人就好了！你们宫里有的是……

老宫女：别的人皇上哪里看得上眼！三十六宫里都没有像娘娘这样的天仙！皇上因为娘娘，近来弄得饭量也减少，睡觉也不安宁，连老佛爷都担愁呀……

香妃：（冷笑）这是他自寻苦恼……

老宫女：娘娘也得表示一点慈悲罢！皇上为了娘娘，感受到人生最大的苦痛……他从来没有爱过，这一次他可爱上了您！这不是前世因缘吗？世界上的帝王还有比得上我们的皇上那样尊贵、那样多情的吗？娘娘的福气真大呀！

香妃：那样尊贵的帝王还要我小国的王妃！

老宫女：有缘千里来相会，这是月老做媒的，请娘娘大发慈悲，超度皇上脱离苦海罢……

香妃：（默然）

老宫女：只要娘娘答应一声，皇上什么都可以办到……他已经派人造一所最华丽的回宫，一切用品应有尽有，完全依照娘娘的意思，他还可以派许多清真教的阿訇为娘娘的先君祈祷念经。

香妃：唉！念经就可以安慰先王的灵魂吗？

老宫女：娘娘还不满意吗？

香妃：不可挽救的事情总不可挽救的了……

老宫女：世界上没有什么了不得的事情……一个女子只要长得美，终身都有奉承她的人！像娘娘这样的国色天香，惟有我们的皇上才配得上！娘娘从前单做了小国的王妃，真委屈了！

香妃：我不许你谈我过去神圣的历史！

老宫女：好罢！奴才不谈娘娘的过去，且来谈谈娘娘的将来……假如您老是这样不清不白，也不是个办法……一辈子做俘虏，多凄凉呀！假如不嫌唐突的话，奴才还劝娘娘不必泥守贞操两个字，这都是道学先生骗人的名词，用来愚弄一班小百姓的，对于帝王之家，简直不算一回事！古来宫廷的历史是多么解放、自由呵！娘娘若是看穿了礼教的虚伪，那么贞操也不必怎样顾虑的，稍为旷达一点，富贵就在眼前，权威就在手里，那个时候，娘娘就是世界上最尊贵的女王，我们的皇上都要听从娘娘的话呵！

香妃：（仍不语）

老宫女：娘娘觉得奴才的话讲得不大确切吗？恭喜您，娘娘，刚才皇上还嘱咐奴才说：只要娘娘肯屈就他一点，他什么条件都可以答应，并且皇上还有意思要封娘娘做正宫……多大的天恩呀！娘娘接受了罢！

香妃：你老是用虚荣来引诱我，可以不必了……

老宫女：（愕然，高腔）怎么？正宫皇后都不高兴做？我们大清国乾隆皇帝的皇后都看不上眼？

香妃：请皇上另选别人罢！

老宫女：（作威）娘娘不怕皇上的权威吗？

香妃：（倔强）世界上没有一个人可以使我害怕的，除非是我们回教的真主！

老宫女：皇上生气的时候，可不得了，娘娘！

香妃：皇上又奈我何？

老宫女：（怒）皇上当然有别的法子可以使娘娘屈服！

香妃：（愤然）什么话？皇上想用强暴的手段对付我吗？嘻！用不着那样无礼，我也有我的保护人在这里（出白刃示之）！叫皇上来试试看！

老宫女：（大惊）嗳呀！不得了呀！你们大家都来呀！

（众宫女闻声而来）

第十二场

香妃、老宫女，众宫女七八人。

众宫女：（齐声）什么事呀？

老宫女：你们看，她手里拿的什么东西呀！

众宫女：好可怕的刀呀！

老宫女：这是危险的东西，你们快一点抢下来！

（众宫女欲向前）

香妃：（冷笑）哈哈！抢我一把刀有什么用，我还有几十把在袖子里！我警告你们不许跑前一步！你们还敢无礼，我就自杀了！

众宫女相顾愕然

老宫女：嗳呀！好凶呀！今天真扫兴！我回去奏明皇上……（老宫女偕众宫女悄然退出，香妃默然）

幕徐下。

第三幕

慈宁宫。

布景：慈宁宫正殿，陈设严肃而朴素。

第一场

清晨。

太后、乾隆，太监二人，宫女二人。

（开幕时，太后正坐，乾隆侍坐，太监宫女两旁侍立）

太后：近来朝廷里没有什么要紧的事罢？

乾隆：都是很平常的小事……国外有安南王送来三百斤燕窝，五百枝肉桂，缅甸王送来十匹大象，西藏班禅送来一百对犀角，达赖送来二百斤麝香，十粒舍利子……国内在郑州那面，黄河决了一个小口，已经吩咐治河大臣赶快修堤，此外就是《四库全书》抄好了六部，已经分送到奉天、热河、南京、武昌、杭州各处保存好了……

太后：太平的皇帝真好做呀，一天到晚只听见人家歌功颂德，谈诗论文。你不要忘记，弘历，你现在享的太平福，还是你父亲苦心经营得来的！我也活了六十多岁了，在这几十年之中，前后比较起来，你远不如你的父亲那样刻苦耐劳呵！你现在住的房子都是新造的华丽的宫殿，穿的袍子、用的瓷器都太讲究了，你还记得你的父亲在世的时候，每餐有一粒饭掉在桌子上，都要捡起来吃了，穿的袍子老是破旧修补过了的，你现在太享福了……

乾隆：老佛爷，儿子知罪了，此后一定改过自新……

太后：能够改过就好了，可是我每次劝告你，一转眼你又照旧干下去，并且还更糟！你前两次到江南去，不是无聊的举动吗？你简直像隋炀帝一样糊涂！

乾隆：这也是不得已的……儿子也有点苦衷……老佛爷呀！环境压迫人，时常不能向好的方面走，我要朴素，人家就要奢华，非如此不够冠冕堂皇！并且天下又太平，有的是钱！多用一点，好像没有什么关系……

太后：你现在种下这个祸根，将来后辈就要吃你的亏！还是当心罢！你这一次去祭天，一切仪仗也不必过于铺张，恐怕惊扰了京城里的小百姓。

乾隆：是的，一切都照老佛爷的意思，能够节省的都免了，三天之后，要在天坛举行大祭，现在到斋宫里去……

太后：你能够这样清心养性去敬事天地，倒是很好的！可是，我还有一点不放心……

乾隆：（惊愕）老佛爷还有什么事呀？

太后：恐怕你的清心养性不过是暂时的，三天之后，你又要到西宫里去……

乾隆：（噤口无言）

太后：你知道吗？这是很危险的行为呀！

乾隆：（强辩）一个弱小无能的女子有什么可怕呢！

太后：蛇不是弱小无能吗？它可以一口把人咬死！当心罢！

乾隆：香妃是个清白可敬的女子，不能比之于蛇……

太后：她的人品，我可不能批评，但是她的心并没有投降你，这样态度不明白的女子是最可怕的！

乾隆：她这五年来在西宫里并没有什么举动……

太后：（作色）你还想瞒我吗？那一次她忽地拔出刀来吓得许多宫女都逃跑了，这是怎么一回事呢？

乾隆：那一次的事情是老宫女不好，逼得人家太过意不去，所以她才表现出困兽犹斗的态度来，请老佛爷原谅罢……

太后：幸亏老宫女强逼出她的本性来，不然，你就要中她的毒手了……

乾隆：可是，儿子也防备得很森严，从来不敢近她的身……

太后：还不够小心，你每次到她的宫里，一坐下来就不想走，一定要等我派人去叫你回来才肯出来，这是太不谨慎了！

乾隆：（脸有难色）她实在是世界上最可爱敬的女子……

太后：你尽管敬爱她，她可不理你，并且对你还不怀好意！

乾隆：倔强是高尚的表现，怀恨是节妇的本色。她好像天仙一样可崇拜……

太后：你简直被她迷住了，傻孩子！你的性情越变越古怪了！我们宫里有的是美人，你偏要香妃一个，她偏不要你，你又偏要她；双方相持之下，结果还是你失败了，你失了堂堂天子的尊严！

乾隆：一个天子屈就一个美人，也不算稀奇的事！古来的帝王像儿子同样的情形不知道有多少……

太后：那可不必管他们，你现在究竟打什么主意呢？

乾隆：时间长久之后，她或者可以回心转意的……

太后：梦想罢！现在等了五年，她还一点动静都没有！你可以等到老，同时你天天都有危险！

乾隆：（失望）只好如此呀，再也没有别的办法……

太后：像这种情形是绝对不能继续下去的，你得早打主意！

乾隆：唉！老佛爷，别的事情还好办，这种事情是不能解决的……

太后：为你本身着想，你既然要不了她，就应当放弃她！

乾隆：放弃她？唉！（摇头）

太后：最低限度，把她软禁在宫里，不要去望她……

乾隆：真困难呀……

太后：最好送她回本国去，一辈子不再见她的面……

乾隆：那更困难……

太后：最彻底的办法，就是……把她杀了，免除祸根！

乾隆：（悲痛）老佛爷，请原谅罢！这不是要了儿子的命吗？

太后：（慨叹）弘历，你简直被白蛇精缠住了，你受毒太深，不可救药了！

乾隆：儿子这几年来并没有因为香妃误了国家的大事呀！身为帝王，一点情感的寄托都没有，真枉做了帝王！

太后：做了帝王就不能谈恋爱！古来的帝王都是因为女色亡国的，你记得吗？我不愿意你把祖宗血汗得来的天下，为一个外来的女子断送了。你知道外面怎样议论你吗？为了一个女子，派了十万大军到万里之外去灭人的国，杀了不知多少无辜的人，损失了不知多少兵马钱粮！后来又为了这个女子大兴土木，劳民伤财，弄得一点好处都没有！这是英明的天子应该做的事情吗？

乾隆：请老佛爷不要生气罢！香妃虽然态度不明白，总不能和妲己、西施、武则天、杨贵妃之流相比呀！让她静静地活着罢！她不会闹出什么乱子来的！请老佛爷放心！现在时候不早了，儿子就此告退，大祭之后，再回来请安！（匆匆退）

第二场

太后、太监、宫女。

太后：（摇头失望）这个孩子的态度真倔强！劝了他许多话，一点都不肯改过自新，简直不可理喻了，怎么办呢？（向宫女）小玉，你打听到香妃有什么动静没有？

宫女一：没有什么动静……可是有点难对付！白天提防她像虎豹一样，恐怕她要危害皇上……晚上保护她又像松鼠一样，恐怕她自杀，真难应付呀！她近来因为时常哭，饭也吃不多，睡也睡不久，憔悴得怪可怜！

太后：皇上呢？还是照常天天去看望她吗？

宫女：皇上每天早朝之后，总是先到西宫里去……每次从那儿出来，总是满脸愁容……

太后：唉！到了这种地步，除非一死一伤，就没有更和平的解决！当局的人既然没有勇气打破这种僵局，恶人只好我来做！就是因此伤了母子的感情，我也无所顾忌的……小玉，你去传我的意旨，召香妃即刻到我的宫里来！当心！不要走漏了消息！

宫女：是的，老佛爷。（宫女退）

第三场

太后、太监、宫女一人。

太后：（向宫女）宝儿，等一会香妃进来之后，你马上把宫门关起来，谁都不准进来，就是皇上没有得到我的命令也不许放他进来！

宫女：奴才明白了，老佛爷请放心！

太后：（又向太监）你们两个人给我预备好一条汗巾子，在那面偏房里等候我的命令！

太监们：喳！喳！（退）

第四场

太后、两宫女。

宫女一：（自门外进）禀上老佛爷，香妃来了。

太后：带她进来。

第五场

太后、两宫女、香妃。

香妃：（披西域礼服，形容憔悴，向太后行回教礼）——老佛爷，香妃请安！

太后：（谦让，回以半礼）香妃，请坐！

香妃：承老佛爷的恩旨，召未亡人来圣宫里，不知道有什么吩咐？

太后：你来到我们宫里也有好几年了，我因为年纪大了，行动不方便，所以一向没有来瞻仰你的丰采。今天因为有一点……事情要和你商量，所以请你过来谈谈……

香妃：有什么事情呀？请老佛爷吩咐……

太后：我们彼此虽然没有见过面，精神上大家都是很熟的，所以我们今天也不必客气，大家开诚布公地谈一谈罢……你远离你的故乡来到我们这里，在你的身份来讲，总不是很愿意的事情罢？

香妃：唉！亡国的人，来到上国做俘虏，根本不容人愿意不愿意的……

太后：是的，你的境遇是很可怜，生活也是很苦恼的，因为你的性情太刚强，你不肯迁就我们，所以造成这种不规则的地位……这也难怪，你不忘你的故国，不肯违背你的先君，足证你的人格是很高尚的，不但皇上敬重你，我也深表同情，但是，你这种情形总不能持久的，你究竟想怎么样呢？

香妃：老佛爷，香妃这种境遇不是香妃自己找的，香妃没有解决自己的可能！

太后：这都是皇上一时的错误，把你弄得家破人亡，现在懊悔也来不及了，他虽然屡次想请求你原谅，你又不能接受他的请求，所以弄得大家都不知道怎么办好……我为你着想，你一定不愿意长此度着这种苦恼的生活的，你既然有那样刚强的性格，你总还有点勇气罢……

香妃：不瞒老佛爷，香妃是个求生不得，求死不能的囚犯！有勇气也没有用！这种生活比在地狱里还苦！

太后：你的生活既然像在地狱里一样，你不想脱离这种苦海吗？

香妃：香妃没有能力超度自己！……

太后：你不想回你的故乡叶尔羌吗？

香妃：香妃的故乡自从兵灾之后，已经变成一片荒土，就是回去，又有什么面目再见故乡的父老！……

太后：你既然不愿意回去，你想有怎样的出路呢？

香妃：香妃没有别的出路，只有死才是真正的解脱！

太后：真的吗？

香妃：真的，老佛爷！

太后：假如有人顺从你的意思，你可以接受吗？

香妃：能够解脱香妃的就是香妃的恩人！

太后：那么，我给你一个方便罢！你满意吗？

香妃：（悲喜交集，急跪谢）谢谢老佛爷！香妃肝胆涂地，也不能报答老佛爷的天恩！

太后：（惊奇）你真勇敢呀，香妃！你是天地间的奇女子！

香妃：（且泣且谢）香妃五年来没有一天不求死，因为既然不能报仇雪耻，活在世上也等于行尸走肉，还不如死了好！现在香妃总可以把清白的身体交回给先王，这是多么荣幸呵！香妃从来不肯向人屈膝，这是第一次，因为老佛爷是香妃最感恩的人！

太后：（感动欲泣），香妃，我敬佩你！你虽然没有完成你的大志，你永久是个忠君爱国的女英雄！唉！你为什么不生在中国！不然就不会有这一段伤心史……香妃，你还有什么遗嘱没有？

香妃：香妃在生的时候不能报国，死了之后，请老佛爷把香妃的骸骨葬在先王的墓旁边，那就感恩不尽了。

太后：你放心罢，我照办就是！香妃，我会派阿訇在礼拜堂里为你念经祝福，希望你早登天堂！（掩面唏嘘）

偏房门悄然开，两个太监分左右肃立着，香妃向太后致最后的敬礼，随即缓步进偏房，门徐闭。

全场寂然无声，但闻太后与宫女之呜咽。

第六场

太后、宫女、乾隆（在台后）。

乾隆：（用劲敲门，大呼）开门，开门，快一点开门！

宫女：（宫女欲往开门）

太后：（向宫女）不许动！不许动！

乾隆：（更用劲敲门，大声疾呼）开门！朕叫你们开门，听见没有？（又无应声）

乾隆：（拼命敲门，带哭声）。老佛爷，请开门罢！

太后：（向宫女一）你去看看，完了没有？……

宫女：（进偏房检查后回来复命）老佛爷，香妃已经死了！

太后：那么，现在你去请皇上进来罢……

宫女：（往启门）

乾隆：（像疯子一样闯进来）香妃哪里去了？她不是在这里吗？

太后：（遥指偏房）她现在不危险了，你可以进去看看……

乾隆：（趋进，哭声自房内冲出）天呀！我的香妃！你死得真冤枉呀！我对不住你了！我对不住你了！

全场只闻哭声与呜咽。

幕徐徐下。

——完——

原载《黄钟》1934年第5卷第4期、第5期、第6期

西　施（五幕悲剧）

登场人物：西施

　　　　　吴王夫差

　　　　　伍子胥

　　　　　范蠡

　　　　　郑旦

　　　　　越王勾践

　　　　　西施侍女一人

　　　　　文种

　　　　　民众多人：士甲、乙、丙，农甲、乙、丙，工甲、乙、丙，商甲、乙、丙

　　　　　农夫

　　　　　农妇

　　　　　难民甲、乙、丙

　　　　　吴宫女二人

　　　　　吴卫士四人

　　　　　吴宫太监一人

　　　　　越兵四人

　　　　　郑旦侍女一人

　　　　　越女乐八人

　　　　　越守门卫士二人

第一幕

越王宫前。

布景：一座古式的宫，极其朴素，门前肃立卫士二人。

第一场

开幕时许多民众徘徊宫前，有负贩者，有荷锄者，有手持规矩者，有白衣士等等。

商甲：喂，老哥，今天为什么事这样热闹呀？

商乙：不知道呀……（向其同伴）老宋，你知道吗？

商丙：我刚从吴国贩了几匹大绸来，我哪里知道呢！（向旁人）喂，朋友，你知道为什么这样热闹吗？

工甲：我是东门去筑城墙的，因为看见宫门口人这样多，也就站住看热闹，可是我也和你一样不知道是为什么事……

工乙：哈哈！我正要问你，你又不知道！（向旁人）喂，老赵，你也来看热闹吗？

工丙：可不是吗！谁不喜欢看热闹呵！我们的大王向来不许人做喜事的，今天他首先破例了……哈哈！难得难得！

工乙：大家都挤在这里，谁也不知道看什么喜事！哈哈！我们问问对面那个老头儿罢！喂，老伯，你可知道吗？

农甲：别开玩笑罢，老兄！你们城里人不知道的事情，我们乡下人更摸不着门路了。

农乙：你们去问把门的兵大爷罢……

工乙：问把门的兵大爷！你去问罢！

农丙：（拍拍胸）直接问我们的大王都可以的，为什么不好去问把门的兵大爷呢？好，我去问问看！（向兵）喂，老总，今天宫里有什么喜事吗？

兵：（兀然不动，亦不答，如木偶）

150

农丙：你不懂我乡下人的话吗？是不是大王的圣诞节呀？是不是夫人新添了一位小公子呀？那辆车子停在外面，是不是太子要出去打猎呀？

兵：（又不答）

农丙：（没趣）嗳呀，你是哑子吗？碰了一个钉子，晦气晦气！

工乙：哈哈！乡下佬总是乡下佬！大王可以不摆架子和你们谈天，他的卫队偏像门神一样不睬人的……哈哈！

农丙：（埋怨）你们城里人老是向我们农夫开玩笑，太不忠厚了！

工丙：老哥别生气罢！来到城里，多问一声可以多得一番教训……

农丙：说什么风凉话！你们不问时又知道今天有什么事情呢？

工丙：我虽然不知道，我可不请教兵大爷！

农丙：那么，你请谁的教呢？

工丙：当然请教那班懂得国家大事的读书先生们噜……

农丙：好，我们就请教读书先生们去！

工甲：（众齐嚷）喂！这里有识字的先生没有？

第二场

前人加士甲、乙、丙。

士甲：（自台后应声而来）嚷什么！我们越国有的是精通六艺的君子！

士乙：你们要什么？要诗吗？要赋吗？

士丙：要经天纬地的大文章吗？（民众齐注视这批狂士）

工乙：不瞒先生们说，我们今天并不需要什么诗赋文章，这些高妙的东西，我们目不识丁的老百姓从来不敢过问的，今天要请教诸位先生的就是大家站在这里究竟看什么热闹……

士甲：看什么热闹？哈哈！这样重要的事情都不知道，你们真是蠢材！

士乙：夏卿！客气一点罢！一开口就骂人……

士丙：这班蠢材还不该骂吗？

商甲：嗳呀！你们读书的先生们架子好大呀！没有领教就挨一顿骂……

嗳呀！我们商人每天卖了一百个笑脸，五十双的客气话，还卖不了半匹大绸……

商乙：读书人都是准备做官的……

商丙：做了官就来欺负我们老百姓！

士甲：士为四民之首，不做官，也得教训你们这班没头脑的东西！

工甲：算了吧！闲话少讲。我们被读书先生们瞧不起也是应该的！喂！先生们呀！刚才所问的话，还请诸位指教罢！

士甲：好！我来告诉你们……今天我们越国要送一对美人给吴王……

士乙：越国最美的美人！

士丙：哼！天下最美的美人！

民众杂声：送美人给我们的仇人！我们越国最美的美人……天下最美的……哪里找来的呀？什么名字呀？

士甲：范大夫在苎萝村若耶溪找来的！一个叫做西施，一个叫做郑旦。

士乙：范大夫真糊涂！什么东西不好送，为什么进贡美女给敌人呢！

士丙：尤其是最美的！真可惜！唉！佳人难再得！

农乙：这两个女子不是长得很平常吗？有什么希稀奇呢？

工甲：并且她们的老子也是像我一样的穷光蛋！

农丙：两年前我还看见她们有时在若耶溪的堤上洗衣裳，有时在苎萝山上砍柴。当时我也不觉得怎样好看……

士甲：你们都是蠢材、瞎子，范大夫的眼光还会错吗！山里一块玉在你们这班瞎子看起来不过是一块死石头！可是经过良工雕琢之后就变为宝货啦！蠢材！

工甲：这样看起来，我那个小女孩子打扮起来也许是个美人呢！

工乙：满脸大麻子，还说是美人！瞎说！

工丙：（向农乙）你家里的宝宝那对眼睛长得笑眯眯的，好像有资格做美人……

工甲：哼！脸孔还不坏！可是有一条腿短了两寸……哈哈！

众人：（齐笑）哈哈！

士甲：笑什么！你们这班亡国奴，送美人给吴国是可以高兴的事情吗？

商甲：嗳呀！先生，亡了国就不可以笑吗？

商乙：送两个美人给吴王又有什么关系呢？

商丙：我们大王都要做俘虏去，何况送美人！

工丙：我们越国有的是美人！

商甲：今天这场热闹既然是为看美人，我们索性饱一饱眼福罢……

士甲：看什么！滚开！你们这班没廉耻的奴才！

民众：嗳呀！这位先生真会生气哩！好像有一点吃醋哩……哈哈！

士甲：奴才！又笑什么？亡了国是可笑吗？大王去做吴国的奴仆又是可笑吗？

民众：（闻此语，登时严肃起来）可怜我们的大王受了那样多苦痛！

士甲：何止苦痛！简直是奇耻大辱！

民众：是呀！全越国的耻辱！

士甲：你们既然知道亡国的耻辱，今天又是一个国耻的日子！

民众：什么？又是一个国耻？我们祖国的国耻真不少呀！

士甲：还不够多！送美人给吴王又添了一个国耻！我们的国已经亡了十五年了！这十五年之中，大王日夜卧薪尝胆励精图治，我们老百姓也一致拥护我们的大王克勤克苦做生聚教养的工作，现在大家都知道要爱国，要报仇！并且兵也精，粮也足，为什么不用武力去报仇，反而要送美人给吴王夫差，这不是耻上加耻吗？忍得住的就是十足的奴才！

民众：我们不愿意做亡国奴！我们要报仇！我们反对送美人给吴王！这又是范大夫干的好勾当，我们要质问他去！（一场大喧嚷）

第三场

前人、范蠡、文种自外来。

文种：宫门外嚷得这样厉害是怎么一回事呀……

范蠡：大概是来看今天的送行罢……

民众：前面来的不是范蠡？我们包围他不许他进去！

范蠡：喂！请让路罢……

民众：我们要质问范大夫！

范蠡：（愕然）你们要质问我？范蠡做了什么事对不住诸位的吗？

民众：不是对不住我们老百姓，是对不住我们的大王！对不住我们的祖国，我们质问你为什么送美人给吴王？

范蠡：哈哈！送几个美人算得什么！

民众：送了许多钱粮宝贝，现在又送美人是什么道理？

范蠡：哈哈！道理是吴王要几个美人呀……

民众：胡说！吴王要什么就给什么！今天送美人，明天又送美人，岂不是把我们越国的女子都送光了吗！范大夫，你这种行为是通敌，是卖国！（齐呼）打倒国贼，打倒国贼范蠡！

范蠡：（兀然不动）你们将来就明白了……（冷笑）哈哈！

文种：请诸位不要嚷罢！不要嚷罢！（民众稍静）我觉得范大夫并没有做错！

民众：送美人是好勾当吗？

文种：送美人是一种外交！

民众：这样的好外交，我们不要！

文种：我们越国到现在没有亡了，全靠范大夫高明的外交！他是大王的智囊，越国的功臣，请诸位不要误会！

民众：天天送东西给敌国，就算是高明的外交！我们不要这种献媚敌国的大夫！辱国的大夫！打倒奸臣范蠡！打倒老贼范蠡！文种同情于范蠡，也要打倒。（一时秩序大乱，范文两人几受辱，那时宫门猝然大开，越王勾践挺身而出，民众望见王来即肃立不敢动手，全场空气极紧张而严肃）

第四场

前人、越王勾践。

勾践：在我的宫门外这样吵闹，甚至于要侮辱我的大臣，这不是暴动吗？你们若是要造反，请你们先把寡人杀了！

民众：（相顾不敢言）

勾践：你们究竟闹什么？

民众：（即士甲，躲在后面）我们……我们小百姓觉得范大夫所做的事情有损国家的体面……

勾践：哪一件事情呢？

民众：就是送西施、郑旦给吴王的事情……

勾践：这就算是有损国体吗？哈哈！越国败了，订城下之盟，你们不以为耻！我勾践夫妇亲身到吴国去做吴王的奴仆，做了五年，你们不以为耻，现在送两个女子给敌国，你们倒觉得难为情，岂不是轻其所重，重其所轻吗？

民众：大王！我们国家的奇耻大辱永久刻在心里！大王是我们最敬爱的父母！我们今天的行为完全是激于义愤的，因为我们觉得国家的耻辱已经到了忍无可忍的地步，我们无时无刻不想报仇雪耻，现在兵也训练得很精，粮也屯得很多，为什么不讨伐吴国，反而还要送美人给吴王呢？这样示弱于人，恐怕民气要消沉下去……我们宁可拼命，不愿意再送美人给吴国！我们要杀！要开仗！请大王下讨伐令！我们全越国的小百姓一致拥护大王去报仇。

勾践：你们做梦吧！报仇雪耻是这样容易的事情吗？吴国大，越国小，他们兵多，我们兵少，他们有英勇的伍子胥，我们有谁呢？吴王不糊涂，伍子胥不死，我们永久不能报仇雪耻！我们虽然准备了十五年还不能用兵！因为他们的君臣和睦，无机可乘！所以现在不得已才用秘密的手腕送几个女子去……软化他们……将来一定有绝大的效力！你们相信寡人罢！

民众：（信服齐呼）我们一致爱戴我们的大王。

勾践：你们既然相信寡人，那就请你们再忍耐下去，寡人不会辜负你们爱国的热忱！你们既然来到这里看热闹，请大家守秩序！静一点！

民众：（齐呼）我们也来欢送救国的美人！为国牺牲的西施、郑旦！

勾践：对啦！你们的态度很好！

（民众徐退，士有愧色，潜逃）

第五场

范蠡、文种、勾践、卫士，民众在后。

范蠡，文种：（趋拜）谢谢大王解救了老臣！

勾践：（扶之起）两位大夫请少礼！哈哈！刚才的事情寡人很高兴！

文种：几乎是暴动，大王还觉得高兴？

勾践：哈哈！为什么不高兴！他们都是爱国的民众呀！刚才的气象不是很激烈吗？你们看，越国的民气多盛呀！哈哈，将来一定可用的！

文种：大王见识远大，佩服佩服！

勾践：还是两位老先生的功劳！没有文大夫的内政和范大夫的外交，我们越国老早消灭了，还有像现在这样的复兴气象吗？哈哈！

文种：过奖了，大王！

范蠡：现在出发的时候到了罢？

第六场

前人、西施、郑旦、宫女。（宫门开处，双双宫女缓步出来分左右排列，西施、郑旦盛装姗姗下阶，勾践率范蠡、文种趋前迎之，西施等下拜，越王还拜）

勾践：两位美人少礼！寡人应当拜谢越国的救星！寡人无德无才，不能用武力为国家报仇雪耻，只好借重两位的轻歌曼舞去麻醉吴王的心，离间吴国的君臣，假如能够达到目的，两位就是复国的大功臣！（宫女进酒）现在临别的时候，没有什么东西可以表示寡人的敬意，只好备一杯淡酒饯行！（献杯，西施郑旦跪接杯）

西施、郑旦：敬谢大王的天恩！

勾践：现在有几句话要请两位美人注意的：第一，路上要珍重，不要损坏了你们的美色。第二，见了吴王要曲意献殷勤，抓住他的心，不要让他注意政治的问题！第三，事事要顺从范大夫的指导。

西施、郑旦：敬领大王的明训！

勾践：（向范蠡）范大夫，我拜托你照顾这两位美人，请你接受这重大的使命！

范蠡：大王，老臣领旨！

勾践：现在我敬祝你们一路平安！

西施、郑旦、范蠡：（齐叫）大王万岁！

民众：（遥呼）大王万岁！西施、郑旦万岁！越国万岁！

（台后奏送行曲，西施等登车去，幕徐下）

第二幕

姑苏台。

布景：一座高殿，隐约可望见天空（以示高耸），建筑及陈设均甚华丽，时为夏。

第一场

夫差、西施、郑旦、侍女、女乐。（未启幕时隐约闻笙箫琴瑟奏着舞曲，曲终即启幕，见西施方舞罢倒在吴王怀抱中）

夫差：（披华美的便服）哈哈，舞得真好！你这个小孩子真可爱！勾践哪里找来这样的尤物！

西施：（起身为吴王打扇且轻歌献媚）

若邪有鸟名鹡鹡，

临流顾影颇自怜，

一朝选在君王前，

羽翮翮

云此无衣，花无此颜，

愧煞姑苏粉黛与婵娟！

夫差：你这个小鹅鹅真有风情！嫦娥一样美丽，仙鹤一样善舞，黄莺一样能歌！哈哈！西施！我得了你这样的美人才知道做帝王的快乐！

西施：大王过爱了！大王再喝一点酒罢？

夫差：哈哈！对着美人哪可以不喝酒啊！

西施：（向侍女示意进酒）拿大杯来！

郑旦：（不悦）今天大王已经喝多了，不好过量，恐怕有伤圣躬……

西施：哈哈！大王要喝酒，你偏说不要再喝，太不知趣了！

夫差：郑旦，今天我太高兴了，多喝两杯也不要紧的……哈哈！

郑旦：大王，并不是郑旦敢违背大王的意旨，因为看见大王近来喝酒太多，时常害病，所以劝大王保重。

西施：郑旦，你未免过虑了，天下太平无事，不喝酒，多气闷呀！大王，是不是呢？

夫差：西施，你的话说的正合孤意！哈哈！我想起从前夏禹王费了十三年的苦功夫才把洪水治好，才做了帝王，照理应当享乐了，可是他连酒都不敢喝一杯，真是个大傻子！哈哈！

郑旦：夏禹王也有他的道理……不是他那样俭朴，夏朝不会有四百年的天下……

西施：郑旦，你居然在大王面前谈起政治问题来了！请问应当何罪？

夫差：算了罢，郑旦！我想多喝两杯酒，你就把古代圣人的话来难为我！你想一想，我若是不喝酒，还活得了吗？

郑旦：（哭声）郑旦冒犯了大王，罪该万死！

夫差：你进去息一息罢！（郑旦悽然退）

第二场

夫差、西施、侍女、女乐。

西施：（敬酒微笑）大王万岁！

夫差：哈哈！亏了你，我才可以多喝一杯！

西施：（故作愁容）西施不知道有什么事情得罪了郑旦，她近来时常和西施作对……

夫差：哈哈！两雄不能并立，两美也不能相安，哈哈！

西施：（又作愠色）请问大王，西施不如郑旦那样忠心奉侍大王吗？

夫差：你很忠心！你最可爱！哈哈！真会撒娇的小孩子！（饮酒）唔！好酒！好酒！这是哪里送来的？

西施：（微笑）是西施带来献给大王祝寿的……

夫差：你的酒真好呀！叫做什么酒呢？

西施：越国人叫它做山阴酒。

夫差：越国出美人，不能没有美酒！山阴酒是天下最美的酒，因为西施是天下最美的美人，哈哈！

西施：大王过奖了……可是，山阴酒虽然做得不坏，越国的小百姓可都要饿死了。

夫差：（愕然）怎么一回事呢？

西施：不瞒大王说，越国的米都酿了酒做贡品了，同时又要完钱粮，双重的征收之下，所以民不聊生了……

夫差：勾践为什么不早告诉我呢？

西施：他哪里敢说，他是大王最忠实而且最胆小的仆人……

夫差：哈哈！勾践太好了！那么，我也得施一点恩惠给他，从今以后，越国的钱粮减半征收就是。

西施：（拜谢）谢谢大王的天恩！还有一桩事情，西施不敢说的……

夫差：什么事呀，美人？

西施：这几年来楚国时常派兵来侵犯越国的边境，弄得小百姓不但不能安居乐业，甚且家破人亡，真凄惨呀……

　　夫差：勾践为什么不派兵赶他们出境呢？

　　西施：越国只有徒手的小百姓，哪里有兵呢？

　　夫差：呵！不错，我一向不许他们铸造兵器的，现在越国既然是我的属国，楚国侵犯了越国，就好像侵犯了吴国一样，那么，我此后允许勾践练一点兵，造一点兵器，作为边防的用处。

　　西施：（又拜谢）越国的臣民万世不敢忘大王的圣德！西施粉身碎骨也不足以报答大王的过爱！

　　夫差：哈哈！小小的恩惠不算什么！我一向都觉得冤家宜解不宜结！吴越两国本来是一家，从前虽然有一点仇怨，但是勾践已经臣服了，态度又很诚恳，上一次煞费苦心，找了你这样的尤物送给我……哈哈！勾践不但是我的忠臣，并且是我的知己哩！

　　西施：他永久是大王的奴仆，好像西施一样。

　　夫差：像你一样？哈哈！小鹣鹣！他可不能像你一样可爱！勾践的颈多长呀！

　　西施：长颈的人像马一样好给大王驾驶……

　　夫差：他的脸孔多长呀……

　　西施：马的脸孔不是很长吗？大王……

　　夫差：哈哈！有理有理！谁也不如你这样伶俐，小鹣鹣！

　　（内侍来报）

第三场

　　夫差、西施、内侍、侍女、女乐。

　　夫差：（望见内侍前来）你来做什么？

　　内侍：启上大王，伍大夫有重要的事要请示大王。

　　夫差：又是伍子胥那个老头儿来麻烦人！你告诉他明天再来罢！

　　内侍：伍大夫说今天一定要见大王……

夫差：真讨厌！天天把政治的问题来乱我的心！弄得我没有一刻安宁，连喝酒的工夫都没有了！西施，你看做帝王真苦呀！有了专权的老头儿在朝廷里更不自由！可是伍子胥又是前朝的元老，我不能不出去敷衍他……那么，我到正殿接见他去……美人，只是辜负了你可爱的时光……因为在你的身边才是帝王真正的生活！

西施：但愿大王早点回来，国家的事情像乱麻一样理也理不清楚的，请大王不要过于费心，有些小事尽可以让太宰伯嚭分劳……

夫差：小鹅鹅，你真会体贴我的心！我等一会儿就回来的，请你暂时休息休息罢……

西施：（送至门外）大王万岁！

第四场

西施、侍女、女乐。

西施：唉！唱了一天，舞了一天，我现在觉得有点累了……你们也休息去罢。（坐下，女乐退）

第五场

西施、侍女。

侍女：夫人不要酒解渴吗？

西施：也好！酒是不厌多的！

侍女：（捧玉杯进）

西施：（接杯审视之）这只杯子的样子有点特别……哪里来的？

侍女：大王叫玉工特别做给夫人用的……

西施：（饮酒微笑旋即向侍女）你去打听大王和伍大夫说些什么事情……

（侍女悄然退）

第六场

西施、郑旦。

西施：（望见郑旦，冷笑）哈哈！好一个吴国的忠臣。

郑旦：哼！狐狸精！

西施：你骂谁呀？

郑旦：我说你是个没良心的狐狸精！

西施：我？没有良心？哈哈！

郑旦：你把大王弄成什么样子！狐狸精！

西施：哈哈！大王不是很快乐吗？

郑旦：快乐！大王被你弄成一个昏君了！

西施：大王会赏识我，就是英明的君王！哈哈！你才是糊涂！

郑旦：一个女子总要有点良心，像你这样的人简直是苏妲己的后身！

西施：哈哈！你说我没有良心？我告诉你：我的心放在越国！你说我是苏妲己的后身？哈哈！一个女子最大的任务不是讨男人的欢心吗？

郑旦：这就叫做狐狸精！你看大王多宠爱你呀，你可以这样没良心对付他吗？

西施：大王也很宠爱你呀……

郑旦：我并不是和你争宠，我希望你不要把大王弄得那样糊涂……

西施：和我多喝两杯酒，就把他弄昏了吗？

郑旦：你简直是忘恩负义的人！

西施：呵，我是狐狸精，你是有良心的女子，哈哈，请问你是哪一国的人？你的心放在哪一面？

郑旦：古来的圣贤只说女子要三从，并没有说女子要爱国！嫁鸡随鸡，女子天性是向外的，身在吴宫，就是吴国的奴仆！越王不能用正大光明的手腕去报仇，反而要利用我们女子做迷魂阵，稍为有良心的女子也要反悔的……

西施：你的良心真不坏呀！由亡了的越国移到吴王的身上！你忘记了你的使命！

郑旦：我郑旦是个正直的女子，我现在不愿意被人家拿来做阴谋的工具！

西施：老实说，你爱上了吴王了！爱情令你忘了祖国！

郑旦：爱是女子的天职，男人是女子终身的寄托！女子没有国，只有家！

西施：你说的话真漂亮呀！可是吴王宫里不单你一个人！

郑旦：不管有多少人在宫里！吴王的多情使我觉得他是可敬爱的君王！

西施：哈哈！多情而且可敬爱的君王！你可没有看见他的心像千叶莲花一样，可以一片片分散给许多女子的吗？

郑旦：他能够把他的心分一片给我，我就死心贴地奉侍他！

西施：哈哈！你的心真不值钱，人家一片心就可以换你整个心？我的可不能这样便宜！

郑旦：你不但是没良心，并且是毫无情感的妖精！

西施：你何由见得我没有情感？

郑旦：你那轻佻的态度，阴险的行为，处处表现你是个妖精！

西施：妖精也有妖精的用意！我告诉你，郑旦，天下最美的女子难道没有最高尚的感情吗？

郑旦：你所说的最高尚的感情原来就是做这种没人格的勾当！

西施：救国卖身是没人格的勾当吗？

郑旦：换句话说，是无耻！是卖淫！我郑旦可不能卖身不卖心，何况吴王又是那么多情！

西施：你的心都卖给吴王了吗？

郑旦：不是卖，是送给他了。

西施：呵！你不但卖了你的心，甚且要卖你的祖国吗？你不是要泄露我们的使命吗？

郑旦：假如你再这样干下去，到了忍无可忍的时候，免不了要说的！我劝你此后不要那样没良心地误了吴王！

西施：（着急）你当真要说吗？

郑旦：真的！

西施：（忽然大哭，众宫女闻声而来）

第七场

西施、郑旦、众宫女。

众宫女：嗳呀，不得了！我们去报告大王罢。

一宫女：大王前面来了！

第八场

前人、夫差。

夫差：怎么了？西施，你哭什么？

西施：大王！我不愿意活了……

夫差：（扶之）你哭什么？谁欺负了你？

西施：郑旦侮辱我呀！她若是还在宫里，我要死了……

夫差：郑旦，你为什么要欺负西施？

郑旦：大王，郑旦并没有欺负她……

西施：大王，杀了我罢！我今天就要死了！

夫差：总是郑旦不好，不然西施为什么会哭得这样可怜！左右，把她送出去，不许她再进这里来！

（众宫女押郑旦出，幕疾下）

第三幕

馆娃宫。

布景：一所行宫的后院，花木参差，极其幽雅。

启幕时西施倚兰沉思，态度忧郁，宫女席地而坐，乐器在膝，静候王命，夫差徘徊无聊。

第一场

西施、夫差、宫女等。

夫差：在姑苏台上玩得气闷，现在来到吴山馆娃宫，左望湖，右望江，风景总算不坏了，可是美人仍然愁眉不展……唉！西施！你害病吗？

西施：萧萧的秋风吹落片片的梧桐，令人好不伤感呀……大王！

夫差：美人都是多愁多感的……不是惜春，就是悲秋。莫非是生活太单调吗？（顾宫女）你们奏一套龙翔凤舞的曲子给我们消遣罢。

（宫女奏曲数声之后……）

西施：停了罢！我不耐听，听了音乐愁更多。

夫差：怎么呢？西施，这不是你平时最喜欢听的曲子吗？今天为什么忽然不要听呢？你近来好像有点变了……没有什么病，一天天会瘦起来……唉！病还有药可以医治，愁就没有药了！那么，我唱一首歌给你消愁罢。

（歌曰）

美人欢兮如月明，美人愁兮如秋霖，

一笑一颦俱有情，宁愿倾国与倾城！

西施：（感动）唉！大王太多情了！西施哪里值得这样的宠爱！

夫差：西施，你太多愁了！你的愁引起我的愁，你不开心，我还能够快乐吗？

西施：大王错爱了……请你不要挂念西施，你应当多注意国家的事情……

夫差：国家的事情？已经有伍子胥和伯嚭在外面负责，还用得着我来理吗？尧舜拱手而治天下，我也得拱手而治吴国罢！哈哈！真奇怪！从前你劝我不要多管国事，现在你反而劝我过问那些无聊的政治问题，岂不是前后相反吗？呵！我知道了，你有点冷淡我罢……

西施：唉！大王！请你不要误会，西施哪敢冷淡你！西施始终是大王的奴仆！

夫差：那么，我和你作乐，你为什么老是不快乐呢？

西施：（强笑）人生不免有许多无名的悲愁，女子尤其多，你要我解释也无从说起……大王，请你不要过虑罢……

夫差：（焦急）唉！你老是把我当作外人看待，我们相爱了四年多，无时无刻不在聚首谈心，我把你当天仙崇拜，我为了你，把国家的事情都丢开，我全心全意求你的欢笑，并且曾经和你祷告天地愿世世做夫妻……我这样诚心爱你，你还可以不把心里的愁闷说给我听吗？

西施：（感动仍自持）大王的垂爱，西施粉身碎骨也不能报答的！西施的愁是无名的愁，闲人多愁，大概是太娇养了罢。

夫差：（微愠）唉！真气闷！好，我出去打猎，让你一个人在这里愁！左右！叫他们把我的车子预备好！

（宫女出报王命）

西施：大王出去打猎，请当心一点，不要放马乱跑，并且不要太晚回来……

夫差：这一句话倒有点意思！西施，你始终是可爱的小鹅鹅！好！我就早一点回来……

西施：（送出）大王万福！

第二场

西施、侍女。

侍女：夫人，近来你的兴致为什么不大好呢？大王不是很宠爱你吗？

西施：就是因为大王太宠爱我，才使我生无限的悲愁……

侍女：帝王的宠爱是女子最大的荣光，夫人为什么不快乐呢？

西施：帝王的宠爱本来是一种虚荣，被爱的女子不一定就爱她的帝王，因为古来的帝王都把女子看作娱乐品，可是吴王是个多情的男子，他那种热诚不能不令人感动……

侍女：夫人，你爱吴王吗？

西施：唉！良心的责备……不能不感激他！

侍女：这不是很自然的吗？

西施：爱情像火一样不可以玩弄的！我当初奉了越王的使命来愚弄吴王，自以为有了亡国的仇恨做我的护身符，可以不受感情的传染，所以当年我还嘲笑郑旦没志气，忘记了国家的使命，把心私送给吴王，并且恐怕她泄露我们的秘密，不得已才把她排斥出去……殊不料四年之后我也和郑旦一样被爱情的火燃烧着！

侍女：夫人这几年在吴国做了不少秘密的工作，总算是忠于越国了，现在稍为有点感情也不要紧……

西施：不要紧？爱情和国家的使命能够两全吗？并且爱情在女子心灵上占着绝对的权威，女子可以终身没有得到真正的爱情，万一有一天她把心交给一个男人，她就无所顾忌，把整个生命送给所爱的人，现在我的心和我的使命站在两不相容的地位！唉！

侍女：为什么两不相容呢？夫人尽可以和吴王要好，同时为越国效一点劳，也未尝不可以……

西施：你简直不懂爱是什么东西！一个女子若是真心爱一个男子，她还能够忍心去破坏男子的家产，危害他的性命吗？唉！自从爱情在不知不觉之中占据了我的心，我不但没有勇气继续做些不利于吴王的事情，并且连从前所做的我也懊悔了！

侍女：这就是你近来不大高兴的原因……

西施：唉！没有感情同时被人爱慕的女子才可以快乐！假如爱着一个男人同时又做背叛的行为，稍有良心的女子也要觉得这种生活像在地狱一样苦痛……并且那个男人始终不知道他所爱的人是一个叛徒、魔鬼！

侍女：那么，夫人，你少爱他一点，岂不是可以减少你的苦痛吗？

西施：爱情可以由人减少或添多吗？

侍女：你当初干脆一点不爱他就快乐了！

西施：唉！爱情的产生像泉水一样流露，像花一样开放，像果一样成熟，除非是天崩地裂，或者加以人工的摧残，不然，它自身绝对不能作主的……

侍女：唉！夫人，我劝你忍耐保重罢！假如吴王有一天发现你的秘密，不但你自身有危险，并且祖国都要受累呵……大王前面来了，请夫人慎重罢！

第三场

前人、夫差。

西施：（往迎）大王刚才出去打猎，为什么这样早就回来呢？

夫差：老天不从人愿……车马刚预备好，一出宫门就下雨！真扫兴！只好作罢……并且……并且我舍不得你这对可爱的眼睛……小鹅鹅！

西施：大王过爱了……西施有什么可以使大王留恋的地方！

夫差：（高兴）美人说的话真漂亮！像黄莺的歌声一样委婉缠绵……（西施微笑）你笑了？哈哈！真可爱的微笑！好久没看见这样的笑容了！真开心！左右，拿酒来！我和美人醉一醉！

西施：大王少喝一点罢……你近来的精神已经不大好了……

夫差：不要紧！我的精神不好，就是因为你不大高兴！现在我重新看见你的笑容，非得喝一个烂醉不可！齐桓公不是好享乐吗？霸主还是他先做！我现在不是天下的霸主吗？喝一点酒有什么关系？左右，快一点！拿酒来！

（左右将进酒，内侍来报）

第四场

前人、内侍。

内侍：大王，伍大夫在外面请见。

夫差：（停杯）这个老头儿又来了！他来干吗？你告诉他，我现在没有空，请他下次再来罢！

内侍：是，大王。（退）

第五场

夫差、西施、宫女。

夫差：伍子胥这个老糊涂，真可恶！三番五次来和我作对！我每次看见他那对火把一样的眼睛，汗毛都要竖起来了！有了这条老虎在朝廷里，真不舒服！

西施：伍大夫是先王的元老，并且有大功于吴国，请大王宽容他一点罢！

夫差：不要理他，我们喝酒罢！（又举杯欲饮）

第六场

前人、内侍。

内侍：（又进）大王，伍大夫说今天一定要见大王一面……

夫差：（大怒）岂有此理！我不高兴见他，他硬要见我！那还了得！不见！不见！你干脆告诉他！我不高兴见他……

（声犹未已，伍子胥已闯进来，满堂愕然）

第七场

前人、伍子胥。

子胥：没有空！喝酒有空！好一个贤明的君王呀！

夫差：（有愧色）大夫，你不是有病吗？你为什么不远千里到馆娃宫来呢？

子胥：老臣的病不过是个人的小病，大王的病才是吴国的大病！（怒目视西施……西施悄然退，宫女内侍亦退）

第八场

夫差、伍子胥。

夫差：大夫请坐，有话慢慢讲……年高德劭的人不要过于生气，恐怕要伤身体……

子胥：老臣死了都不要紧，只要大王了解祖国地位的危险！

夫差：大夫，你又来了……哈哈！吴国不是天下最富强的国吗？寡人不是诸侯的霸主吗？

子胥：外强中干的纸老虎！空壳的鸡蛋！

夫差：你不相信？天下最强的楚国不是被先王灭了一次吗？做过盟主的齐国不是被寡人打败了吗？跳梁的越国不是被寡人杀得他们君臣来朝做奴仆吗？现在的诸侯，谁敢得罪吴国的？

子胥：这些过去的胜利可以不必提了！但提到越王勾践的事情，老臣就要发指！

夫差：勾践是寡人最忠实的臣子，大夫不要误会！

子胥：唉！大王简直把豺狼当作羊，把仇人当作朋友看待！勾践是大王心腹大患呀！大王，你不记得先王是死于勾践之手吗？大王和勾践有不共戴天之仇，当初你多么奋发有为，立志报仇，每天派人站在门口，你进出的时候就喊你一声：夫差，不要忘记报父仇！下了这样大的决心才把越国打败，才把勾践抓来，那个时候正好一刀两段把他杀了同时报了父仇！唉！殊不料被勾践说了几句恭维的话，你就免了他的死罪！

夫差：古来的圣王不杀投降的臣子，我若是杀了勾践，未免太残酷了：恐怕将来谁也不敢投降吴国了……

子胥：大王那种行为是妇人之仁！免了勾践的死罪把他关在石屋子里，终身不放他出来，已经是很宽大了，竟不料你又受勾践的假意奉承，公然送他回越国，简直是纵虎归山，将来他一定来吃我们的肉！

夫差：大夫，你说勾践对于寡人的敬意是不诚恳的吗？勾践带着他的臣子来归附寡人，这不是深明大义吗？他夫妇亲身做我的奴仆，为我养马，为我挑粪，一点也不埋怨我，有一次，我病得很厉害，勾践甚至于亲口尝我的屎尿，这不是非常的孝顺吗？他把越国府库里的珠宝金银古玩尽数送给我，这不是很慷慨而且忠心吗？他用义用孝用忠来敬奉我，我若是听大夫的话，把他冤枉杀了……岂不是太傻了吗！你倒可以心满意足，寡人可对不住上天！

子胥：唉！大王看事情为什么这样不分明呀！老臣和勾践在私人方面毫无仇怨，老臣劝大王杀他，是为吴国呀！

夫差：大夫，你口口声声说为吴国，可是并没有为我着想！寡人病了三个月，从来没有见你说一句话，我喜欢吃的东西，你从来没有送上来，做人臣的这样缺乏同情心，还能够算是忠吗？哼！越王才肯吃我的粪！此外谁可以做得到！

子胥：唉！大王要知道，老虎伏在地下正是想袭击他的对敌，狐狸埋头缩颈正是要抓面前的野鸡，河里的鱼因为贪吃才上钩！并且今年是最不利于大王的一年！三月甲戌时，加之以鸡鸣，甲戌是相冲的时期，因为青龙在酉，德在土，刑在金，这个日子要伤德的，推演起来可以知道君王一定有叛逆的臣子！大王，你以为勾践真是那样义，那样孝，那样忠吗？老臣敢断定勾践这样卑躬屈节来归顺大王，正是因为他有深谋远虑！把越国的府库全部送来，表面上一点不难过，正是要利用物欲来蒙蔽大王的圣明！他低头喝你的尿，抬头要吃你的心，吃你的粪，就是要吃你的肝！唉！越王用心之苦前无古人，后无来者，我们吴国一定要被他灭了！

夫差：大夫！你未必太苛了！你老是以小人之心度君子之腹！寡人放了越王就是因为他是个有信义的君子！礼尚往来，他用忠孝奉侍我，我用仁爱回报他，岂不是圣王的美事吗？

子胥：他用大奸大诈来对付你，你反而当作大忠大信！唉！老臣不怕得罪大王，你放走越王等于夏桀放走汤王，商纣放走文王，将来一定要上他的当！

夫差：大夫，你成见太深了！空幻的理论和历史上的例子把你的头脑都弄昏了！事实上不是证明越王回国之后对我还更加殷勤吗？

子胥：更加殷勤？唉！大王你被他愚弄得像小孩子一样！试问，他对大王做了什么好事情？

夫差：夏天我怕热，喜欢穿凉快的衣裳，越王就派了许多人上山采葛，织了几千匹葛布送给我；冬天我怕冷，喜欢穿厚的袍子，越王又送我一百件玄狐皮！大夫，你看有谁像他那样孝敬我的？

子胥：这是孝敬吗？他用物欲来乱大王的心。

夫差：寡人一向觉得先王所造的那座姑苏台不够高大，屡次想改造，可惜没有相当的材料……越王听见了，就派三千人进深山去找出两根特别大的木材，并且加派了一万人才把这两根木材运到吴国，我的姑苏台从此才筑成功了……

子胥：这是越王的好意吗？他送了两根木材，大王因此用了三十万人来筑姑苏台，把吴国的山都砍光了，前后八年才筑成功！弄得国库空虚，怨声载道，越王的居心多阴险呀！两根大木头就把吴国弄穷了！大王，你上了他的大当还不知道！唉！

夫差：你总是好意当作坏意看！筑姑苏台是寡人的本意，越王送木材来，是成人之美！寡人还得酬报他呵！此外，他又送了一个最宝贵的东西给我，比一切东西还更可爱的……

子胥：什么？

夫差：哈哈！大夫你猜不着吗？西施呀！

子胥：（大怒）西施，这个妖物！这个狐狸精！唉！

夫差：（带笑）大夫，不要看错，这是天地间最美的美人呀！越王把这样的尤物送给寡人！你想他多知趣呀！

子胥：（更怒）大王，你真是糊涂极了！越王最辣厉的手段莫过于送西施给你！他知道你好货利，就送葛布木材给你，知道你好声色，他就选了西施送你！两样之中，美人尤其可怕！因为五色令人目盲，五音令人耳聋，大王，你自从得了西施之后，一天到晚只顾饮酒作乐，把国家的大事放在脑背，把老臣的话当作苦药，一切事情都交给伯嚭去胡闹，弄得吴国上下离心，时时刻刻都有亡国的危险！大王！你不但不觉悟，反而愈弄愈胡涂，这是谁在那里布迷魂阵呀？西施！老臣说西施不死，你就要做越王的俘虏！

夫差：（愕然）西施做了什么坏事，要大夫这样恨她？

子胥：老臣并不恨西施，老臣为救吴国才要恨她！她这四年来在宫里做的阴谋诡计数也数不清楚！总而言之，她用酒色来麻醉你的心，使你一天糊涂似一天，吴国的灭亡也就一天近似一天！大王，你不看越王在他本国里做的什么工作？越王夏天穿皮衣，不觉得热，冬天穿麻布不觉得冷，夜里睡在柴堆上不觉得痛，一出一进都要尝一次胆汁也不觉得苦！时时刻刻教养他的百姓，训练他的军队，使人人知道忠君爱国，蓄意报仇雪耻，并且有范蠡文种那两个圣臣辅佐他处理内政外交，所以这十几年来越国已经整顿得兵精粮足，时机一到就可以来灭我们吴国！大王！老臣不避刀剑鼎釜，冒着万死警告你：勾践不死，一定可以达到报仇的志愿！西施不死，吴国一定被她断送了！

夫差：越国又穷又小，勾践励精图治是他分内的事情，我们何必过问呢？并且他也不会有什么阴谋的！西施不过是一个女孩子，为寡人消愁解闷，这就算做了坏事吗？

子胥：唉！大王，你以为西施是个好女子吗？老臣敢说她是一个比夏桀的妹喜，商纣的妲己，周幽王的褒姒还更可怕的妖怪！因为西施是越王的美人计！

夫差：（不耐烦）唉！大夫，你老是疑神疑鬼的，把别人的好意当作坏意看！

子胥：不是老臣多疑，是大王太糊涂了！老臣已经看透了：吴国之亡，不亡于越王的武力，但是要像夏朝商朝一样亡于美人之手！

夫差：（微愠）我吴国正在称雄于诸侯的时候，大夫反而开口说亡国，合口说亡国，把这些不吉利的话来扫我的兴，这是忠臣应当有的态度吗？

子胥：忠臣只知道肝胆涂地来劝他的君王，不知道奉承君王去做坏事！老臣若是不忠，不会受先王的知遇！若是不爱国，也不会在大王面前说许多难听的话，若是怕死，也绝不敢冒犯大王的虎威！老臣已经老了，死也不足惜，只恐怕吴国之亡比老臣之死还要早！所以今天冒万死来谏大王！（跪下涕泗交流）大王呀！你若是觉悟了，吴国还可以有救，请大王听老臣最后的劝告。

夫差：（冷然）大夫，你说罢……

子胥：第一，不要穷兵黩武。东征西讨，不如养精蓄锐，北伐齐国，不如南防越王的袭击！第二，要把政权握在手里，不要再信任太宰伯嚭那个奸臣！因为他向来替越王说好话的，他的行为等于通敌！第三，请大王割爱把西施干脆杀了，因为她是要害大王的毒蛇、妖精！

夫差：杀我的西施？万万办不到！寡人没有西施，简直活不了！大夫！算了罢！你所讲的三样事，我不能同意！

子胥：（愤然而起长叹一声）唉！办不到！吴国亡定了！唉！夫差！你这个昏君！老臣告诉你：不出两年之内越王要来消灭你的国，破坏你的社稷，铲平你的宗庙！蔓草生在你的宫殿里，野鹿来游你的姑苏台！（投剑于地以示决绝）伍员已经老朽不中用了！国家大事请大王自己去干罢！（悲愤而去）

夫差：（默然以目送之，叹了一口气）他要杀我的西施？真是岂有此理！这个老贼倚老卖老，简直不把我放在眼里！不是因为他是先王的元老，我今天就要砍了他的脑袋！唉！我刚才喝酒的兴致都被他吹了！左右！再拿酒来！

（宫女上）幕疾下。

第四幕

吴宫偏殿。

布景：一间古式的偏殿，陈设颇丽。

第一场

夫差（武服）、宫女。

夫差：（向宫女）我的车马准备好了没有？

宫女：都预备好了，大王！并且伍大夫已经在教场候驾。

夫差：伍大夫真是老当益壮，年纪这样大，精神还这样好！从前我出兵去打齐国的时候，他居然称病躲在家里，简直不出来送行，打胜仗回来，也不来欢迎……这一次他忽然特别起劲……哈哈！这个老头儿不知道和越王有什么怨仇！这一次的出征可不能给西施知道恐怕她要伤心……你们当心呀！等一会儿夫人起来的时候，问起我来，你们只好说是打猎去了……

宫女：是的，大王！

夫差：现在我去了，夫人服的药也要早一点煎好，放凉来，等她醒来用……

宫女：是的，大王！

夫差：这个女孩子竟然老是有病，唉！（出门去）

第二场

宫女。

宫女一：今天大王起得这样早，真奇怪！

宫女二：这样起劲出去阅兵一年都没有一次的事情，我也觉得奇怪！

宫女一：大王还嘱咐我们不要告诉夫人，那更是奇怪了！

第三场

宫女、西施、侍女（自内出）。

宫女：夫人万福！

西施：大王那里去了？

宫女：大王……打猎去了

西施：这样早出去打猎？真奇怪，为什么事前他不告诉我呢？

宫女：因为夫人有病，恐怕惊扰了，所以刚才圣驾临去的时候才吩咐奴婢转告夫人……

西施：大王还有别的话没有？

宫女：大王还嘱咐奴婢早一点预备夫人的药。

西施：此外呢？

宫女：此外没有别的话……

侍女：看你们鼠头鼠脑的样子，就有点不大诚恳……

西施：我也觉得奇怪……平时大王无论什么事情都预先告诉我，这一次出去打猎，事前并不给我知道，临走的时候才嘱咐你们通知我，这是可疑的……

侍女：你们快一点说老实话，不然，你们就得罪了夫人！

宫女：（跪下）不瞒夫人说，大王临走的时候，曾嘱咐奴婢不要惊扰夫人……

西施：那么，大王究竟到哪里去了？

宫女：奴婢罪该万死，说真话又恐怕不忠于大王……

侍女：你们就不怕夫人吗？

宫女：既然如此，只好说了：大王是到教场去阅兵的……

西施：阅兵？这样早出去阅兵？又不是什么节庆，国家太平无事，忽然出去阅兵？难道是又要出征吗？打那一国呢？呵！我想起来了：听说晋国的态度不大好，上一次大会诸侯的时候，晋定公居然装病不肯出来会师……大王也未免太多事了……你们起来罢！

宫女：谢谢夫人的天恩！夫人的药现在要用吗？

西施：药？吃不吃都是一样的……我这种病吃药也不会好的……唉！

第四场

前人、太监。

太监：禀上夫人，外面有一位越国的范大夫请见……

西施：范大夫？他这样远跑来见我？越国又有什么事呢？请他进来……（向宫女侍女）你们去喂喂我的鹦鹉罢。

第五场

西施、范蠡。

范蠡：夫人近来好吗？

西施：托福！大夫来得这样早呀……

范蠡：夫人觉得太早吗？恐怕太迟了！

西施：大夫这样早来，有什么见教呢？

范蠡：夫人还不知道吗？

西施：什么事呢？

范蠡：吴王没有告诉夫人吗？

西施：呵！就是阅兵的事情吗？

范蠡：夫人知道吴王为什么阅兵吗？

西施：大概是准备去伐晋国罢……

范蠡：唉！坏了！夫人现在还不知道吗？

西施：此外还要打哪一国呢？

范蠡：打我们的越国呀，夫人！

西施：打我们的祖国！大王并没有告诉我呀。

范蠡：那就更糟了，唉！夫人，越国这一次又要亡了！

西施：怎么呢，大夫？越国又得罪了吴王吗？

范蠡：用得着明显得罪他吗？越王励精图治，吴国就不放心！尤其是伍子胥那个老英雄，我们越国一举一动都瞒不过他那对老鹰一样的眼睛！幸亏有了太宰伯嚭暗地里袒护我们，时常在吴王面前替我们说好话，并且处处和伍子胥作对，越国才可以苟安于一时……可是近来吴王的态度有一点改变了，他忽然相信伍子胥的话，要来兴师问罪了！夫人，想一想，伍子胥这样善用兵的老将，我们越国有谁能够抵挡他呢？岂不是完了吗？

西施：大夫，怎么办呢？

范蠡：唉！打是打不过的了！夫人，除非借重你！

西施：我？一个弱小的女子有什么办法呢？

范蠡：古来兵家已经讲过：两国相争，胜负不在战场上，全在乎帷幄之中！要战胜敌人，首先要打破敌人的心！夫人，这是你的责任！

西施：大夫，不错！我是奉使命来的……你要我怎样办呢？

范蠡：老夫不远千里，连夜赶来，就是要请夫人设法阻止吴王出兵……

西施：连阅兵的行动吴王都不给我知道，我还能够阻止他出兵吗？

范蠡：夫人，刚才你不是说，你奉了使命来吴国的吗？

西施：唉！是的，大夫！既然如此，我只好尽我的能力去疏通吴王，说他休兵就是……

范蠡：能够这样，才不失为越国的忠臣！可是单请吴王不出兵，那还不够……

西施：还不够吗？大夫，你还要什么？

范蠡：老夫要斩草除根，向你要求伍子胥的脑袋。

西施：（大惊）什么？你要伍大夫的命？这不是梦话吗？

范蠡：这是老老实实的话，并非梦话！

西施：假如是真的话，那我办不到！

范蠡：哈哈，夫人，你又忘记了你的使命吗？

西施：唉！大夫，你处处用使命来压迫我，实在是令人难堪的！并且你的要求也未免过分了……

范蠡：夫人，你说这种话，就是不肯尽你救国的责任！

西施：我自从到吴宫里来，前后四五年之间，也为越王尽了不少力……总算对得住越王了……

范蠡：夫人，你从前是很尽职的，可是近来态度有点暧昧，并不见你再做了什么有利于越国的工作，你刚才说的话好像是吴国人的口吻……夫人！你莫非变了观念吗？

西施：唉！大夫，你不要忘记我是一个女子。

范蠡：老夫明白了！夫人，请你注意！你若是对吴王发生感情，就是不忠于越国！

西施：唉！大夫，一个女子可以没有感情吗？

范蠡：一个平常的女子可以有感情，假如她负了国家重大的使命，就不许有一点感情在心上！

西施：（怒）你们谈政治的男人对于一个弱小的女子也未免太苛求了！我不是劝吴王免了越国的田赋，并且允许越国练兵吗？吴王不是因为我才把国事弄得这样糟吗？现在越国已经变为一等的强国，我的功劳也不算小了！假如我现在对吴王生了一点感情，也不见得妨碍了越国……

范蠡：救国不彻底，中途忽然变更态度，就等于叛国！夫人，你过去的功不能抵消你目前的罪！

西施：发生一点感情，就是大逆不忠吗？

范蠡：是的，夫人，感情的发生可以使你脱离祖国，甚至于袒护吴国！你不肯愚弄吴王去杀伍子胥，就是不忠！你以为阻止吴王这次出兵，就算了事吗？你安知吴王下次不会再听伍子胥的话呢？那个时候，你还能够再阻止他吗？老夫告诉你：伍子胥不死，越国永久不能复兴，并且时常有再亡的危险！万一将来伍子胥又发兵来灭我们的祖国，夫人，你可不能逃避误国的罪名！

西施：唉！你们太狠心了……伍大夫年纪这样老，让他活也活不了几年，你们何苦如此，并且他是吴国民众所崇拜的功臣，谁能加罪于他呢？

范蠡：夫人，你说这种话就是袒护我们的敌人！伍子胥多活一年，多活一天，吴国就有灭亡的机会，吴国民众越拥护伍子胥，我们越要怕他，越要早一天杀了他！

西施：（跪下哭）我不能埋没良心去陷害吴国的忠臣！大夫，请你们另外设法子罢！我没有这种勇气……

范蠡：（大声怒骂）吴国的忠臣就是越国的大敌！夫人，你没有勇气铲除越国的大敌，就是背叛你的祖国！你忍心看见祖国再被吴王灭了吗？你忍心看见你的父母兄弟亲戚同乡再做吴王的奴隶吗？越国亡了之后你还忍心在吴宫里享乐吗？

西施：（起，绝望）唉！做了一次，就得永久做恶人了……

范蠡：在个人是恶，在国家反而是忠！你应当为国家的存亡，牺牲你的情感！

西施：（哭）我的情感已经被你们打得粉碎了！唉！世界上多少情感牺牲在两国的火并中！

范蠡：（高声）夫人，你不要忘记你是越国人！越王派你来是为你个人的恋爱和富贵吗？（冷笑）哈哈！不是越王提拔你，你还是个乡下姑娘，天天在做苦工！还有现在这样幸福！

西施：唉！谁稀罕这样的享乐！早知道要埋没良心做这样苦痛的工作，倒不如当初在苎萝山上砍柴，在若耶溪边浣纱还更幸福！

范蠡：（低声）夫人，你以为吴王的宠爱可以长久吗？天下有的是美人！你将来年老色衰的时候，也不免被吴王丢弃的！天下最靠不住的莫过于君王的情感！你没有看见郑旦已经死在冷宫里么？你会排斥她，后来的美人又会照样排斥你吗？并且你也得回想当年出国的时候，越王和民众多么热烈地欢送你呀！你可以忍心使他们永久失望吗？夫人，老夫劝你可以不必瞻前顾后了，救国的责任已经在你身上，你应当完成你的使命！这是最后的关键，越国或兴或亡都在此一举了！鼓起勇气来，干罢！

西施：（在悲痛中）唉！你们要的不但是伍大夫的头，简直是要吴王的命！（痛哭）

范蠡：（断然）吴越两国不能并存！夫人，你应当先为你的祖国着想！干罢！

西施：（屈服）唉！情感栽培出我的良心，现在又被你们连根带土一齐拔去了。

范蠡：（满志）哼！你这样的美貌，世界上爱你的人不但是吴王一个人！千秋万世之后思慕你的人还不知有多少！你就这样勇往直前去干罢！全越国的君臣民众永远不会忘记你的大功！并且崇拜你是古今第一个救国的女英雄！老夫拜辞了！（悄然退）

西施：（伏案呜咽）

全场寂然。

第六场

西施、夫差。

夫差：（自外归）嘿！西施，你哭什么？（前抚之）

西施：（续哭不语）

夫差：你哭什么？美人，又是谁欺负了你吗？

西施：大王，没有什么……

夫差：没有什么？你哭总有原因的，告诉我罢，小鹅鹅！

西施：大王，你太不诚恳了……

夫差：你埋怨我吗？我做了什么对不住你的事情呢？

西施：（仍哭不语）

夫差：呵，我知道了……就是今天早上我出去，事前没有告诉你，你就不高兴我吗？嗳呀！你这个小孩子真会撒娇！我出去跑一趟，你就大惊小怪的，真可爱的小鹅鹅！起来罢，我向你赔罪就是了……（扶之起）

西施：唉！小小的事情你都不告诉我，你简直不把我当作一个人看待……真是没良心的丈夫……

夫差：（愧而且喜）西施，请你不要埋怨罢……你近来精神不大好，今天早上我起身的时候，你还睡着，我不便惊醒你的好梦，所以私下跑了……嗳呀！世界上再也没有比床头上睡着的美人更可爱的了……

西施：说好听一点，就是你不愿意我多管你的闲事……

夫差：（粉饰）嗳呀！打猎不是很平常的事情吗？并且你又不会骑马，又不会射箭，你平常看见鹦鹉害病就要悲愁，偶然看见花园里掉下一只受伤的麻雀儿就要流同情的泪！你想，我还能够把打猎的事情告诉你吗？

西施：你既然知道我不喜欢残杀小动物，为什么又要瞒着我去打猎呢？

夫差：女人有女人的慈悲，男人有男人的兴趣……一个国王不是出去打仗杀人，总得借赖打猎来消遣的了……小鹅鹅！

西施：你口口声声叫我小鹅鹅，不是把我当作一只水鸟吗？假如有一天，外面的鸟兽都被你杀干净的时候，恐怕连宫里的小鸟都要遭殃了！

夫差：哈哈！西施，你这张嘴真厉害！我可以杀尽天下的鸟兽，杀尽天下的人，可是我没有勇气动你一根头发！

西施：高兴的时候，可以这样说，古来的帝王不知道杀了多少美人呵！

夫差：哈哈！那些帝王都是傻子，不懂人生乐趣的人，我夫差宁可牺牲我的吴国，不可以不得西施的一笑！

西施：（微笑）大王，你说的话是真的吗？

夫差：帝王不说笑话的！在男女之间尤其要诚心相待！你现在高兴了罢？刚才得罪你的事情，你可以原谅了罢？

西施：（微笑不语）

夫差：刚才哭，现在笑，美人的一哭一笑都可以令人销魂的！哈哈！左右！拿酒来！今天我太痛快了，非舒怀畅饮不可！美人，你要哪一种酒？晋国的汾酒呢？还是越国的山阴酒呢？

西施：（微笑）汾酒太凶了……

夫差：那么喝山阴酒罢！越国人总喜欢喝家乡的老酒的！哈哈！

第七场

前人、侍女、宫女。

侍女：（进酒）大王，夫人，万寿！（夫差与西施齐饮）

夫差：哈哈！我和你喝惯了你家乡的老酒，什么别的酒都不合口胃了！我每次闻到这种酒的气味，就想到你的笑容。

西施：（离座向吴王下拜）大王，容我献一曲助兴！（悲歌，台后笙箫和之）

歌曰：夏蝉唛唛鸣树柯，朝饮甘露暮高歌，秋风起兮严霜多，妾命薄兮将奈何！（歌毕，倒地痛哭）

夫差：（大惊，起扶之）怎么了？怎么了？西施，你又哭什么？

西施：（仍哭不语）

夫差：你累了吗？身体不舒服吗？告诉我罢！一个早上，忽而哭，忽而笑，这样笑哭无常，真令我左右做人难！西施，你究竟有什么悲痛呢？请你老实告诉我罢……

西施：大王呀，西施不敢说，恐怕要冒犯了你……

夫差：你说罢，西施，你放心说罢！

西施：唉！西施是个贫贱的女子，侥幸得进宫里来，早晚奉侍大王，自问这几年来并没有什么错处，又多蒙大王的过爱，西施虽粉身碎骨也不能报答大王的天恩……可是自古红颜多薄命，西施恐怕不能长久奉侍大王了……

夫差：这是什么话呢？西施你年纪这样轻，又没害什么大病，为什么说这样伤心的话呢？

西施：唉！春天的梨花免不了雨打风摧……树上的翠鸟时常有受弹丸的危险！西施的命运也许和梨花翠鸟一样……

夫差：你是寡人的妃子，寡人爱你，谁敢冒犯你呀？

西施：大王，西施很感激你的垂怜，可惜大王不是一个凡人，西施又不是吴国人。

夫差：这是什么意思呢？

西施：大王，你个人可以怜惜西施，但是做了吴国的王，那就不能不顾虑到吴国臣民的公意……

夫差：吴国臣民的公意是怎样呢？

西施：唉！因为西施不是吴国人就有嫌疑，加之，又是越王送来的，更可以受人的攻击了……

夫差：小百姓的谣言，怕他什么！我相信你，我是吴国的王，生杀予夺之权，都操在我手里，谁敢在太岁头上动土！

西施：唉！因为大王错爱西施，弄得全吴国都怨恨西施，不但是无权无威的小百姓，连当朝的公卿大臣都随声附和，在这种情势之下，大王还能够祖护弱小的西施吗？

　　夫差：（大怒）岂有此理！谁敢反对你呢？

　　西施：西施不敢说……

　　夫差：你说罢，我不怪你的！

　　西施：西施不用说，大王也知道破坏西施最激烈的是谁……

　　夫差：（大悟）呵！我知道了！就是伍子胥那个老头儿！我记得上一次他公然在我面前说了许多不利于你的话！

　　西施：大王现在已经明白了？西施还有什么希望呢……

　　夫差：可是当时我并没有理他这一回事……

　　西施：唉！一次不理他，恐怕第二次不免要理他了！（痛哭）

　　夫差：国事我可以相当采纳他的意见，家事可不许他过问的，西施，你放心罢！

　　西施：国即是家，家即是国，帝王没有家国的界限！大王！伍大夫用什么理由劝你再去灭越国呢？

　　夫差：（惊愕）哈！你也知道这一回事吗？

　　西施：全国都知道的事情，西施可以不知道吗？西施不敢埋怨大王事前不通知，因为行军要秘密，女子也不好过问国家的大事，这一次的出征越国更不能给西施知道，可是出征越国的理由，总和西施有重大的关系罢？

　　夫差：是的……据伍大夫说，越王天天在那里练兵，不怀好意，并且说，送你来是一种美人计，我可不相信他……

　　西施：大王不相信他，为什么要派兵去打越国呢？唉！越王一向这样忠心奉侍大王，他甘心做了儿子所不能做的事情，做了臣仆所不屑做的事情，大王尚且要信伍大夫的话，猜忌他，再去灭他的国，一个无功无德的西施，随时都可以像鸡一样杀了！并且天下有的是美人，大王，何稀罕一个西施！（放声大哭）西施不愿意将来蒙不白之冤死了，现在请死在大王面前，表白越王的忠孝，西施的无辜！（欲夺夫差之佩剑以自杀）

　　夫差：（奋臂大怒而起）我上了伍子胥老贼的当！简直被他蒙蔽了！他

把我当小孩子玩！无缘无故唆耸我出兵打越国，强迫我杀我的美人！那还了得！并且屡次在朝廷里公然骂我，目无君主，这个老贼欺负我太甚了！他自恃前朝元老，以为我怕他吗？该死的老贼！我不杀了他，吴国一定要亡在他手里！（解下湛卢剑）左右，你把这湛卢剑送给伍子胥叫他立刻自杀！这样对付他已经很客气了！

（使者捧剑去）

西施：（大哭）大王，伍大夫是吴国的大忠臣，杀不得的，杀不得的……

夫差：我恨透了他，我今天非杀了他不可！

西施：大王，你将来要懊悔的……你将来要……（哭不成声）

夫差：不稀罕一个老朽！杀了伍子胥才可保存我的西施！（俯身抚慰之）幕疾下。

第五幕

秦余杭山。

布景：一所茅屋之内室，四面泥墙，旁一门朝外，陈设极简陋。

第一场

老农夫、老农妇。

老农妇：怎么办呢！老二呀，米又吃光了，盐只剩下几颗，怎么办呢？

老农夫：今天管不了明天的事，得过且过就算了！这个年头儿还有什么办法呵！大路上饿死的人还要给野狗老鹰当点心吃，我们能够活到现在已经得了祖宗的福啰！

老农妇：唉！多活一天，也要饿死，少活一天，也是饿死，这样凄凉的日子，倒不如早死了好！

老农夫：妈妈，我何尝不这样想，人生总是一死的，老人家在乱世更应该早一点死，免得受累！我所以苟延残喘到现在，就是要等我们那三个儿子的消息，假如我们中途死了，骨头都没人收拾呵？

老农妇：老二，你还希望什么？你想等孩子们的消息吗？前年照三丁抽一的办法大王把我们的大儿子调去当兵，去年忽然又拉了第二个儿子去了，今年春天，连第三个不上十八岁的儿子也拉去了，当时我们拼着老命向公差哀求说：这是我们最小、最后的儿子，请留下给我们传代罢！可是，反而被公差踢了一脚，骂了一顿，儿子仍然拉过去了！唉！你看还有什么希望呢？

老农夫：都是你不好！当初第三个儿子未生下来的时候，我希望是女孩子，你偏偏说女孩子是赔钱货，不如男孩子大了好帮忙！后来果然是男孩子，你还很高兴哩，以为你猜对了！我当时倒不以为然，因为女孩子总比男孩子长得可爱！将来又可以找一个好女婿来奉待我们……你看，前村的张大嫂生了两男两女，男的命运像我们的孩子一样出去当兵，女的还没有嫁人，在家里替娘做活……你想：张大嫂现在多舒服呀！

老农妇：老二，你也不要怪我喜欢男孩子，太平的时候，谁想到乱世的苦痛，都是大王不好！为什么凭空把伍大夫杀了！伍大夫一死，吴国就大乱，连年兵灾旱灾，闹得不成世界……现在打得怎么样了？老二，你听见什么消息没有？

老农夫：（摇头）不可收拾了，妈妈！败得一塌糊涂了！越国的兵听说已经把姑苏城围住了……

老农妇：嗳呀！那不完了，从前越国人做大王的奴隶，现在要轮到我们吴国人来做越王的奴隶了？

（此时一群难民自外拥进）

第二场

前人、难民三四人。

难民甲：大叔呀！对不住，我们是逃难的人呀，请你救救我们的命罢……

老农夫：（愕然）你们哪里来的呀？

难民甲：姑苏城里逃出来的……大叔！

老农夫：你们城里的人为什么要逃到乡下来呢？

难民甲：京城被越王打破了！嗳呀！一打进来，就放火，就屠城，杀得真凄惨呀！全城的老百姓几乎杀光了！姑苏台像火塔一样向天冒烟……

难民乙：我们是从城墙底下阴沟里逃出来的。

难民丙：嗳呀，跑了三天三晚，现在腿都跑断了。（倒在地下）

难民丁：我们已经三天没有吃东西了！大叔呀，救救命罢！

老农夫：嗳呀，真可怜呀，真可怜呀！（回顾其妻）妈妈，你进去看看，还有什么东西，拿出来给他们救救急罢。

老农妇：饭是没有了……

老农夫：稀饭呢？

老农妇：早上吃光了……

老农夫：嗳呀，不得了呀！萝卜呢！

老农妇：剩下一根，昨天夜里又被老鼠咬了一半……

老农夫：（更焦急）南瓜呢？

老农妇：南瓜？房子背后那两只南瓜，还没有熟就被人偷去了……

老农夫：怎么办呢，怎么办呢？想救人家，连自己要饿死了！嗳呀！妈妈！还有什么可以吃的东西没有？

老农妇：（有难色）唔……唔……

老农夫：没有多总有少的噜……

老农妇：唔……床底下还有几颗芋头……

老农夫：芋头也好！你去烧熟来给他们吃罢。

老农妇：可是……那是我们最后的粮了！

老农夫：算了罢！身在乱世的人，总得先救人后救自己呵……

老农妇：唉……我去拿来……（进内）

第三场

老农夫、难民。

难民甲：难得大叔这样慷慨，我们终身不敢忘你救命的恩德……

老农夫：嗳呀，不算什么……都是一家人，在患难之中应该互助的……惭愧得很，没有什么东西……只剩下几颗芋头……真难为情……

难民乙：大叔太客气了，不要说是芋头，就是糠和冷水也是好的……谢谢你老人家！

难民丙：嗳呀，我的腿呀……

难民丁：你的腿酸，有什么要紧！等会吃了芋头就不酸了！我的老娘呢？（哭）嗳呀，我的娘呀，你哪里去了！

难民乙：（闻哭声亦哭）嗳呀……我的爹爹呀，你死得真悽惨呀！

难民甲：（亦哭）我的老婆呀！

老农夫：不要哭罢，不要哭罢！（向门内）妈妈，芋头烧好了没有？快一点拿来！

老农妇：（在内应）还没有烧熟。等一等罢……

老农夫：嗳呀！越是饿的人越多愁……芋头又还没有烧熟……唉！你们不要哭罢！你们哭你们的爹娘妻子，我老头儿也要哭我的儿子呀！（亦哭）我的孩子呀！……

第四场

前人、卫士四人（突自外冲进）。

卫士：（大声怒骂）哭什么？滚开！滚开！马上滚开！（乱踢乱打）要命不要？

老农夫：（以为是强盗）山大王呀！可怜我们穷苦人没有什么可孝敬的东西……

卫士：胡说！滚蛋！你这个老头子把我们当强盗吗？老混蛋！滚开！滚开！

（老农夫与众难民齐逃进旁门内）

第五场

卫士（分左右肃立）、夫差、西施（微服进）。

夫差：（四面一看问卫士）这是房子吗？

卫士：大王，这是一所乡下人的茅房……

夫差：茅房？四面都是泥墙，上面盖茅草……这样破烂的房子，可以住人吗？

卫士：大王，乡下人的房子都是这样的……

夫差：唉！竟不料堂堂的吴王，今天也要来光顾这样破陋的茅房！唉！

西施：大王呀！西施当年在苎萝山的时候，也是住着这样的茅房……

夫差：这样破陋的茅房可以生出这样美的西施？哈哈！天下最高贵的人物多半生在最贫贱的地方！你就是最出色的一个！

西施：唉！我看见这所茅屋，就想到我家乡的景象……唉！早知道连累大王到这种田地，还不如当初不出来……

夫差：西施，你懊悔吗？你不出来，寡人一世也享不到这样的艳福！

西施：唉！（不语）

夫差：我现在又觉得饿了……左右，叫他们送点东西来！

卫士：（向门内）喂！拿饭来！拿酒来，拿肉来！

老农夫：（在内）嗳呀！我们饭都没有，哪里还有酒肉？

卫士：胡说！混蛋！要命不要？大王要酒肉，你敢不给！（进内打之）

老农夫：（在内哭）嗳呀！不瞒老总说，我们委实没有酒肉！剥了我们的皮也是没有的！老总若是要么，我们刚刚烧熟了几颗芋头……

卫士：（在内）芋头也好，拿来！（随即出来，手捧一盘芋头）大王，只有一盘芋头……

夫差：芋头是什么东西呀？

卫士：水田里长出来的……叶子很大，像荷叶一样。

夫差：水田里不是种稻吗？

卫士：种稻之外，在水田旁边种的……

夫差：为什么我在宫里没有看见这样的东西呢？

卫士：（有难色）乡下人吃的东西不好送进宫里来……

夫差：现在你们出去放哨！

卫士：是的，大王！

（卫士退）

第六场

夫差、西施。

夫差：（吃）唔！味道很香哩！很甜哩！我们宫里吃的鱼丸也没有这样嫩滑哩！西施，你也吃一个……

西施：大王，你自己用罢！

夫差：有多，有多，你吃罢！

西施：西施不饿，请大王自己用罢！

夫差：你也饿坏了，西施！两天没有吃饭，昨天早上吃了一把青稻，到现在肚子里还觉得难受！这盘芋头比仙桃还好吃得多！西施，你也来吃罢……

西施：（悲哭）大王，西施不想吃……

夫差：（愕然）西施，你哭什么？

西施：我哭……我哭……（不成语）

夫差：（抚慰之）有什么好哭呢！小鹅鹅？我亡了国，自己不哭，你反而替我哭，唉！美人，不要哭罢！

西施：国都亡了，西施敢不哭吗？并且，谁误了大王的国呀……

夫差：我现在觉悟了……是太宰伯嚭那个老妖精误了我的大事！唉！当初我不应该杀了伍大夫……你还说我后来要懊悔的，现在果然应验了……

西施：唉！误了吴国的不单是伯嚭一个人……

夫差：还有谁呢？

西施：大王，你还不知道西施是怎样一个人吗？

190

夫差：（犹满志）你是天下最美的美人！并且是很温柔多情的天仙！

西施：妲己、褒姒，还比不上西施！

夫差：她们哪里比得上你这样美！

西施：不是美的问题！是误国不及西施！

夫差：什么话？西施，你何尝误了我的国？

西施：古来美人都是误国的，西施是最坏的一个！

夫差：你不要自责太甚了……糊涂的还是寡人！

西施：唉！大王，你当初若是听了伍大夫的话，把我杀了，吴国就不至于亡了……

夫差：我只承认冤枉杀了伍大夫，但是，杀你的建议我始终不能接受的！并且吴国之亡与你有什么关系？

西施：唉！大有关系呀！

夫差：我因为你，多喝了一点酒，少理了一点国事，如此而已！其实国家的兴亡不在乎多管闲事，全在乎用人得当，我懊悔自己太糊涂，不信任伍大夫，反而宠用伯嚭那个该死的老奸臣！唉！

西施：大王，你看错了！西施恐怕比伯嚭还要坏十倍！

夫差：西施，你是寡人最忠信的美人！

西施：唉！大奸时常被人误认为大忠，大诈误认为大信！大王，你到现在还不明白吗？

夫差：我们跑了三天三晚才来到秦余杭山，西施，你太累了，我看你精神有点错乱，你吃一颗芋头，休息休息罢！

西施：西施的精神并不错乱，请大王不要误会！（跪下）大王呀！今天是西施的末日，西施的种种罪过只好在地狱里赔偿……西施在地狱里也要为大王祝福，因为西施的犯罪是无可奈何的……（痛哭）

夫差：你有什么过失呢，西施？你说今天是你的末日，这未免过于悲观罢！你以为吴国亡了就不能复兴吗？寡人也可以学越王勾践的榜样呀！我们的来日方长，西施，你放心罢！

西施：西施是大王最大的罪人，西施是最没有人格的女子！从今以后再没有面目偷生在世上，大王就是把西施凌迟了，也不能减少西施的罪……

夫差：西施，你的话越说越离奇了！我简直不懂！

西施：大王呀！你现在还不懂吗？唉！你不久就要明白了！西施蒙蔽了你许多年，你还不知道吗？

夫差：什么话？哪一样事情你蒙蔽了我！

西施：（痛哭）全吴国人都知道的，只有大王不知道……

（门外猝然冲进一队越兵，勾践、范蠡、文种随后至）

第七场

前人、越王勾践、范蠡、文种。（越兵持金斧钺）

越兵：（大呼）吴王在这里了！（夫差拔剑准备抵抗，西施退立于后）

勾践：（金甲盛服，态度轩昂）夫差，多年不见面了，想不到你也有这样的一天！哈哈！（望见西施）夫人，你还在这里等什么？你是寡人最大的功臣！越国借赖你，才有今天的胜利！你回去，寡人要封你做万户侯！哈哈！一个小小的西施可以亡了这样大的吴国！哈哈！

西施：（态度冷静，向越王）大王，西施可以无愧于越国罢？西施不用什么万户侯，西施尽忠于祖国不是为邀功的！从今以后，西施永久是吴王的臣妾！（言讫即拔剑自杀倒地）

夫差：（仗剑俯身就西施之尸）西施，寡人终究不敢怨恨你！

幕疾下。

（完）

一九三四年八月于东天目昭明寺

原载《西施》，国立艺专艺专剧社，1934 年

巴黎晚报（独幕剧）

地点：巴黎蒙巴拿斯大街拉罗当咖啡馆内

时间：一九三一年九月下旬之一夜

登场人物：中国留学生某甲及其女友

法国艺术家

美国游客

英国商人

意大利黑衣党及其女友

德国褐衣党

俄国记者

土耳其学生

安南学生及其女友

非洲黑人及其女友

摩洛克革命党

西班牙无政府党

过客四人

妓女四人

酒保二人

报贩一人

警察二人

布景：一座咖啡馆之内部左为进门，右为条柜及酒府，正中设桌椅甚多，四壁满挂着待售的油画。

第一场

开幕时，在辉煌的灯光下许多人在饮酒、抽烟、喝咖啡、着棋、观画等等，极其喧哗热闹。

法国艺术家、美国游客、英国商人、西班牙无政府党及其女友、过客二人（在条柜前饮酒）、酒保二人（一在掌柜，一在台上往来待客）、土耳其学生、非洲黑人及其女友，摩洛克革命党、德国褐衣党、意大利黑衣党及其女友、俄国记者。

土：波伊！再来一杯土耳其咖啡！

德：一杯孟城的黑啤酒！

黑：（向其女友低声）姑娘，来一杯白兰地？（女友微笑）喂！波伊，再来两杯白兰地！

酒保：晓得，先生们，就来，就来！

美：（指着壁上某一幅画，向其同桌之法人）巴都先生你那幅风景，究竟卖不卖？

法：四百佛耶，未免太少了……

美：那么，我再添你五十佛郎？

法：詹姆先生，我这幅画曾经大批评家甘先生称赞过的呀！

美：就是因为甘先生赏识过的，我才看中意了你的画啦！

法：你想一想，甘先生眼光底下，还有四百五十佛郎的贱卖货吗？哈哈！

美：好！五百佛郎整数！

法：我还得考虑，考虑……

美：算了罢！我请你多喝一杯香槟酒！（向酒保）喂，波伊，两杯香槟酒！

194

酒保：是的，先生！

法：哈哈！你们美国人都是渴死了的酒鬼，来巴黎第一着，先到咖啡馆洗肚皮，第二着（遥指靠柜边的妓女）就是那些玩意儿……哈哈！

美：当然噜！我们可不像你们法国人长年浸在酒精里的标本！哈哈！我们美国人的生活是最有秩序的：每年做十一个月的工作，四个星期的花天酒地……

法：乘此来热闹我们的巴黎！

美：美酒与美人，这就是巴黎的好处！

法：不要忘记巴黎还有许多伟大的艺术家！

美：巴都先生，你就是伟大的一个！

法：可是你出的价钱倒不十分伟大！五百佛郎，哈哈！

美：喂，约翰先生，你们的买卖成功了罢？

美：花了五百佛郎买他两笔的风景，简直被他剥了皮！

法：剥了你一张猪皮，约翰先生！我费了二十年的苦功，才画得出这样的杰作！你现在居然用一条支加哥的猪换我一幅画，大便宜了你！你们都是剥夺穷人的资本家！

英：哈哈！美国人的算盘不错的，一条猪值得二十五个美金，算回法国钱，刚好五百佛郎！一猪换一幅画，难怪这位大艺术家要不服气噜！哈哈！

美：乔治先生，我们美国人最讲公平交易的，五百佛郎可以抵当一条猪，也可以换英国一件外套的料子，总而言之，还是用现钱买人家的东西！倒不像东洋人那种海盗的行为呀！

英：不错，还是你们美国人慷慨，有闲钱买这些艺术品！

法：你说是慷慨？哈哈！五百佛郎买去，回到纽约就可以卖一千美金啦！

美：巴都先生，艺术品也是商品啊！美国不但有煤油大王汽车大王，还有贩卖图画的大王咧！这位约翰先生不过是贩卖艺术的小伯爵罢了，哈哈！

第二场

前人、报贩。

报贩：（自门外进，左臂挟着一大批晚报，右手提起一张求售，高呼）巴黎晚报！巴黎晚报！最后一版的巴黎晚报！远东最后的消息！日本兵占据锦州；攻打山海关！日内瓦，国联开紧急会议讨论中日的问题！

座客杂声：喂！这里一份！喂！晚报！喂！巴黎晚报！

报贩：（逐座分发一份，到美国人座前）先生，你也要一份？

美：不要！谁高兴看这种无聊的消息！

报贩：（不以为意，续送发报纸，仍呼）巴黎晚报……巴黎晚报！（朝右面侧门而去）

第三场

前人、过客互出进。

法：约翰先生，日本人占据满洲，对于你贵国倒有点关系的，你为什么不睬这一回事呢？

英：哈哈！当然不高兴噜！满洲的事件等于日本人伸出一只巴掌，啪的一声，赏在美国的长脸上！哈哈！九国公约的盟主！

美：史汀生已经宣布不承认满洲的事件，那就够了！乔治先生，我是来巴黎玩玩的，并且来买巴都先生的图画，国际问题，管他妈的！

英：约翰先生，你的态度代表了美国商人的本色，真不错，哈哈！

法：我的图画，请你改天到我家里多选两张去罢！带回纽约可以多赚几倍的价钱呵！

美：喂！你们别嘲笑我美国罢！你们的国际联盟呢？哈哈！白利安，吃了日本人一个一大耳光！

法：白利安是和平的使者！我们要和平的！大事变小事，小事化无事，这就是国联的义务！

美：这就是说国联管不了远东的问题！还说什么话呢？大家干杯罢！

（举杯劝饮而微笑）

土：（在另一桌向其邻座）哈哈！几千个日本兵就把中国人赶得像鸭子一样飞跑！哈哈！真是饭桶，若是我们的巴莎凯姆尔，可不肯甘休！

德：我们的希特列一根头发也不许人动！

意：你们不要忘记我们伟大的墨索林尼！哈哈！法国人都要向我们卖笑呀！

摩：你们都是一批吃饱了的老虎，在这里说风凉话！只有东亚的病夫国才会被你们欺负，若是我们摩洛克人，就是打剩一兵一卒也要和法国人拼命的！

德：不错，法国的笑面虎也吃不下摩洛克的硬骨头，我们干杯！

土：喂！不要忘记英国人在十年前也被凯姆尔打跑了呀！哈哈！

俄：红帽子的老朋友，当时土耳其的大炮机关枪哪里来的！你也不要忘记我们俄国人在台后接济你们的军火！

土：是的，叨了你贵国的光！谢谢！可是，中国在一九二七年的革命，也得了你们的帮忙？但是一直到现在还爬不起来！你看，我们土耳其还有谁要敢在太岁头上动土！

意：土耳其人也是英雄！看凯姆尔的面上我和你干杯！

黑：（望见安南人偕其女友自门外进，疑为中国人）哈哈！东方的病夫进来了！

第四场

前人、安南人及其女友。

全场：哈哈！病夫来了！哈哈！病夫居然抱了个女朋友来！哈哈！好风流的病夫！（一片嬉笑之声）

安：（老气横秋）喂！你们笑什么？你们笑谁呀？喂！你们不要认错了人呀！我是大法兰西的国民呀！（昂然偕其女友就座）波伊，两杯咖啡！

法：（微笑）呵！原来是我们的本国人！

英：呵安南人！

德：扁鼻子的法国人！

意：在安南倒有三千万的冒牌的法国人哩！哈哈！

黑：喂！安南人！你也是我的本国人吧！

安：（傲然）你这个黑奴！地狱逃出来的冤鬼，你说什么话？你也是法国人？胡说！放屁！

黑：哈哈！喂！我是非洲的法国人呀！你的鼻子扁了一点，我的鼻子比你的更扁了一点，你的脸孔黄了一点，我的黑了一点，你的头发直条条地，我的头发打螺旋！喂！大家都是在三色国旗底下的大国民！大家干杯！哈哈！

安：（一笑）呵！你也是法国人！我可不能和你做朋友，因为你们黑人长年不洗澡，身上有股腥气，怪难闻！（向其女友）你看，玛丽，这样一团黑炭！哈哈！

女友：这个黑人怪有趣的！你不妨和他来往………

安：（不高兴）你们巴黎女子，无论什么人都要的！

女友：不管他们是高鼻子，扁鼻子，白的，黄的，黑的，或者红的，只要慷慨的人，我们都喜欢。

安：换句话说，很如那个黑炭肯多送一点礼物给你，你就可以和他要好噜！

女友：你看他的女朋友穿得多漂亮呀！那顶帽子，那双高跟鞋，都是和平街最阔气的时装店子里的最时髦的样子！你不可以替我想想法子吗？

安：你只会羡慕这些奢华的东西，你的眼睛从来看不见心是长在左边或者右边！

女友：哈哈！在巴黎来谈心！谈爱情？哈哈！小朋友，我告诉你，男子的心都藏在外套里面，我们只承认心的代表是慷慨，慷慨的表现就是（指黑人身穿好的美服）那些可爱的东西！哈哈！你老是向我吹牛，说你是安南的公子！可是，还不如那个黑炭那样风流……

安：玛丽，你的咖啡快要冷了！这些礼物明天再谈罢！

意：喂，黄脸的法国人！你听见没有，新近又有三千多万的中国人在太阳旗底下做冒牌的日本人了！哈哈！你们黄种人，把旗子换来换去不当一回事，好像是大同世界的动物一样！

安：这就是我们黄种人的伟大啦！再等五百年，你们的高鼻子都要低了五分！

意：这也说不定！可是这五十年来只看见扁鼻子躲在我们的旗子底下做冒牌的高鼻子，倒没有看高鼻子投降扁鼻子！

安：喂！一九〇五年的日俄战争，谁打败了的！

俄：现在叫日本人来试试看！

安：你们俄国人总不敢在中东路上打野操噜！

法：喂！先生们，不要和他谈这些不相干的事情罢！他是法国人，他应当站在我们三色国旗底下说话！（向安南人）同胞！我们干杯！

意：到底法国人的胸襟阔大一点，不管是黄脸黑脸，都称他们是同胞！哈哈！一百年后，法国的人种不晓得变做什么色了！

英：单看巴黎杂种之多，就可以想象了！

美：至少巴黎人的鼻子总得低了一分！哈哈！

意：说不定法国人的脸孔将来要像美国人的一样长呀！

美：为什么？

意：因为……因为美国人大半是杂种呀！

美：胡说！我的老子是英国搬来的！先生！

意：对不住，先生！我说大半是，并非全是……美国人！我承认你是纯粹的。

英：呵！约翰先生，你是我嫡派的老同乡？哈哈！怪不得美国人一天比一天多，英国人一天比一天少！老同乡，干杯！

第五场

前人，中国学生偕女友。

盛服自门外进，态度庄重，姗姗就座。

意：好神气的日本人！

德：我德国的叛徒！

英：还学了一点我们英国绅士的架子！不错！

美：绅士？简直是海贼！三百年前在中国海里做海贼的勾当，现在二十世纪，还保存海贼的本来面目！

英：约翰先生，你也讨厌日本吗？

美：谁不讨厌海贼！

俄：（向法国人）喂！国联的老板呀！你们主持公理的，也欢迎这批海贼来玩玩巴黎的女子吗？

法：法国是讲自由博爱的，先生！

土：哈哈！东洋的海贼抱了一个西洋的美女！哈哈！是新时代的英雄与美人！

西：凡是侵占别人的土地、抢别人的财产，都是贼！陆军是土匪，空军是飞贼，海军是海贼！这位日本人大概是东洋海贼的公子噜！

全场座客：哈哈！哈哈！哈哈！

中：你们满口海贼海贼！你们骂谁呀？我告诉你们：我是大中华民国的国民！

全场座客：（大笑）哈哈哈哈哈！哈哈哈哈哈！哈哈哈哈哈！

中：（拍桌大怒）岂有此理！你们这班混蛋笑什么？中国人是顶天立地的好汉！

土：哈哈哈！好威风的中国人！

意：神圣不可侵犯的中国！哈哈哈！

德：一晚失了比我德国还大三倍的满洲！哈哈！

法：中国兵的飞毛腿逃得真快，一晚退了几千里！

英：比火车还快！

意：比我意大利的飞机快得多！

土：打破了全世界有史以来的退兵记录！大家干杯！

全场：中国万岁！中国万岁！

中：（力持镇静）大家不用笑！我承认中国吃了光棍的眼前亏！但是你们这种态度是附和强盗的态度，你们不向海贼提出总抗议，反而嘲笑中国爱好和平的精神，这是落井下石的勾当！这是承认世界上只有强权，没有公理！试问，你们的主张公理的国联，维持和平的九国公约，干吗？干吗？（向酒保）波伊！两杯白兰地！

俄：喂！国联的老板呀，出来说话！

法：哈哈！国联是买空卖空的交易所呀！

英：国联没有警察，捉不了强盗！

摩：国联是一座世界大戏院！戏者虚也！先生，请你看看戏罢！哈哈！

俄：喂！九国公约的老板呀，出来说话！

美：九国公约是站在国际信用上发生效力！现在，日本首先破坏公约，就丧失国际的信用！我可以说，日本抢了东三省是得不偿失的！

俄：你们何不兴师问罪呢？

美：喂！俄国先生，你真会唱高调呀！打仗是要花钱的！我们美国现在正闹着经济的恐慌，没有这许多闲钱来放炮！

英：美国人的算盘是世界上第一把算盘！上次我们欧洲大战，他最后才加入，结果大家亏本，只有他发了大财！哈哈！

美：那么，这一次东三省的烂污，你们要美国单身去揩日本人的屁股吗？要么，大家一齐来干！美国不唱独角戏的！

俄：美国的棉花大麦堆得像山一样高，可是美国的工人农人都要饿死冻死了！美国是要做生意的，那里管得了扁鼻子先生们的家事呀！

意：喂！中国先生，国联同情于贵国，已经派李顿来远东调查满洲的事件；九国公约的老板美国又宣布不承认满洲的局面，这已经给党国很大的面子了！东亚的睡狮，可以再做你的好梦罢！

土：面子可是不小，大得像巴黎的凯旋门一样大！哈哈！中国最讲究面子，现在可以宣告满意了！

德：十分满意了！先生干一杯啤酒罢！

英：嗳呀！中国那么大，有的是地皮，失了东三省，还有本部十八省，还有蒙古新疆……

意：喂！蒙古新疆已被俄国人当烧饼吃了！

英：还有青海西藏……

俄：喂！这一块非利牛肉已经是贵国人的早餐啦！

英：那么，把十八省多分几省，就可以把损失了的地方加倍赔偿回来，中国就显得比从前更大起来了！

全场：哈哈哈！不错！哈哈哈！不错！

中：你们用不着在这里冷嘲热讽，我们中国人最有忍耐性的！越王勾践是中华民族精神的代表！你们看看：二十年后，谁才是世界的主人翁！

德：二十年后做成吉思汗的好梦！哈哈哈！

意：鸦片烟枪多于中国的毛瑟枪，红丸多于满洲的大豆，白面多于我们意大利的麦加罗尼，还想做世界的主人翁！

法：先生们，从前托尔斯泰说过中国人都是诗人，因为他们很会做梦！一个人虽然做不了皇帝，梦里做皇帝是可以的！

德：那么，就让他做元朝蒙古人的大梦罢！

意：（向其女友）罗莎，假如大路上有个男子向你表示不客气的行为，你怎样对付他呢？

意女友：一个耳光！那不是很干脆吗？哈哈！

意：假如他再不客气呢？

意女友：又一个耳光！

意：假如他们还是不客气呢！

意女友：哈哈！我的朋友，你以为女子好欺负吗？你试看看我的老虎

202

爪！一个暴徒想贪我一点便宜，我可以挖了他的眼睛，使他一辈子看不见太阳！

意：好厉害的雌老虎呀！

全场：巴黎大马路上的女英雄，万岁！万岁！

土：（向中）先生，贵国也有这样贞洁的女英雄吗？

中：（昂然）我们中国节妇烈女的牌坊比全欧洲钟楼还要多一百倍！

意：呵！中国女子都是神圣不可侵犯的！可是，中国的男子倒不像是铁汉……！

中：（奋起）你们以为中国男子都是懦夫吗？请你们读读中国的历史罢！我们汉朝的班超，唐朝的李靖郭子仪，宋朝的岳飞，明朝的戚继光，这不是我们的民族英雄吗？

德：喂，先生，我们德国人最喜欢研究世界历史的，贵国的历史我也看过一点，可是，你所举的都是光荣的篇幅，这不算稀奇，世界上哪一种民族没有几篇光荣的历史呢！

法：不要提我们的拿破仑罢！我们的圣詹达，一个看羊的女孩子，忽然发起神经来，拿着国旗，带领法国残败的兵马，向英国的阵线，冲锋，冲锋，把英国的军队打得鸟兽散，逃回海峡去了！

英：喂！法国先生，英法两国的旧债不用再提了！

德：中国先生，圣詹达比得上你们的岳飞吗？

中：我承认圣詹达是可以和秦良玉并称的！

西：喂！法国先生，你刚才提到拿破仑，我也想起我们西班牙的许多无名英雄！在一八○五年左右，拿破仑派了三十万大军来驻防西班牙，国是灭了，民众一个也没有投降！法国兵每晚出去喝酒就要失踪，连尸首也找不着！不到十年光景，三十万的法国军队，被我们暗杀得干干净净！哈哈哈！

法：耍短刀的西班牙先生，拿破仑吃了你们的大亏！现在法国还怕你们的无政府党哩！

德：喂！中国先生，你们四万万同胞什么不学西班牙人对付拿破仑的榜样呢？

中：你们将来看看就是啦！元朝末年杀鞑子的壮举，也不亚于西班牙人了！

英：我们还是佩服欧洲大战爆发时期的比利时！五百多万人的比国抵于六千五百万人的德国，十万比国兵和一百万德国兵对垒，坚持了四年，真勇敢呀！真勇敢呀！

法：比利时万岁！比利时万岁！

全场：比利时万岁！干杯！

德：我向我们国社党的总理希特拉，干杯！

黑：（忽然露出一口白牙）哈哈哈！哈哈哈！

土：喂！黑脸的法国人你笑什么？

黑：哈哈哈！我笑比利时人真勇敢！哈哈哈！我笑中国那么大，那么多人，哈哈哈！反而白送那么大块的满洲给日本小鬼子！哈哈哈！尾巴放在屁股底下，只会向国联诉苦！哈哈哈！哈哈哈！

中女友：（起身向中国人）朋友，我不愿意陪你在这里受大众的耻笑！朋友，再见罢！（不回头而去）

第六场

前人。

中：（被女友遗弃，大怒）你这个黑炭！你这个冒牌的法国人，你这个被白种人当猪狗一样买卖的奴才，你也敢在我黄种人面前放屁！那还了得！中国在国际上失了尊严，我可不管！但是今天晚上，你这个黑奴也敢来侮辱我的国家，我这只拳头就代表了中国的武力。（呼的一声，赏了一个老拳）

黑人与中国人就在场上互打。全场秩序大乱。

全场：喂！先生们不要打了！喂！算了罢！喂！外面的警察来了！

第七场

前人、警察二人进。

警甲：不许动手！不许动手！

黑人与中国人始休手。

警乙：你们为什么打架的？

黑：他先动手打我的！全场人可以作证！

警乙：（向全场）先生们是这个中国人先动手打这个黑人的？

全场：是的！

中：是的！我先动手打这个黑奴！

黑：喂！你还骂我是黑奴？我是法兰西人呀！

中：你承认是法国人，就是十足的奴才。就该打！（又欲动手）

警甲：喂！不许动手！你这个中国人好凶呀！

中：我准备坐牢就是！为中国人的体面在巴黎坐三个月的牢监，也是值得的！

警乙：那么，你跟我到局里去！

警甲：（向黑人）你也到局里去！

原载《神车》1934 年第 2 卷第 8 期

三　诗　歌

不复返

前词（prélude）

慕姒（Muse），昔我先祖瞽者荷马，
曾借你神琴歌咏那悲壮的都雅（Troya）
都雅城垣久无余痕，
都雅哀史至今闻天下！
慕姒，愿你重来凡尘，奏你象牙琴
和我为苍生苦痛一哀吟。

苍生苦痛如沙多，
恕我声微，无力高歌，
无力高歌那尸横遍野的战场，
战场赤土可青苍！
但愿天下伤心似我者，
静听我低吟如月夜荒园之喷泉
凄凄细诉古来无限伤心史！

慕姒，吾将歌矣！
愿你金弦之清音和我呜咽
悠然飘荡于天地……

（一）

春犹未了夏才来，

黄莺儿啼不息，玫瑰花正盛开，

吾爱，哀尔萎（Elvire）年未廿一，

哀尔萎已如临风之残灯，噫嘻！

梨花零落如梧叶，

疑云惨淡如葬衣；

哀尔萎，娇容苍白似蜡烛，

清瘦似骷髅，

哀尔萎，瞑目僵卧似木偶……

噫嘻，哀尔萎之美目不复微笑顾我矣！

哀尔萎之温唇不复亲我吻矣！

哀尔萎之纤手不复抚我发矣，

噫嘻！吾心爱之哀尔萎竟长辞我去矣！

（二）

从伊与我长辞，

我朝暮徘徊坟园里，

垂头丧气无人色，

落叶声声告我心已死……

坟园新增一石墓，

墓碑上书哀尔萎……

噫！吾目欺我太甚矣！

吾心爱的哀尔萎岂在斯地！

活泼轻盈的多娇，或是偶出漫游而已……

盖棺之沉声似犹在耳，

耳所听者恐非真……

分明听说伊归宁远去，

分明听说伊将回！……

我昼夜盼伊早些归来团聚！……

（三）

惨淡的斜阳何苦照我衣？

金秋的狂叶何苦风前舞？

斜晖金黄似伊发，

叶舞凄凄似伊唏！

惨淡的斜阳何苦照我衣？

我衣温暖我心冰！

冰心伴伊长眠地下矣，

长眠地下伊有侣！

金秋的狂叶何苦风前舞？

媚舞风前我无睹！

吾眸失明自伊长瞑目……

长瞑我目愿不睹！

斜晖金黄似伊发，

伊发纷飞满天地……

满天伊发缠绕我情绪，

情绪缠绵似伊发！

叶舞凄凄似伊唏！

但今欲啼也无泪……

我也无泪浇伊墓前菊，

拾得黄叶吞声凄凄哭！

（四）

忆昔湾西（Wansee）湖水微含笑，

微笑春光如梨花！

白帆片片洄游似天鹅，

天鹅傍苇似睡荷……

荷花绕舟舟不前，

停桨且留荷叶间。

哀尔菱卷发临风舞，

莲伴玉颜浑不辨！

我今独游泪湖滨，

泪湖又多一落魄。

湖色深黑如棺漆

寒夜盖我如无边之大锅！

也不见天鹅，也不见渔火，

也不见睡荷！

只有孤鸦之淡影

凄然微抚泪湖之苦波！

孤鸦——是伊之灵？是我的心。

切莫悲啼！

一悲啼，恐无泪沾巾！

一九二四冬于巴黎

原载《现代评论》1927 年第 6 卷第 156 期

齿　牙

绝崖苍鹰之铁嘴，
只啄腐尸之臭肉；
黄岗班虎之钩爪，
只搏愚痴的麋鹿；
草丛蝮蛇之毒牙，
只咬喧噪的青蛙！
惟有她，
那双行乳白的明珠，
不绝对我微笑的纤齿，
偏要如磨，榨我心！
如锯，切我魂！

噫嘻！
我生岂为作牺牲！
宁任碧眼憔悴，
橙黄丝发染秋霜！
宁任冷唇空对寒林月，
低吟"不辞而别"的哀歌！
短悲伤，
我心，何妨？

但愿我魂如鸿雁，

高翔于云霄之上！

一九二四年三月底

原载《中央日报》1928 年 2 月 4 日

湾　西（Wansee）^{（注一）}

我不能如花范子，

载西施，游五湖，

享尽人间艳福……

我不能效拉马丁（Lamartine）^{（注二）}

高歌痛哭于湖滨，

哀悼乐日不复回……

我来独泛孤舟于湾西

清涤我心于明湖

苇丛野鸭振翼之声

时与桨声相和……

点点轻帆宛如千百蝴蝶，

徘徊于浮光之上，

秋深矣！芦花白似霜……

日暮矣！斜阳抚松梢……

何处环珷璘，——呜咽，

竟教归鸟不鸣……

湖心情痴的天鹅，

不知丽达 Leda^{（注三）} 久归土，

犹引颈细饰其素羽……

注一　湾西（Wansee）是柏林城外之名湖。

注二　拉马丁（Lamartine），法兰西十九世纪浪漫派大诗人，其《沉思集》
　　　中有一意咏湖诗（Le Lae）为不朽之作。

注三　丽达（Leda），古王后，徐秘德（Jupiter）化身为天鹅以诱惑之。（见
　　　希腊神话）

原载《中央日报》1928 年 2 月 4 日

利悦士（Liege）之晨光

在事缠心，彻夜不能入梦乡，
车轮轧轹之声空催眠那回忆，
不堪回忆！妩媚的法兰西已相距千里！

矇眬中，乍见虹光一片，为抚我疲睫，
软懒懒睁开眼，向车窗一望：
远山近坡，峰峦如画醉沉沉于雾沙中。

清流一湾犹披着缟素衣裳，
天边曙色如睡美人之玉唇，
笔尖的钟楼突矗立于紫林之上。

呀！原来是五年前相识的利悦士！
你昔残叶片片秋意萧条，
而今浓荫绿水如欢愉之多娇！

你可忘记那十年前之轰轰炮声，
你可掩没比利时健儿的骷髅血腥！
你可绿披那黄土沙场，红染山野！

十年来，我也尝转战三万里！

而今犹无完肤，心如玉碎！

伤痕不似你荒山转瞬翠！

卷我褴褛旗，整我双破履，

昂首挺胸，一任那命运拉我东去！

祝那桃色的晨光永鲜染你欣欣的春意！

一九二七年

原载《中央日报特刊》1928 年第 2 卷

国立艺术院院歌

莫道西湖好，雷峰已倒，

莫道国粹高，保俶倾凋！

看，四百兆生灵快变虎豹！

不有新艺宫，情感何以靠？

艺院健儿，齐挥毫横扫！

艺院健儿，齐抢锤痛敲！

要把亚东艺坛重造，要把艺光遍地耀！

原载《国立艺术院周刊》1929 年第 18 期

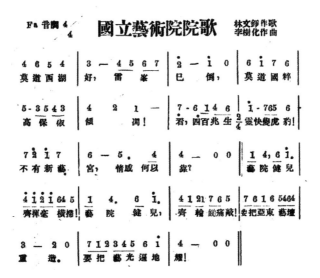

新年同乐歌

辛苦了终年，暂把工衣放，

抬头看：

艺术芽儿正在孤山寒梅上！

我们热望，

我们预赏，

艺花和春梅谐芳！

原载《国立艺术院周刊》1929 年第 18 期

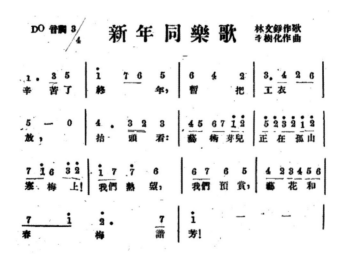

苍茫楼咏

1941 年于昆明

序曰：余苦寓西湖，十载良辰美景，等闲视之。今羁旅天南，俯仰危楼之中，其气象万千，苍茫莫测，始悟景由心造，乃赋是诗。

地坛天南胜，楼高因势雄。

五岳遥罗拜，繁星掌握中。

开意临香海，卧枕须弥峰。（注）

大哉吾斗室，天地慨有穷。

注 香海、须弥峰均出自内典。

原载《林文铮美育思想研究》，中国美术学院出版社，2018 年

哀法兰西

（一）

希腊晚葡萄，

拉丁凉秋菊，

吁嗟法兰西！

奈何吞声哭？

世无不谢花，

长明岂不烛？

胜负如烟云，

无常本迅速……

一朝偶荣辱，

何足镂心曲？

君不见乃祖查力大帝之威武？

扬护法之大纛，

建罗马于高鲁。

君不见路易转轮王？

帅十字而东征，

卫圣陵于亚陆，

莎汗宵遁，

马不西牧。

君不见弱女贞德之神迹？

单骑帅残卒，

破虏如破竹；

旧山河重完璧，

功成赴火含笑寂！

君不见法兰一世之大雄？

兵败名荣，

囚而不服！

终灭卡罗鲸欲，

霸主逃禅穷蹙。（Carlo A）

君不见红衣主教黎希列？

威仪三千，

铁腕治国；

诸侯授首，

藩镇烟灭。

仲父逊其功，

商君无此烈。

君不见明王大路易？

赤日中天，

千峰仰岱；

文式后来，

武迈前代；

南面西欧，

威震海外；

巴黎新雅典，

未央凡尔赛。

是时文坛老高奈：（Gorneille）

崇英雄，

轻少艾，

超人尚志不谈爱。

拉辛缠绵多悱恻：（Racine）

亡国安陀悲失节，（Andromagne）

越伦斐后饮恨绝！（Phedre）

热肠莫利哀：

冷笑泪盈掬，

不道人间有真诚，

优孟衣冠一魔窟！

诗圣拉芳登，（La Fontaine）

孤高遁流俗，

善恶不指人，

寓言于狐鹿。

巴斯卡尔哲中鹤，（Bascal）

纵观宇宙，

万物横索。

愍人智之有穷，

悟科学之无著。

何处寄孤魂？

一心长吻耶稣脚！

（二）

吁嗟众生本平等，

贵贱奴主由人作。

骄奢淫乐岂有常？

弥天怨气黑牢伏：

服尔泰，不胜衣，王者敌！

只字成飞镞。

公侯破胆震椽笔！

谈笑柏林宫。

儿戏腓得力。

卢梭走山泽，

民约新圣经，

贩夫顿立志，

禁庭半夜惊！

后主路易何无明？

误听蛾眉信小人：

地狱不早开，

王冠未忍弃。

一朝镣寸断，

火起巴斯第！

父子君臣相抱啼，

宫外喊声动天地。

囚车赴市马不前，

断头台上报先帝。

吁嗟杀机一动不可休，

残尸未收新鬼愁：

丹东徒有不烂舌，

引颈罗兰叹自由！

从此朝朝与暮暮，

刚割屠场血川流，

当年博爱今何在？

同志翻成不共戴天仇！

休矣法兰西！

自由须断头！

况有乘虚虏，

如狼窜四周，

大哉英雄不世出，

挥戈扫敌有拿翁！

革命义旗闻风起，

懦夫弱卒挽强弓。

东擒普奥虎，

西拒海峡龙，

南射罗马雕，

北逐帝俄熊！

战士长歌马赛曲，

将军立马凯旋门！

奠定共和功不赏，

露华宫里号至尊。（Lonure）

党人血肉供御宴，

塞纳河边哭鬼多；

昨日苍生新救主，

今朝苦海一天魔！

借问独夫能几许？

雄师埋骨莫斯科！

滑铁卢前悲落日，

哀沦岛上老泪沱……（St.Heleue）

吁嗟盖世豪！

为君断送革命潮！

祖国垒京观，

欧陆沉血沼。

至今言兵唯父老，

翩翩年少不带刀。

自是人生风月好，

雨后蔷薇分外娇。

独立天涯慨今古，

嚣俄未老不还乡。

寻寻觅觅拾遗香，

拉郎湖上哭无常。　（Lamartine "Lelae"）

缪塞终宵对月光，　（Musset）

长嗟负义乔治桑。　（George Sand）

谁道巴黎是天堂？

波公慧眼识魔王。　（Baudelaire）

潦倒魏伦今柳七，　（Verlane）

慢唱秋歌欲断肠。　（Chanson d'automne）

海墓超尘梵乐希，　（Valery "Cimetiere Marin"）

明心见性物我忘。

末世艺林寂寞芳，

琼花不胜雨风狂！

　　　　　（三）

守土宜尚武，

善邻焉用矛？

奈何普鲁士，

虎性难与交！

所以师丹役，　（Sedan）

帝国痛覆巢！

吁嗟法兰西，

此仇岂不报？

挥泪收残局，

共和血重造。

含垢四十载，

妇孺惨不号！

烽起巴尔干，

莱因扬赤涛；

敌势如山雨，

飘忽薄京郊。

背城复背水，

大战漫河东：（La Marne）

破虏谁卫霍？

霞飞鹤发翁！

肉搏绵岁月，

顽蟊始告穷。

白骨高须弥，

元戎收战功！（Foah）

吁嗟法兰西，

狂歌胜利心凄迷…

归来壮士家何在？

半壁山河尽废墟！

泪眼愁看新富贵，

寡妻孤子死沟渠！

始信沙场百战苦，

为他人作犬马躯！

从此噤口不谈兵，

高枕全凭马其诺。（La Ligne Maginot）

岂知宿怨终难释，

驯虎冲槛向人扑！

疾风闪电袭巴黎，

刹那明都已陷落！

非关将士昔捐躯，

哥舒已老甲兵薄！

咽喉被扼将奈何？

俯首投戈唯受缚……

廿年盟主一旦囚，

举世骇闻转笑谑！

吁嗟法兰西！

我哀尔之今，

吊尔之昨。

尔非无勇，

轻武积弱；

尔非无仁，

强邻肆虐；

尔非无谋，

迅雷失措！

吁嗟法兰西，

人文仰嵩岳！

万邦拜金牛，（Veau d'or 见旧约摩西篇喻魔道也）

清谈尔独乐。

盛衰不堪论……

千秋唯大觉！

　　　　　　　　一九四一年四月二十日于昆明苍茫楼

原载《时事新报》（重庆版）1941 年 8 月 18 日

野　马

平沙掩白草，
野马胡天少，
□□识方皋，
龙驹鞍□老，
神足古来重，
大宛□兵□，
胡为长夜嘶，
自由今已渺。

原载《西安晚报》1941 年 8 月 20 日

自　叙

岭南一蛮子，
生来迷本性。
放牛歌田野，
父老不知敬。
髫龄游爪哇，
斗鸡与人竞。
好新逃私塾，
学堂擅自进。
辛亥闻起义，
我亦呼革命！
黄口登讲台，
满座倾耳听。
烽起欧罗巴，　（1914）
惊涛震岛民。
父母惜爱子，
挥泪遣我行，
只身归故里，
十二已飘零！
百粤无可师，
拂袖走申滨。
新潮荡胸臆，

万里指法京。（是时余年仅十七）

异域多妖女，

碧眼金云鬟。

梵音动灵魄，

舞态如鸿惊，

心猿困学府，

画里唤真真，

蹉跎逾八载，

一半在钟情！

倦游思故国，

空挂学成名。

归来长西顾，

湖上独徘徊；

嗟彼孤山梅，

暗香袭我怀，

我本处士裔，

伊亦天上来！

相见忽如故。

愿言白发偕，

十载西湖主，

柳浪为我吹，

双峰为我峙，

桃李为我开，

秋月为我照，

流莺为我啭。

奈何人间世，

蜃楼不常在！

芦沟卧狮吼，

半壁顿成灰。

可怜双飞雁，

漂泊不复回；

孤影沉苦海，

芳魂断滇涯。

乳儿夜呼母，

我独不胜哀！

家国同浩劫，

心绪付尘埃。

浊世无常耳，

有常更可悲！

苦乐一洪炉，

销我万古痴！

乐极明空境，

苦极见杨枝。

血海茫无际？

慈航我自知！

彼岸非远近，

如来是我师。

往事何缤纷？

含泪一笑之。

原载《时事新报》（重庆版）1941 年 11 月 17 日

昆明翠湖柳

1942 年 5 月作于日寇空袭中

警笛一悲鸣，万人鸟兽散。

杀机忽临头，倾城无好汉。

寂寂翠湖柳，亭亭立水畔。

仰天默无语，临风忽长叹。

人寿可逾百，弱质无其半。

岂不惜发肤，山河已糜烂！

风流今扫地，飞絮为谁看？

守城我天职，空城我自捍！

行矣莫折枝，归来拾薪炭。

原载《艺海诗风——国立艺专诗选》，中国美术学院出版社，2003 年

落雁咏

（林教授丧偶，而诗词更哀切，著有《苍茫楼集》，特选载数首）

序：乡居官渡，临滇池，晚凉独步，长堤古柏参天，溪水如咽，时闻雁鸣云间，感而咏之。

西湖双飞雁，孤影落滇池。

水深无芦苇，独宿最高枝！

疾风摇古木，长夜兀自持。

天寒徙旧翼，肠断复何之？

原载《旅行杂志》1942 年第 16 卷第 12 期

晚 眺

昆明圆通公园

旧时禅悦地，今作倦游场。

梵音久消歇，青莲暗吐芳。

暝色留归鸟，游人兴未央。

清谈多越语，吴曲自低昂。

台高宜远眺，极目见苍茫。

湖山信雄美，奈何非故乡！

由南来渡客，老死在遐荒。

逍遥皆乐土，此地亦天堂！

原载《旅行杂志》1942 年第 16 卷第 12 期

题悲鸿赠《猫图》古体

花荫十载卧，老大困书城。

登高缘自在，履险忽如平。

无心搏鹦鹉，有意号麒麟。

怒目惊天下，夜长悲独醒。

原载《旅行杂志》1942 年第 16 卷第 12 期

古今中外诗人交响曲

序

时无古今，地无东西，人无黄白，千百诗人同此心，众口浩歌唯血泪；所言者，苦而已；古人不灭，今人不生，时空俱寂，人我何别？交响者双融也。念无明，天地永诀；六道相争，苍生自杀；吊往愍来，悲此身也。万物同体，古人即我，我哭古人，古人哭我！是故屈原问天，荷马沿门；文姬流沙，莎和沉沦；李陵饮恨，卢客吞声；相如消渴，贺伟轻生；陈王赴洛，但丁游冥；嵇康弃市，畏龙陈尸；大谢春草，哥德秋丝；潘郎遗痛，龙莎先愁；陶公大隐，秦戈少留；庾信北死，海纳南流；王勃骊探，雪莱海测；太白空天，拜伦无极；少陵鹏飞，嚣俄鲸吸；香山浔夜，拉玛湖夕；微之健忘，缪塞长忆；昌谷神号，波公鬼泣；玉溪黄昏，魏仑落日；梵乐苍茫，天何长寂？千古招魂，亦以自挽，苦海同悲，附骥岂敢！

屈原泪尽赴汨罗，

荷马沿门托钵歌，Homére

胡儿夜夜哭文姬，

散发悬崖啸莎和！ Sapho

折节埋沙李陵耻，

披肝拜月卢客死！ Lucréce

相如长忆当垆笑，

贺伟终身梨花雨。Ovide

洛水萧萧陈思寂，

奈河无尽但丁渺。Dante

一声名教斩嵇康，

窃钩天怒畏龙绞！ Villon

春草年年悲大谢，

鹤龄哥德青丝绕。Goethe

果满牛车潘郎白，

海莲易色龙莎槁。Ronsard

五柳先生不折腰，

泰戈遗世未忘娇。Tagore

庾信朝朝望江南，

海纳花都神伤北。Heine

弱水炎天杳王勃，

雪莱一夕投龙阙。Shelley

太白狂歌放夜郎，

拜伦千古哀希腊！ Byron

少陵饿死呼尧舜，

海角嚣俄射灯塔。Hugo

香山白发遗长恨，

拉玛晴湖失方寸。Lamartine

会真海誓薄微之，

缪塞深宵广寒怨。Musset

牛鬼蛇神吊昌谷，

青磷白骨波公哭。Baudelaire

锦瑟弦弓玉溪续，

蛾眉草草魏仑逐。Verlaine

国破苍茫梵乐希， Valery

漫天烽火我幽独。

先岳蔡孑民逝世三周年纪念

三月五日

序：先岳去世后，举国吊之，当时余独无言，非不欲言，哀极不能言也。三年后，乃试作此篇，亦言不尽意，仅略表无穷之遗痛耳！诗中偶有借用词韵之处，读者谅之。

长忆复长忆，

思无穷，哀无极，

吁嗟三年前此日，

一代大师，万古完人忽长寂！

越水萧萧香岛孤，

珠江鲛泪几时枯？

北斗茫茫落海角，

夜长人天杳无目。

乾坤板荡今犹昔，

苦雨凄风血流碧。

举世招魂我无言，

人间泪尽我长泣！

瞬息思无穷，

千秋哀无极！

不堪回首少年事，

花都散发拜中郎！
谈文论艺惊知遇，
深恩岂独顾东床！
掌珠一旦坠昆明，
公亦长眠不欲生！
骨肉东西归净土，
山城海国寒灰贮。
极目沧桑谁未忘？
寂寞红尘一林逋。

原载《旅行杂志》1943 年第 17 卷第 5 期

象牙塔

象牙塔里春光好，
乐园夜唱迦陵鸟。
银汉无端天地远，
万古蛾眉新月扫。
云海无波风生爪，
渔郎梦入千花岛。
蓬莱露泣灵芝草，
九天四顾红尘小。

原载《大观楼旬刊》1944 年第 4 卷第 2 期

巴黎丁香花

丁香花，万紫醉，
锦城十里香云会。
晴川九曲幽人瘁，
月白风轻珊瑚坠。
丹歌夜彻迷楼外，
舞腰暗结虹霓带。
断肠春色巴黎最，
欲饮葡萄饮红泪。

原载《中法文化》1945 年第 1 卷第 2 期

悲天曲

大时代，

舞天魔，

狼烟拔地接修罗。

须弥峨峨虎张牙，

恐龙嘘气盖娑婆。

云鲸巨口浩无涯，

腥风万里引长蛇。

纭纭刍狗饱饕餮，

白骨参天祭夜叉。

神伤刁斗，

魂断干戈。

瓦全金屋，

玉碎银河。

声嘶铁马，

泪尽铜驼。

雅典烟灭，

罗马灰多。

蓬莱焦土，

弱水平沙。

乃闻波旬击节，

撒旦高歌。

酒池色舞，

血海颜酡。

吁嗟夫苍生苍生奈若何！

一九四五年四月三十日夜于苍茫楼

原载《中法文化》1945年第1卷第2期

吊梵乐希

旷世高歌起大罗，

爱琴白浪接天河。

水仙月夜明心镜，

海墓千秋素影多。

乐园智果生莲舌，

浊土悲花吊夏娃。

寂光此日潜西极，

万籁无声北斗嗟！

一九四五年十月三日夜于昆明苍茫楼

原载《中法文化》1945 年第 1 卷第 3 期

错错歌(十五首)

其 一

朝采罗浮雾里花,暗香幽谷吐丹葩。

故园冷翠委黄土,异叶同根生死遮,

极目苍茫悲远岫,天涯寒月落谁家?

其 二

高跟慢步点金莲,飞燕千娇笑比肩。

狐舞深宵交响奏,羽衣月下弄婵娟。

葡萄美酒真消渴,金发临风惜少年。

其 三

菩提树下客心孤,金缕蛾眉故国无。

萧史凤台琴意恼,开怀未许月当垆。

莱茵晚笛吹南浦,碧眼他乡笑子都!

其 四

花都浪迹蔷薇下,和氏深闺不远嫁。

破镜空余一片心,山盟永忆高唐夜。

望夫云向万里愁,海外招魂哭楚□。

其　五

晴川白夜牵牛独，七彩虹霓出空谷。

罂粟初开百媚生，南柯叶叶披金屋。

流沙逝水指佳期，西海蜃楼春睡足。

其　六

铁马萧萧乌拉高，东归萍水月新描。

佳人北国悲黄鹄，倦鸟分飞旅梦遥。

赤塔云天红袖冷，洪荒大漠送金飚。

其　七

奈何石烂许三生？绝世寒梅带泪迎。

十载琉璃明肺腑，西湖万古不胜情！

画楼月落天无晓，魂断空阶夜雨声。

其　八

七弦寸寸接骊歌，桃李河阳忽相过。

雪后不堪飞絮咏，由他碧海自横波。

浮生宋玉吞云梦，流水无声桂影多。

其　九

斗室三春净土藏，一枝琼玉出莲塘。

异香禁苑无人识，却笑阿难妄断肠！

落地天华衣不染，维摩法喜更神伤。

其 十

梦笔生花成绮业，犁泥舌烂蛾眉劫！

珊瑚铁网断并刀，万里长江困三峡。

力尽苍茫帐下歌，王冠荆棘乱红插！

其十一

杏坛春暮草离离，南国东风语画眉。

独秀峰前悲弱水，石榴含泪掌珠遗。

棘篱十二金钗绕，漏尽吞声唤子规。

其十二

落霞暗向孤山渺，渌水微波乌衣小。

一样丹青出玉毫，新筝不似旧琴挑。

流光远黛送飞鸿，千里河阳春未了。

其十三

岭梅何处不横斜？娇小罗敷未有家。

掩面倾心檀口吐，青丝红豆乱如麻。

瞿塘月落春潮大，勒马悬崖对影嗟！

其十四

抽刀削发根犹在，鸾镜冰分生死海。

隔世蛾眉一样描，相逢暗笑朱颜改。

红丝寸断了前缘，百草千花梁梦采。

其十五

未老庄生兴已阑！万红啼笑镜中看。

樱桃点滴倾人国，惊起嫦娥倚画栏。

金碧交辉天有意，流星无泪落邯郸！

一九四五年六月于昆明苍茫楼

原载《中法文化》1945 年第 1 卷第 4 期

苍茫楼诗稿

一九四三——一九四五年作

流光曲

忆巴黎蔷薇别墅

流光一缕西方寂，

斜阳寸断高楼笛。

生河百折回肠忆，　　（La seine）

别墅蔷薇泪夜滴。

佳人二八满京华，

似此红颜天地嗟！

云鬟夺魄金丝缦，

朱唇暗笑珊瑚淡。

碧海扬波明眸粲，

汉使东来鹦鹉唤。

相逢莫叹相思苦，

多情万古银河曲。

雨打优昙委碎玉，

招魂泪尽鹃声续。

悲风起

金刚山，琉璃海。
香河脉脉莲池改。
愁云极目天无泪，
万劫余情枯弱水。
无边大漠斜阳老，
铁围永夜悲风起！

蝴蝶弄

南国复南国，
蛾眉万里愁。
浦云横远黛，
塞雁失洪流。
忆往三更雨，
悲来百丈湫。
鼓盆歌代啸，
蝴蝶弄庄周。

补天曲

风吹南极炎沙起，
补天石烂女娲死。
劫灰万丈斗牛奔，
古井无波冷皓齿。
怒龙一吼苦海枯，
骊山再喷哭褒姒！

蔓草洪荒恨骨缠，

娑婆罗拜黑衣使。

浪子歌

惊飙拔地起胡笳，

百尺柔条寸寸嗟。

万里不堪南浦问，

未央午夜梦琵琶。

交河怒水千秋赤，

浪子长歌塞月斜。

无奈芳邻悲宋玉，

金风且慢扫昙花。

天鹅曲

招魂阿鼻吹芦管，　（Orphee）

纺纱长恨车轮转……（Hercule et Omphale）

车轮转，

凯撒风流绝代嗟，　（Jules Cesar）

安东投地蛾眉展。　（Antoine et Cle'opatre）

天鹅依旧冲霄去……（Lohengrin）

冲霄去，

俪琴独奏芙蓉馆。　（Chopin et George Sand）

繁星探

樱桃暗向繁星采，
七尺珊瑚出香海。
绿醉红醒卧夜猿，
琉璃点滴今何在？
武陵渔火流花逐，
雪满巫山守白屋。
沉云万里埋方寸，
杜宇无声老荒木。

罗刹歌

身是情天一罗刹，
鲸吞星斗吐残月。
乐土千秋吊夏娃，
广寒怒截嫦娥发！
朱唇素腕肉林宴，
酒池饮恨剑池诀！
银河赤水奈河枯，
骷髅呼天陷魔窟！

悬园乐
忆巴比伦空中花园

紫云盘盘薄太清，
茫茫海市出浮瀛。
孔雀缦回比翼鸣，

金人承露玉姬迎。

丹桂飞香月半明，

优昙暗逐走红轻。

笙歌未唤睡莲醒，

新浴鸳鸯雨后莺。

天江脉脉水银倾，

参商夜夜叹繁星。

弱水无波海誓平。

夜之泪（Larmes de la Nuit）

高原横短笛，

夜泪寂群芳。

叶上留孤洁，

枝头散晚香。

浮光荡太极，

流水逝柔乡。

蝶梦深秋冷，

巫云远黛藏。

美神涅槃曲

白浪滔天爱琴泣，　（Mer egenene）

梨波孤岛遗容寂。　（Lesbos 岛有上神遗庙）

鲛人夜夜洒珠玑，　（Sirene 海神女）

猩驼短笛长相忆。　（Centaure 马人）

风悲幽壑，

云沉碧落。

霓裳冷袖，

钩天罢乐。

水仙埋影，（Narcisse）

酒神残酌。（Bacchus）

引颈西望兮天鹅黑！

流星交泪兮九霄默。

春花秋月兮无生灭。

海枯石烂兮奈何别？

题孙福熙《无枝菊》（亦以自拟）

莫向东篱采，

缤纷雨大罗。

高风传玉色，

落照涌金波。

血泪遗芳歇，

丹青别恨多。

无枝霜雪傲，

秋意接星河。

无花果

无边弱水蛾眉锁，

玉碎天涯惜全瓦。

狂风卷地拔南柯，

落红片片伤心里。

荒塚何人唱鲍诗？
泪尽孤灯发磷火！
魂断河阳桃李嗟，
牛车独载无花果。

千一夜

天方漫漫千一夜，
箜篌十指银河泻。
七宝楼台篆云栖，
阿房粉黛轻兰麝。
悬园乐极优昙谢，
绝世蛾眉死无赦！
国号无忧群芳烈，
高秋月吊芙蓉血。
长门莫叹后庭空，
梧桐泪尽马嵬咽！

苍茫楼夜咏
一九四五年十一月廿三夜草

吞狼烟，倾北斗，
万年杯满樱桃酒。
淡巴菰里云梦多，
醴泉月落潜龙吼！
屈原收泪发九歌，
但丁地狱非无偶。

先生归去采篱花，

拜伦饮恨天涯走！

苍茫何处守南柯？

王粲登楼心欲朽……

原载《中法文化》1946 年第 1 卷第 6 期

苍茫楼诗稿七首（月正圆等）

月正圆
一九四五年春

一缕心光照大千，
奈河流水逐青莲。
红尘万丈飞银幕，
香海无波月正圆。

火星曲
一九四五年十二月二夜

火星煌煌九天朗，
上有仙人夜观象。
紫薇依稀北斗低，
牵牛欲渡银河广。
遥闻下界有娑婆，
苍生一一落尘网。
网底枯鱼欲断肠，
茫茫不见承露掌。
仙人扶杖独泫然，
云鹤冲天击皋壤。

弹指歌

一九四五年十二月七夜

朗月南天北斗遮，

嫦娥夜夜纺冰纱。

舞袖青丝萦桂影，

无端东箭逐云车。

不堪尘网生华发，

广寒含笑吐丹砂。

漏尽碧鸡啼玉观，

三生石上已涂鸦。

会当西海朝王母，

弹指蟠桃一树花！

夜长守

一九四六年一月廿夜

青莲歌，少陵老，

盘古茫茫洪荒造。

伊甸叶落无人扫，　（Eden）

红尘暗向银河渺。

泪尽晨星，

肠断秋草。

西奈山头云海啸，　（Mont de Sinai）

苍生投地金牛祷！　（Veau D'or）

荆冠峨峨十字高，

寒天孤露双林抱。

老死他乡荷马走，

爱琴散发拜伦吼。

不为招魂追宋玉，

三生石烂补天手。

我闻西竺有泰戈，　（Tagore）

朗月高风垂五柳。

欲往从之梵路遮，

恒河浩浩流星斗。

雪山空，云梯陡，

乾坤寂寞夜长守。

垓下歌
一九四六年一月廿五夜

垓下歌，奈若何？

英雄此夜泪无多！

强笑承欢将进酒，

项王欲醉美人酡。

君不见咸阳三月火连天，

八千钜鹿独横戈？

破釜雷鸣惊大地，

沉舟海啸决长河。

鸿门盖世鸿沟小，

栈道千秋修未了。

陈仓一夜断流水，

彭城败叶汉旗扫。

九里山前莫楚歌！

刁斗无声乡梦绕。

铁骑三千追不得，

百万重围摧枯槁。

骓不逝兮王不归！
江水茫茫悲父老。

铁树花
一九四六年一月廿六夜

剑戟森森天失色，
青锋拔地斗牛黑。
千载苍苍出蛮荒，
笑杀荆冠弹西域！
莫向东风竟走红，
铁树无花傲南国！
兴来一夜发高枝，
顶天罗盖摩尼饰。
俯仰群芳地锦薄，
南柯万丈红尘托！
丹桂亭亭碧海空，
玉宇飞香卷莲幕。

自题苍茫楼诗稿
一九四二

十载西湖月，
琉璃浴寸心。
残生无所为，
饮泪作诗人。

原载《中法文化》1946 年第 1 卷第 7 期

262

苍茫楼诗稿七首（八风轻等）

八风轻

天池独步八风轻，
大雅新声旧梦惊。
屈子已随湘水逝，
青莲扶醉唱清平。

甲申祝弥勒圣诞

爆竹一听惊旧梦，
兜率天生阿逸多。
坦腹千秋镇前殿，
无胜当来号佛陀。
慈恩万里归慈氏，
龙华树雨曼陀罗。
天目重开空大地，
劫余含笑问娑婆。

菩提寡

大千极目无明火，
万丈红尘驶意马。

孤露娑罗双树里，
寂光常照拘尸那。
曹溪一夜真如泻，
达摩未向悬崖坐。
空山虎啸东林社，
断头大谢悠悠者。
悬日潜晖悲鹿野，
冰天落木菩提寡。

琉璃带

法轮常转波罗奈，
密语无言发天籁。
金翅忉利霓裳舞，
香海神龙出清濑。
须弥山头白象跨，
青莲自在红尘外。
奈河九曲悲无间，
狮吼一声空四大。
七日齐悬光造化，
□溪月挂琉璃带。

三生忆

刹那千秋自在观，
红尘万丈起邯郸。
弥留寂寞孤星泪，
新月洪荒破镜看。

当年散发上天竺，
西风饮马恒河曲。
无忧宫里日月寒，
倾城一笑泪盈掬。
喜舍悬崖投虎口，
雪山长揖波旬后。
维摩高卧室如斗，
无言听取群魔吼。
凶年饷客胡麻饭，
玉盘甘露金人献。
罗马死灰尼龙煽，　　（Neron）
夜莺暗向阿房唤。
无端弱水银河泻，
望夫云散嫦娥寡。
海枯舍取鸳鸯瓦，
蜉蝣天地悠悠者！

棘篱歌
十二支因缘

重城十二铁围绕，
泪海滔天奈河老。
青铜古镜发菱花，
心旌永夜飞华表。
流萤饮露泣南柯，
未央梦断天河道。
苹果千秋乐土芳，
蛾眉带笑红尘扫。

石田雨后草萋萋，

不辞荆棘千花恼。

白猿老死挂枯枝，

水月亭亭失怀抱。

弄潮渔火空明灭，

鲸吞弱水孤蓬岛。

六度曲

布施，持戒，忍辱，精进，禅定，智慧

枯鱼望断银河水，

瀚海平沙赤乌起。

丹心涂地祭天魔，

十字千秋悬帝子。

丰都永夜火连天，

杨枝叶叶腥风里。

放下屠刀血染衣，

奈河洗手叹几希！

海誓山盟真戏语，

无情宋玉百花飞。

七宝楼台风满袖，

寂寞行云冷翠□。

白发冰天汉节孤，

李陵饮恨拜匈奴。

金碧雪片流星急，

满江红泪彼苍呼！

信国浩歌空燕市，

史公投笔死江都。

劫灰燃眉奔泪海，

葬身鲸腹珊瑚采。

披云戴月捕天狼，

穷泉慧剑牛头宰！

直向烟台投火宅，

菩提无树青莲在。

无定河枯砥柱叹！

蜃楼红日落邯郸。

热海狂澜涌秋色，

金人无泪露华丹。

悬崖古木栖寒岛，

一发千钧拜谢安。

天马长嘶逐夜潮，

孤舟无火暗逍遥。

灯塔劳劳招彼岸！

我有灵光下九霄。

万籁千秋交响奏，

斗舞星飞自寂寥。

原载《中法文化》1946年第1卷第8期

苍茫楼诗稿十二首

钢铁歌
一九四五春参观云南钢铁厂

山崩石烂劫灰扬，碎骨磷磷鬼神伤。
轻生涂炭投火宅，远黛无声已断肠。
万丈洪炉空四大，烽烟拔地失天堂。
女娲炼石销红泪，热海长蛇吐血光。
千秋魄垒填胸臆，倾城招隐更疏狂。
沙场咫尺奔南浦，披坚带甲不还乡。
大鹏垂翅九霄空，云鲸倒海逐蛟龙。
鸿荒永夜雄狮吼，犁庭指日蓬莱攻。
干将青锋寒星斗，莫作金针笑女红。

云梦绕
一九四四年作

望夫石烂点苍出，九回三峡无颜色。
朝朝海市暮蜃楼，永忆齐飞孤鹜黑。
吴刀寸断天衣渺，碧海横波边月小。
南浦千秋一样愁，远黛无心云梦绕。

忆昭明太子
一九四五年作

扫叶空山万籁哀，夜长天目正东开。

经台寂寞无明泪，帝子悠悠悲去来。

歌刹那
一九四四年作

屈原野老荒天问，咏史悠悠荷马韵。

奈河死水但丁流，骊琴寸断莎孚殉！

鬼国青莲莫悲忿，春花秋月已无分。

刹那歌，歌刹那！生生灭灭浩如泻……

红尘聚散烟云也！琵琶千古泪盈把。

刹那歌，长恨写。

茫茫洪荒，大地分野。

劫火冲天，铁围夜锁。

君不见褒姒大笑山河改？多情自是殉情者！

君不见姑苏麋鹿吊西子？霸王垓下哭虞美。

天方夜夜蛾眉死，马嵬磷火悲风起，

刹那歌……千秋矣！

莫断魂四首拟蕉叶体
一九四四作

其　一

疏影千秋莫断魂，夕阳红泪挽黄昏。

残云一缕长天恨，逝水悠悠永夜吞。

其　二

夕阳红泪挽黄昏，寂寞寒晖旧梦温。
新月不知人已渺，流星流水了无痕。

其　三

残云一缕长天恨，绝徼离鸿守方寸。
万里琵琶怨古今，高原落木芳烟蔓。

其　四

逝水悠悠永夜吞，蜉蝣天地哭王孙。
南枝几度优昙梦，潮打空门色海奔！

淡扫曲
一九四五年作

高楼远黛横波睇，晓梦无端莺语寄。
短笛临风细柳长，西湖雨后三峰翠。
偃月孤山逝水寒，垂珠薄海荒天坠。
蛾眉永夜碧空残，枯笔黯然千古泪。

西湖归梦
一九四六元月作

十载归来故柳斜，孤山何处旧时花？
寒光掩映招魂路，疏影依稀断梦家；
别泪鹃收银汉寂，遗容月落碧梧遮。
平湖远黛秋无色，潘鬓临风万籁嗟。

示长女覃葛

一九四四年作

葛岭清风入我家，初阳台下出朝霞。

放鹤亭前仙子笑，孤山一夜粲梅花。

新燕舞瑶池，晓莺啼天使。

人闻极乐无过此……

过此烽烟平地起，携尔迢迢天涯抵。

天涯有尽哀无已，慈母华年憔悴死！

嗟尔九龄失所恃，千秋遗爱北邙指。

可怜弟妹娇无比，强笑承欢作大姊！

七载悠悠地狱耳。尔未成年吾朽矣！

往事茫茫西湖底，尔母音容依稀长记取。

地老天荒嗟我难为父……

示次女探微

一九四四年作

断桥残雪照冰姿，娇小含羞叹左思。

当年只恐爷娘抱，今日无母欲乌私。

万里穷乡依白发，洒扫门庭赖尔持，

遗容寂寞明眸在，春来仿佛粲金枝。

原载《中法文化》1946年第 1 卷第 9 期

苍茫楼诗稿（邯郸梦等）

邯郸梦

一九四一年五月

岭南一蛮子，

生来迷本性。

放牛歌田野，

父老不知敬。

髫龄游爪哇，

斗鸡与人竞。

好新逃私塾，

学堂擅自进。

辛亥闻起义，

我亦呼革命！

黄口登讲台，

满座倾耳听。

烽起欧罗巴，　（1914）

惊涛震岛民。

父母惜爱子，

挥泪遣我行，

只身归故里，

十二已飘零！

百粤无可师，

拂袖走申滨。

新潮荡胸臆，

万里指法京。

异域多妖女，

碧眼金云鬓。

梵音动灵魄，

舞态如鸿惊。

心猿困学府，

画院唤真真，

蹉跎逾八载，

一半在钟情！

倦游思故国，

空挂学成名。

归来长西顾，（1927）

湖上独徘徊；

嗟彼孤山梅，

暗香袭我怀。

我本处士裔，

伊亦天上来！

相见忽如故，

愿言白发偕。（1928）

十载西湖主，

柳浪为我排。

双峰为我峙，

桃李为我开。

秋月为我照，

流莺为我嗜。

奈何人间世，

绮梦不常哉！

芦沟卧狮吼，

半壁顿成灰。

可怜双飞雁，

漂泊不复回；

孤影沦弱水，

芳魂断滇涯。（1939）

娇儿夜呼母，

我独不胜哀！

家国同浩劫，

方寸付尘埃。

浊世无常耳，

有常更可悲！

苦乐一洪炉，

销我万古痴！

乐极明空性，

苦极见杨枝。

血海岂无际？

慈航我自知！

彼岸非远近，

如来是我师。

往事何缤纷？

含泪一笑之。

（《自叙》，《时事新报》（重庆版）1941 年 11 月 17 已刊载，见本书第 231 页）

寄东邻
一九四六年四月五夜

顾影悲菱镜，

劳劳却后身！

三生投热海，

九死出红尘。

皓齿杯中冷，

明眸泪里新。

流莺啼禁苑，

无语寄东邻。

焚琴诉
一九四六年三月十夜草

百尺枝头啼碧鸡，

龙门赤水浣花溪。（注　浣字作动词解）

落雁悲风平沙起，

高枕琉璃火宅低。

万丈洪炉抱薪赴，

焦桐寸断珊瑚树。

离鸾银浦荒天暮，

破镜回眸知几度！

绝响空余指下波，

稽心一片焚琴诉。

健忘曲
一九四六年五月十九夜草

健忘最是回肠者！

流沙磨洗鸳鸯瓦。

梦里碧鸡啼底事？

孤星泪向长空泻。

半世浮沉弱水深，

直上银河策金马！

点苍万古悲头白，

怒水吞声南浦下。

憔悴歌
一九四六年五月十九草

憔悴歌，歌憔悴，

极目天涯芳草泪。

逝水悠悠色海空，

南柯叶落优昙坠。

千里河阳桃李多，

平畴一片伤心穗。

绝唱何人子夜歌？

秋雨年年催冷翠。

原载《中法文化》1946年第 1 卷第 10 期

苍茫楼诗稿六首
作于北平

望南极
一九四六，十一月三夜草

七星望南极，

孤心万里悬。

故都一轮月，

琉璃朗大千。

劫火燃眉起，

焚琴莫断弦！

流星逐长夜，

无泪落花前。

南溟倾北斗，

方寸接云天。

回肠曲
十一月十四夜草

回肠万里牵无极，

南国蛾眉长相忆。

奈何红叶正萧萧？

广寒齿冷平沙月。

香海千秋一寸心，

太息梨花逐残雪！

投鞭直断银河水，

怒马天山汗如血。

征夫泪

报载美多怨女，作此哀之。

十一月十七夜草

闻道天涯多怨女，

千秋战骨不还乡。

杨枝泪尽潇湘雨，

恨海茫茫彼岸长。

春潮永夜归何处？

分身无量上高唐。

劫余皓齿侵寒月，

断肠云梦绕鸿荒。

金秋

西郊纪游，十一月十九夜草

大好金秋传绝色，

香山远黛雁鸣中。

夕阳暗逐琉璃碧，

十里丹枫笑醉翁。

浮沉曲

十一月二十七夜草

浮沉何处不苍茫？

银浦消声弱水长。

红杏已随人老去，

白杨犹向月昏黄。

鸿荒四顾三生寂，

永夜千愁万古忘。

恨雨悲风靡大地，

奈河波浪接天堂！

丙戌冬夜偶读梁译《阿伯剌与哀罗绮思》（Abelard et Heloise）

十一月三十夜草

空门顾影悲同进，

劫火荒天有余烬。

人间何事最神伤？

南浦秋声九回听。

情根万丈接重泉，

慧剑无劳拂云鬓！

悲花夜夜烛孤心，

极目巫云天不净！

记取千秋青睐浓；

广寒疏影上鸾镜，

韩香暗逐篆云栖，

杏坛隐约金钗映。

夜莺慢唱子规啼，

望夫石烂三生盟！

热海扬波古井寒，

南柯叶落冷幽径。

太息庄生午梦遥，

未有梨花非薄命！

青丝寸断画眉长，

万籁吞声哭情圣。

原载《益世报》（天津版）1946 年 12 月 14 日

苍茫楼题画诗稿

题孙福熙邵芳刘文清袁晓岑四家合作
《石蕉竹百舌》图

太极初分欲补天，（石）

翻风战雨恨绵绵。（蕉）

娥皇洒尽三湘泪，（竹）

百转柔肠暗自怜。（百舌）

题邵芳赠吴宓《秋柳》图

泽国秋高岸柳斜，

苍茫四顾已无家。

知音一去人天老，

短笛金风送若耶。

题孙福熙所作《生兮育兮》

黎明声喔喔，

薄暮率儿归。

不辞长枵腹，

但愿尔曹肥。

仰天频报警，

还惊暗袭狸。

勤劳且勿念，
羽满莫相违。

**孙福熙赐《桃柳燕》图，题曰《直把翠湖作圣湖》。
谨步某氏原韵，作七绝六首和之。**

十载风流付彩毫，
新愁又上翠眉梢。
云车暗逐千秋去，
燕子东来话六朝。

真真不在画图中，
一片丹心醉柳丛。
极目天涯惊比翼，
无言欲唱小桃红！

泪尽苍茫莫写诗！
春风夜送最南枝。
当年自是桃源客，
宠柳娇花燕未辞！

雕梁绮梦太匆匆，
转眼花残月半弓！
燕子不知春已暮，
衔泥金屋翠湖东。

山城泽国逋仙孤，

旷世高人雪影奴。

品翠题红追絮咏，

玻璃万顷即西湖！

芳心万古奔流水，

醉眼三春困夜光。

陌上相逢浑是梦，

乌衣掌舞试霓裳。

题悲鸿赠《猫图》

花荫十载卧，

老大困书城。

登高缘自在，

履险忽如平！

无心搏鹦鹉，

有意号麒麟！

怒目惊天下，

夜长悲独醒。

（1942 年《旅行杂志》第 16 卷第 12 期已刊载，见本书第 237 页）

为陈植悼亡题悲鸿画马

大宛怒空寂，

孙阳失所思。

玉蹄伤白草，

银面死金羁。

逐电埋沙漠，

流星落泪池。

西归留骏骨，

天马莫穷追！

为陈植题悲鸿画《双鸡图》

秦人已雌伏，

汉将莫惊雄。

啼云号闲□，

承露上春□。

琴挑夜鸣凤，

花朝独占魁。

为某氏题悲鸿画马

白驹朝过隙，

踏雪暮何之？

冀北天将老，

宛西地欲庆。

为龙犹可喜，

指鹿不胜悲！

千里如相问，

方皋梦寐思。

为胡敬民题悲鸿画马

长啸跨云海，

追风天外来。

边城轻瘦骨，

下界重驽龄。

破阵千夫勇，

裹尸万古哀。

瑶池堪弄影，

不上戏马^{（注）}台。

注：马按客音可平。

题钱瘦竹《平倭将军》印

胡骑一夜渡辽河，

大国从来定远多。

斩蛟十万降魔剑，

血海普天拜伏波。

犁庭扫穴征夫志，

白马先锋唱凯歌。

戚字大旗辉落日，

将军挂印号平倭。

题孙福熙《无枝菊》亦以自拟

莫向东篱采，

缤纷雨大罗。

高风传玉色，

落照涌金波。

血泪遗芳歇，

丹青别恨多。

无枝霜雪傲，

秋意接星河。

（《苍茫楼诗稿（一九四三——一九四五年作）》，《中法文化》1946 年
第 1 卷第 6 期已刊载，见本书第 256 页）

赠画家季康

万马鸣胸臆，

蛾眉画里长。

云天飞虎啸，

艺海卧龙藏。

走笔追周昉，

扬鞭过子昂。

古香凝寸楮，

绝技出新唐。

赠画家瘦竹

鹤立风际傲，

瘦竹天涯钓。

失意操铅刀，

消愁解秦诏。

秃笔扫东吴，

高才旷南征！

我亦悠悠者，

浩歌且问调。

题春苔《子母松图》

朗简奇文空碧落，

穷泉收泪郁金龙。

苍生俯仰无明灭，

独立天涯万古松！

题宁复《松鹤瀑布图》

白昼银河倾大地，

高秋逋老放青天。

凌云逐吹奔瑶圃，

雪友山中集九仙。

题郑苏龛《孤峰烟柳图》

极目千峰独秀看，

天涯归笛一声残。

东风几度吹南浦？

烟柳年年近水寒！

题《秋山古木图》

俛仰天都无片云，

山高秋老自多纹。

清□幽冷人间世，

古木忘形伴此君。

题《秋山行乐图》

太华天高八表空，

子房老去问崆峒。

棹歌秋水明方寸，

一片丹枫半醉翁。

题《绿牡丹图》

莫愁三月雨！

汉苑碧云遮。

香海翻心曲，

琉璃叶上花。

题春苔《仙掌图》

画□泪尽水露掌，

丈八金身出榛莽。

万里高风五岭来，

蟠桃无树结尘网。

题吴志青《磨剑图》

剑池吼血神州泪，

狼烟万丈提三尺。

冲天虎气看牛斗，

直斩楼兰指长白。

十年照胆明方寸，

起舞霜花拂华发。

靖妖未仗降魔杵，

智火悲光紫电发。

一九四二年至一九四六年作于昆明

原载《益世报》（天津版）1947 年 3 月 20 日

苍茫楼诗稿（哀土伦法舰队等）

哀土伦法舰队

虎踞龙蟠几千载？

土伦南面地中海。

战船昼夜火连天，

花都一落山河改。

白发哥舒不带刀，

（暗指贝当 Petain）

田横五百今犹在！

四面楚歌将奈何？

冲冠壮士红衣褛！

（红衣指大炮）

数声霹雳万桅折，

十里艨艟一时毁：

浓烟赤浪拔山起，

铁骨铜肠投海底！

龙吟蛟哮星斗泣，

报国男儿死厉鬼！

怒潮长啸法兰西，

英雄成败千秋伟。

先室蔡威廉逝世三周年纪念

东海起狼烟，

逋客走南天。

南天无满月，

中秋亦下弦！

昆池清旦浅，

叶落见遗钿。

金风摧冷翠，

弱水葬菱莲。

明眸凝血泪，

白骨换朱颜。

有山皆青冢，

无水非黄泉！

一别终天恨，

三秋已万年。

威廉逝世四周年
"清明不敢率儿辈往悼作此致哀"

恨骨藏萧寺，

青磷子夜寂。

冰天弱水凝，

黄泉暗流碧。

万里梨花落，

千秋绮梦毕！

清明百草青。

扫墓无天日！

不是怕招魂，
怕看娇儿泣！
四载两茫茫，
孤灯和泪熄。

题威廉遗像

不堪回首百年身，
梦里昙花镜里真。
翠烛青丝浮弱水，
黄泉无泪下天津。

无故人

底事年年春草茵？
南柯枯死斫成薪！
江郎饮尽长河恨，
绝笔新诗无故人。

回肠渡

披肝沥胆悬枯树，
枵腹寒鸦铁嘴怒！
落日西山血漫天，
滇池万里回肠渡。

原载《文艺与生活》1947 年第 4 卷第 2 期、第 3 期

苍茫楼诗稿（断续缘等）

断续缘

洪泪滔滔涤大千，
长风浩叹奈何天。
三生石烂残荷恨，
半缕蛾眉断续缘。

无梁

落霞片片天心碎。
流水滔滔地恨长。
万里南柯守玉兔，
牵牛夜夜哭无梁。

弥留中

春草吞声碧，
明眸带泪空！
可怜生死恨，
尽在弥留中。

逝水寒

银浦金凤桂影残，
红楼拔地起邯郸。

天涯恨骨知何处？
今古蛾眉逝水寒。

弱水前

南浦吞声饮九泉，
杨枝泪尽大悲天。
千秋恨雨梨花白，
肠断无边弱水前！

天台忆旧游

石梁万丈海潮音，
华顶千秋太白临。
方广无言空四大，
夜长刘阮梦中寻。

长恨歌

天河洗长恨，
恨长倍奈河。
奈河长于天，
天河唤奈何！
天长不容恨，
长恨困婆婆！

息鼓歌

落日萧萧偃大旗，

青锋含筷寂蛾眉，

拔山力尽千秋吼，

倾国香消万古悲，

热海冰天云雁老。

蜃楼水月夜珠遗。

鸣金息鼓埋方寸，

碧血沉沙赤浪知。

一九四六年十二月十五夜于北平

五光曲

雨过天青泪后心，

羽衣点滴露华侵……

广寒永夜悲光寂，

晓日普天大地金！

红海茫茫赤足跨，

苍山高卧水龙吟。

丙戌观音成道纪念日作于昆明

原载《文艺与生活》1947 年第 4 卷第 4 期

苍茫楼诗稿十三首

东流水

一九四七年二月三夜草

一片冰心投热海，

琉璃万丈遗风彩。

千里春潮带月来，

惊涛拔地天河改！

咫尺天涯弱水寒，

疏影无声边月徙。

乱点鸳鸯浑不是，

蜃楼暗送东流水。

金马歌

二月二十五监考时作

踏香逐翠走红天，

金马长嘶八表烟。

怒发冲霄紫电发，

虹光贯日独茫然。

茫然何处鸿荒月？

灵峰夜永冰天烈！

烈火煌煌热海枯，

芳草萋萋铁蹄血。

天都歌

一九四七年元旦游天坛幻想三月一日补作

天都峨峨碧海空，

琉璃荡涤大罗风。

御宇千秋直垂拱，

玉皇高卧紫微宫。

瑶台仙子疏影中，

临池戏水笑金童。

牵牛欲渡银浦东，

飞羽蓬莱日贯虹。

琼英无语伴枯桐，

凤歌鸾舞月惊鸿。

骊珠夺魄吐双龙，

流星射斗夜鸣弓。

天江咫尺采芙蓉，

弱水三千逐走红。

甘泉漏尽百花浓，

广寒长醉翠眉峰。

鹍鸣

咏笛吊旧，试用交叉韵。二月二十八日草

星泪冷露华，

银河暗流碧。

高风广陵多，

长空夜闻织。

胡为隔水歌？

恨长逐短笛。
慢引落梅花，
七孔欲啼血。
天涯莫送洞庭波，
停楼肠断镜湖月。

倦　鸟

金翅扶摇九天扫，
香海无波风生爪。
刷羽千峰雨曼华，
大鹏顾影瑶池小！
长鲸枯死百川流，
鹊桥寸断乌啼晓。
南斗凄凄北斗低，
盘古劳劳女娲老！
流星无泪落洪荒，
奈何万里牵牛绕。
南溟何处北溟空，
归去来兮大鹏鸟！

寂寞歌

寂寞歌，歌寂寞，
独步鸿荒天漠漠。
万古红尘火网罗，
弱水茫茫枯鱼索。
雨后梨花泪后心，

南柯疏影北窗落!
忆往千秋红袖冷,
蜃楼一缕香云托。
繁星啼笑上高唐,
晓月无声下莲幕。

悠悠者

四月二日病中作

散发天涯一病身,
维摩高卧目无亲。
孤山远黛烟云里,
弱水横波潮海滨。
落月倾心传绝色,
流星收泪出清尘。
多愁万古悠悠者,
莫笑庄周入梦频。

三千叹

四月四日病中作

碧海金波涌秋色,
漫天星斗明眸粲。
牵牛何处问云津?
灯塔煌煌招彼岸。
散发红尘万古多,
投鞭一夜风流断!
极目长空玉宇斜,

菱花暗笑朱颜淡。
起舞丹歌乐未央，
断肠桃李三春乱。
高楼扶病唱清平，
青莲白发三千叹。

夜游曲
四月十五夜再用交叉韵

夜游秉烛西风起，
金谷流觞奈河里。
长空冷月落南柯，
莫向醴泉追逝水！
洛浦何人饮恨歌？
陆沉散发红尘洗。
万古蛾眉淡扫多，
拈花暗笑东邻子。

破碎歌
四月二十一夜草

破碎春光破碎心！
桃源无水问芳津。
热海琉璃倾大地，
天涯暗送浣纱人。
春潮夜夜奔明月，
明月随波寂寞滨。

罗衣不解秋来意，

断肠裂帛最知音。

先室蔡威廉逝世八周年纪念（二首）
四月二十七夜草

其 一

雨后长虹地挽天，

流沙流水远流年。

洪荒万古无明月，

魂断茫茫泪海边。

其 二

冀北清明无寸草，

滇南春色碧云天。

焦土红尘心地起，

黄泉逝水忽如烟。

万古垂青悲过客，

落花收泪接啼鹃。

天涯依旧西风里，

莫向千秋吊逋仙！

魂断蓝桥曲

四月二十八夜北平万光影院归来作拟

Mozart, Sonata in B Flat Major 之情调

一见倾心奈何天！

蓝桥流水碧如烟。

红尘仙子瑶台舞，

丽影缤纷步步莲。

春潮一夜奔南浦，

冷月流离弱水边。

望夫石烂今犹昔，

直是千秋未了缘！

遥闻战骨没黄沙，

可怜倾国已无家。

神女生涯浑是梦，

连理枝头薄命花！

蓦地生逢成隔世，

芳草萋萋路柳嗟。

路柳不堪王孙折，

明心暗逐东流血！

蓝桥铁血不胜情，

万古香消遗孤洁。

原载《益世报》（天津版）1947 年 7 月 12 日

苍茫楼诗稿（前奏曲等）

二十七首抒情诗，合为屏风式

前奏曲

又名黑玉盘，即唱片也

玉盘泪尽天无晓

高唐月落南柯老

鹊散金秋银浦寒

斗舞星飞乾坤绕

劫后梨园白雪欢

菱花镜里波声小

百转柔肠万籁哀

镂骨千秋缘未了

太极冰分一线天

青丝缕缕话当年

舞曲四章

一九四六年冬作于北平

（一）华尔滋

风佩韦

月佩弦

多瑙河

翠堤边

流光不可再

蝶浪百花前

飞轻裾

弄婵娟

柔乡维也纳

蛾眉天下怜

（二）狐步

叠叠舞

步步莲

慢回眸

目连翩

徐徐疾疾

比翼比肩

惟鸳惟鸯

亦神亦仙

目已成

心不宣

倾城千古叹

今宵月正圆

（三）探戈

迷金粉

醉丹歌

夜莺啼空谷

红尘冷袖多

投香海

步天河

繁弦轻细柳

长风俪影斜

夜未央

奈乐何

明眸生弱水

远黛又横波

（四）巴列

又名霓裳羽衣舞

弱水无涯

横波倾国

惊鸿飞燕

羽衣绝色

琼楼响屐

流风弄雪

飘飘兮天上来

蹈海兮揽明月

揽明月兮何处

地老天荒兮永诀

夜漫漫兮星桶

欲无言兮银河泄

泄不尽兮离人泪

解不尽兮同心结

永结同心兮天一方

永忆齐飞兮九回肠

九歌
一九四七年作于北平

（一）最高音　独唱

独步蓬莱第一峰

韩娥绝唱广寒空

阳春子夜非无极

极目红尘热海风

多少恨

逝水东

三弄梅花泪雨中

长歌短棹归云梦

流莺何处送飞鸿

（二）流水歌

一片冰心投热海

琉璃万丈遗风彩

千里春潮带月来

惊涛拔地天河改

咫尺天涯弱水寒

疏影无声边月徙

乱点鸳鸯浑不是

蜃楼暗送东流水

（《苍茫楼诗稿十三首》，《益世报》（天津版）1947年7月12日已刊载，见本书第296页）

（三）金马歌

踏香逐翠走红天

金马长嘶八表烟

怒发冲霄紫电发

虹光贯日独茫然

茫然何处鸿荒月

灵峰夜永冰天烈

烈火煌煌热海枯

芳草萋萋铁蹄血

（《苍茫楼诗稿十三首》，《益世报》（天津版）1947年7月12日已刊载，见本书第296页）

（四）倦鸟歌

金翅扶摇九天扫

香海无波风生爪

刷羽千峰雨曼华

大鹏顾影瑶池小

长鲸枯死百川流

鹊桥寸断乌啼晓

南斗凄凄北斗低

盘古劳劳女娲老

流星无泪落鸿荒

奈河万里牵牛绕

南溟何处北溟空

归去来兮大鹏鸟

（《苍茫楼诗稿十三首》，《益世报》（天津版）1947年7月12日已刊载，见本书第 298 页）

（五）寂寞歌

寂寞歌

歌寂寞

独步洪荒天漠漠

万古红尘火网罗

弱水茫茫枯鱼素

雨后梨花泪后心

南柯疏影北窗落

忆往千秋红袖冷

蜃楼一缕香云托

繁星啼笑上高唐

晓月无声下莲幕

（《苍茫楼诗稿十三首》，《益世报》（天津版）1947年7月12日已刊载，见本书第 298 页）

（六）白发歌

碧海金波涌秋色

漫天星斗明眸粲

牵牛何处问云津

灯塔煌煌招彼岸

散发红尘万古多

投鞭一夜风流断

极目长空玉宇斜

菱花暗笑朱颜淡

起舞丹歌乐未央

断肠桃李三月乱

高楼扶病唱清平

青莲白发三千叹

（《苍茫楼诗稿十三首》，《益世报》（天津版）1947年7月12日已刊载，见本书第299页）

（七）破碎歌

破碎春光破碎心

桃源无水问芳津

热海琉璃倾大地

天涯暗送浣纱人

春潮夜夜奔明月

明月随波逝水滨

罗衣不解秋来意

断肠裂帛最知音

（《苍茫楼诗稿十三首》，《益世报》（天津版）1947年7月12日已刊载，见本书第300页）

（八）广寒歌

晨星点滴离人泪

玉碎红尘瓦全未

南天朗月挂南柯

五柳千秋独憔悴

东流逝水莫长波

铁笛无声吹冷翠

高歌白雪洗银河

百草千花一时醉

清风万里走云车

广寒秋色蛾眉最

（九）苍茫楼四面歌

洪水流沙逝水波

登楼王粲九天摩

红尘万古巫云起

热海孤星冷泪多

石烂三生鸣铁马

神伤一夜吼铜驼

焚琴绝唱清平曲

八面悲风四面歌

原载《广东日报》1948 年 9 月 9 日

七曲外六章

一九四六——一九四七年作于北平

（一）回肠曲

回肠万里牵无极

南国蛾眉长相忆

奈何红落正萧萧

广寒齿冷平沙月

香海千秋一寸心

太息梨花逐残雪

投鞭直断银河水

怒马天山汗如血

（《苍茫楼诗歌六首》，《益世报》（天津版）1946年12月14日已刊载，见本书第277页）

（二）征夫曲
（一九四六冬报载美战后多怨女作此哀之）

问道天涯多怨女

千秋战骨不还乡

杨枝泪尽潇湘雨

恨海茫茫彼岸长

春潮永夜归何处

分身无量上高唐

劫余皓齿侵寒月

断肠云梦绕鸿荒

（《苍茫楼诗歌六首》，《益世报》（天津版）1946年12月14日已刊载，见本书第278页）

（三）浮沉曲

浮沉何处不苍茫

银浦消声弱水长

红杏已随人老去

白杨犹向月昏黄

鸿荒四顾三生寂

永夜千愁万古忘

恨雨悲风显大地

奈河破波接天堂

（《苍茫楼诗歌六首》，《益世报》（天津版）1946年12月14日已刊载，见本书第279页）

（四）情圣曲吊"阿伯刺与哀罗绮思"

空门顾影悲同进

劫火荒天有余烬

人间何处最神伤

南浦秋声九回听

情根万丈接重泉

慧剑无劳拂云鬟

悲花夜夜烛孤心

极目巫云天不净

记取千秋青睐浓

广寒疏影上鸾镜

韩香暗逐篆云栖

杏坛隐约金钗映

夜莺慢唱子规啼

望夫石烂三生盟

热海成波古井寒

南柯落叶冷幽径

太息庄生午梦遥

未有梨花非薄命

青丝寸断画眉长

万籁吞声哭情圣

（《苍茫楼诗歌六首》，《益世报》（天津版）1946年12月14日已刊载，见本书第279页）

（五）魂断蓝桥曲（拟 Mozart, Sonata in B Flat Major 之情调）

一见倾心奈何天

蓝桥流水碧如烟

红尘仙子瑶台舞

丽影缤纷步步莲

春潮一夜奔南浦

冷月流离弱水边

望夫石烂今犹昔

直是千秋未了缘

遥闻战骨没黄沙

可怜倾国已无家

神女生涯浑是梦

连理枝头薄命花

蓦地生逢成隔世

芳草萋萋路柳嗟

路柳不堪王孙折

明心暗逐东流血

蓝桥铁血不胜情

万古香消遗孤洁

（《苍茫楼诗稿十三首》，《益世报》（天津版）1947年7月12日已刊载，

见本书第 302 页）

（六）夜游曲（拟交叉韵）

夜游秉烛西风起

金谷流觞奈河里

长空冷月落南柯

莫向醴泉追逝水

洛浦何人饮恨歌

陆沉散发红尘洗

万古蛾眉淡扫多

拈花暗笑东邻子

（《苍茫楼诗稿十三首》，《益世报》（天津版）1947年7月12日已刊载，

见本书第 300 页）

（七）明心曲

冰心莫向朝阳泣

冷月千秋含笑寂

白马长嘶饮银河

牵牛洗耳遥闻织

千重横渡弱水来

孤舟天外指蓬莱

莺声夜半芳洲起

起舞嫦娥冷玉台

客城色海两幽独

巫云一楼藏金屋

独秀峰前素影多

虹光万丈明心曲

长箫独奏
一九四八年春作于羊城

天涯莫叹相思酷

万里长歌我幽独

刷羽南溟北海空

何处蛾眉锁金屋

木棉花落鹧鸪飞

苍茫楼外柳如丝

东流逝水西汀月

红豆春深冷翠池

短笛独奏

（又名“鹍鸣”悼亡也。拟交叉韵）

星泪冷露华

银河暗流碧

高风广陵多

长空夜闻织

胡为隔水歌

恨长逐短笛

慢引落梅花

七孔欲啼血

天涯莫送洞庭波

倚楼肠断镜湖月

（《苍茫楼诗稿十三首》,《益世报》(天津版)1947 年 7 月 12 日已刊载，见本书第 297 页）

大提琴独奏

一九四八年夏作于羊城

桂冕荆冠万古悲

弱水无声浪子归

火海何人凌波起

冰天落日大鹏飞

八表云游空四大

三山独步百花啼

瑶池顾影千峰白

银浦高秋远黛微

小提琴独奏

（拟铁线描，双关韵）

极目长虹□远黛

流星流水千秋溲

万里金风落□□

画眉脉脉天浮翠

天南天北断肠歌

子规无语夜猿多

秋心暗逐春潮退

泪长淘短浪淘沙

钢琴独奏

拟印象画派点苔体

玉碎冰天一片心

凤尾寸断有遗音

（凤尾瑟即希腊七弦瑟）

锦瑟弦弦横碧落

疏雨千秋万恨新

散发红尘歌白雪

无端十指长河决

瑟台子夜月无多

芙蓉镜里泪和血

交响奏

又名孑影孤舟浮东海。一九四八年三月十八离津南返作于秋瑾轮上

碧海青烟一缕轻

惊涛万丈送孤征

长风铁笛吹南浦

梦里蛾眉泪里清

左顾苍苍

右顾茫茫

西望晓月

东望初阳

北无净土

南无故乡

聚也烟云

散也参商

水天一色九回肠

水天一色泪汪洋

水天一色我心狂

跋：离粤三十载，老大始还乡，回头浪子，曷胜今昔之感！残生无意苦吟，深知桂冕即荆冠，红尘多恼雪上加霜，火上添油又何必？尝闻乐土者无言，愿世界早成乐土，即无人苦吟，无苦可吟，岂不善哉！愿未来天之骄子，不知辛酸为何味，读吾诗而无动乎中，幸甚，幸甚！吾友陈达人先生知我之短，而不让我藏拙，呜呼，生今之世，小隐大隐均不可，逾龄也是壮丁，俯首应征而已。谨呈新旧俚诗廿七首，借作庐骚忏悔录，敬告罪于父老，不敢言就正于大雅也。

一九四八年八月二十四日于羊城苍茫楼

原载《广东日报》1948 年 9 月 23 日

四　译　诗

祷玫瑰词

[法国]古蒙（Gourmont） 著 林文铮 译

伪诈的花，
沉寂的花。
铜色的玫瑰，比我们的欢乐还更虚伪，铜色的玫瑰，芳化我们于你的诡骗里，伪诈的花，沉寂的花。

粉脸的玫瑰，一如娼妓，荡心的玫瑰，粉脸的玫瑰，故作慈悲样，伪诈的花，沉寂的花。

童颜的玫瑰，呵，未来背叛的处女，童颜的玫瑰，天真且鲜红，启你明眸的罗网，伪诈的花，沉寂的花。

黑睛的玫瑰，是你虚无之镜，黑睛的玫瑰，诱我们迷信神秘，伪诈的花，沉寂的花。

纯金色的玫瑰，呵，理想之实体，纯金色的玫瑰，把你腹的钥匙交给我们罢，伪诈的花，沉寂的花。

银色的玫瑰，我们好梦的香炉，银色的玫瑰，擢我们的心而化之为香烟，伪诈的花，沉寂的花。

莎和睛的玫瑰，比百合还更苍白，莎和睛的玫瑰，把你伪童贞的香赐我们罢，伪诈的花，沉寂的花。

朱颡的玫瑰，弃妇之怒色，朱颡的玫瑰，把你倨傲之隐秘告我们罢，伪诈的花，沉寂的花。

象牙黄颡的玫瑰，你自身的情女，象牙黄颡的玫瑰，把你童贞夜之秘密告我们罢，伪诈的花，沉寂的花。

血唇的玫瑰，呵，喜啖人肉者，血唇的玫瑰，你如要我们的血，当奈我何？饮罢，伪诈的花，沉寂的花。

硫磺色的玫瑰，妄念之地狱，硫磺色的玫瑰，燃起柴堆来，你是精灵且火焰，横飞于其上，伪诈的花，沉寂的花。

桃色的玫瑰，粉饰的佳果，阴险的玫瑰，桃色的玫瑰，毒害我们的齿牙，伪诈的花，沉寂的花。

肉色的玫瑰，好意之天女，肉色的玫瑰，诱我们凄然吻你无味的鲜肤，伪诈的花，沉寂的花。

葡萄酒色的玫瑰，凉亭酒窖之花，葡萄酒色的玫瑰，狂痴的酒徒雀跃于你嘘气中，吹嘘情爱之恶气赐我们罢，伪诈的花，沉寂的花。

紫色的玫瑰，呵，幼稚荡女之谦逊，紫色的玫瑰，你那对眼睛比其余还更大，伪诈的花，沉寂的花。

淡红的玫瑰，邪心的处女，淡红的玫瑰，轻纱的薄衣微露你的假翼，呵，天女，伪诈的花，沉寂的花。

丝纸的玫瑰，未创的娇媚之幻象，丝纸的玫瑰，你岂不是真玫瑰，伪诈的花，沉寂的花。

曙色的玫瑰，光阴之色，空无之色，呵，斯芬狮之微笑，曙光的玫瑰，虚无中之微笑，我们当狂爱你，因为你撒谎，伪诈的花，沉寂的花。

粉黄的玫瑰，轻便缁衣披在脆弱的肩上，呵，粉黄的玫瑰，比雄还更强的雌，伪诈的花，沉寂的花。

杯形的玫瑰，鲜红的瓶，唇欲饮时，齿则咬之，杯形的玫瑰，我们的咬啮弄你微笑，我们的亲吻弄你流泪，伪诈的花，沉寂的花。

纯白的玫瑰，天真且乳色，纯白的玫瑰，如此温良岂不骇人，伪诈的花，沉寂的花。

青铜色的玫瑰，阳光下晒熟的面，青铜色的玫瑰，最坚强的金枪，也要挫其锋于你肤上，伪诈的花，沉寂的花。

火色的玫瑰，单为刚肉的甘埚，火色的玫瑰，呵，青年勇士之天后，伪诈的花，沉寂的花。

丹红的玫瑰，蠢笨而强健的玫瑰，丹红的玫瑰，你诱我们痛饮你奇红奇淡的酒，伪诈的花，沉寂的花。

樱桃缎的玫瑰，胜利的嘴唇之超凡慷慨，樱桃般的玫瑰，你的胭唇在我们肉上盖了它仙境的朱印，伪诈的花，沉寂的花。

　　贞心的玫瑰，呵，斜目，淡红而犹未启口的少艾，贞心的玫瑰，你尚何以告我们，伪诈的花，沉寂的花。

　　蘡薁色的玫瑰，可笑的罪过之羞红，蘡薁色的玫瑰，你的衣裳被人绞得太皱了，伪诈的花，沉寂的花。

　　暮色的玫瑰，烦闷得半死，黄昏的轻烟，暮色的玫瑰，你吻着你的倦手，几欲死于情，伪诈的花，沉寂的花。

　　蔚蓝的玫瑰，鸢尾色的玫瑰，蚊眼色的妖魔，你惧怕人目对视你么，伪诈的花，沉寂的花。

　　绿玫瑰，沧海色的玫瑰，呵，海女之脐，绿玫瑰，幻想的流宝，指一触你即化为水了，伪诈的花，沉寂的花。

　　赤宝色的玫瑰，黑龙头上开的玫瑰，赤宝色的玫瑰，你而今不过是腰带上的环钩，伪诈的花，沉寂的花。

　　朱砂色的玫瑰，犁沟里卧着的痴牧姑，朱砂色的玫瑰，牧郎嗅你，雄羊啃你，伪诈的花，沉寂的花。

　　坟上的玫瑰，腐尸散出的清气，坟上的玫瑰，淡红得煞是惹人，奇腐烂物之可爱的香味，你假装茂盛，伪诈的花，沉寂的花。

赭玫瑰，沉郁的桃木色，赭玫瑰，允许的欢乐，明哲，谨慎且先觉，你傲目鄙视我们，呵，伪诈的花，沉寂的花。

罂粟色的玫瑰，飘飘少女的裙带，罂粟红的玫瑰，小媛媛的荣光，你是愚痴，抑是阴险，小兄弟的玩品，伪诈的花，沉寂的花。

红且黑的玫瑰，隐秘而傲慢的玫瑰，红且黑的玫瑰，你的傲慢与朱颜已失色于贞操之圈套中，伪诈的花，沉寂的花。

泥石色的玫瑰，烟雾的贞操之淡画，泥石色的玫瑰，你缘着绕着孤寂的野凳而开放，黄昏的玫瑰，伪诈的花，沉寂的花。

牡丹色的玫瑰，茂园中谦逊的虚荣，牡丹色的玫瑰，风儿不过偶然卷起你的悴叶，你也不因之而愠怒，伪诈的花，沉寂的花。

雪玫瑰，如天鹅羽之雪白色，雪玫瑰，你深知雪花之脆弱，无怪你只向最显达者启你天鹅羽，伪诈的花，沉寂的花。

玻璃的玫瑰，丛草中涌出的清泉色，玻璃色的玫瑰，意拉士也为爱你娇目而损其生，伪诈的花，沉寂的花。

玛瑙色的玫瑰，呵，在椒房中沉睡的娇妃，玛瑙色的玫瑰，时常摸抚之懒态，你心熟悉那恶欲满足后之沉静，伪诈的花，沉寂的花。

紫水晶的玫瑰，晨星，紫衣教主之慈悲，紫水晶的玫瑰，你卧身于温柔而虔诚的胸上，敬献于玛丽的珍宝，呵，教堂之宝贝，伪诈的花，沉寂的花。

大教主的玫瑰，罗马教的血色玫瑰，大教主的玫瑰，你尝令少年宠臣瞠目痴念你，个个都系你于其花边上，伪诈的花，沉寂的花。

教皇的玫瑰，恩泽普天下的圣手所浇淋的玫瑰，教皇的玫瑰，你的金心是铜质，在你虚饰的萼上点滴的泪珠，纯是基督之啼哭。伪诈的花，沉寂的花。

伪诈的花。

沉寂的花。

原载《贡献》1928 年第 2 卷第 6 期

败　绩

[法国] 嚣俄（Victor Hugo）　著　林文铮　译

亚拉！谁再赐还吾雄师，

大将，最善攻杀的铁骑，

帐幕，鲜艳夺目的营垒，

晚间燃着如此多火炬，

疑是天空降其星斗如雨，

在黑坡之上？

谁再赐还吾宽袍上将？

威武的总兵，噪急的士卒？

斑衣的亲王？轻捷的马队？

铜赤的亚剌伯人，来自金字塔，

含笑恐吓怯懦的农夫，

驰骋其壮马于麦田之间？

这些健骥，目似火，脚细长，

如蝗虫飞跃于麦上，

噫，我将不复见其队伍，

不顾死亡，跨过田陇，

如云似□蹂躏坚忍的敌军，

剑光如电盖步兵！

皆死了：他们的美鞍被滞留在血中；
赤红的背皆被血所染黑，污玷，
未唤醒其往昔的捷步以前，
在其圆腰上，靴距恐已刺钝了，
骁勇的主人仰卧于其身旁，
沉睡于其荫下，如暑天的休息！

亚拉！谁再赐还吾可怕的军队！
看，他们全数横卧遍野，
如浪子的金片散在石路上，
哀哉，健马骑士，亚剌伯人，鞑靼人；
他们的头中，驰步，旗帜，喇叭，
疑是我做梦！

呵，吾勇敢的兵和吾忠诚的马！
其声不复有音，其脚不复有翼，
他们忘记了一切，军刀和□□，
垒积的僵尸盖满全山谷，
此地千载犹为凶煞的平原，
今晚，血腥味；明晨，死人气。

哀哉！往昔的大军，而今只是空影！
他们战得真惨，自黎明至黄昏，
如火似炭拥挤于死圈里，
夜儿的黑葬被遥挂于天边，
勇士皆绝了气，他们今才安息，
饿鸦将开始。

它们已磨嘴于其黑羽间，

自深林之中，海角之赤峰上，

翩翩而来，啄食死者之肉片；

这大军，昨天如此可怕且精壮，

这强大的军队，噫！不复能，

恫吓苍鹰，驱逐乌鸦！

呵！倘我尚有这不灭的军，

我将和她征服世界；

使她驾御一切敌君，

她可为吾妹，吾夫人，吾妻，

但是妒忌而不逝的死神要如此多

沉睡的壮士何为？

我何不被击死！我的口头中

何不和吾尊严的首级齐滚在尘埃中！

昨天我是强，昨天三将军

威风凛凛，静坐于虎皮鞍上！

在我金幕的门槛前，

戴着鲜明的花翎在战马上。

昨天我所到之处，百鼓齐擂，

四十护官侍候吾颜色，

一锁眉他们便战栗于宫中，

以代替那沉睡于船头上的重铜炮，

我有四轮的精美的大炮，

和英吉利炮手。

昨天我有许多宫院，许多美城，
整千整万希腊人卖给奴性的犹太人；
我有宏大的妃嫔院，宏大的军械厂。
今天反赤贫，战败，被逐，我逃亡
如游魂……噫！吾帝国已绝无遗物。
亚拉！连一座堞楼我也无！

我身为元帅，三缨的丞相，反要逃！
跨过渺茫的平原和青山，
今日捧头而窜，几欲伸手
如在黑暗中惊慌的□盗，
在路上的树旁疑是看见
十字架伸其凶臂！

当其败北之夜，勒希如此说。
千百希腊人皆战死于此大捷中。
惟有丞相孤身逃出这沙场。
他如痴如梦揩拭其红剑，
两匹马在身旁，蹄击土声得得，
无人骑，踏镫铿锵于其腰间。

原载《中央日报》1928 年 7 月 2 日

恶之华集（节选）

[法国]波德莱（Baudelaire）　著　林文铮　译

告阅者

蠢笨，谬误，罪恶，吝啬，
盘踞我们的心灵，左右我们的躬，
我们反抚育着可爱的懊悔，
如乞丐饲养其寄生虫。

我们的罪恶是倔强，忏悔是懦弱；
慷慨地吐露了口供，
我们便欣然仍过泥泞的路中，
以为卑鄙的泪，可清涤一切恶踪。

在恶之枕上，伟大的萨旦，（注一）
悠然催眠我们被惑的心灵，
我们意志的精金
全被这大化学家所烟散。

执我们行动之线者是魔鬼，
在可憎的事物中，寻求欢愉；
每天我们向地狱里多降一级，
无恐惧，在恶臭的黑暗里。

如赤贫的淫夫，且亲且噬
古荡妓之糜烂的乳，
我们信手窃得秘密快乐，
苦苦攫住如干橘。

层积蔓延如百万肠虫，
无数魔鬼狂饮于我们的脑海中，
当我们呼吸时，死神低声哀吟着，
潜入我们的肺里，如无形的清流。

倘奸淫，毒药，利刃，焚毁，
犹未能以其诙谐的阴谋，
织成我们可哀的命运之粗布，
噫！乃因我们的灵魂不甚勇耳！

在我们罪恶之奇秽的兽园里，
叫号，狂吠，呼啸，咆哮着的
饿狼，凶豹，猎犬，天蝎宫，
猿猴，苍鹰，毒蛇，怪物之中。

还有更丑，更恶，更醒龊的咧！
他虽不作威势，不发高声，
但他甘心把大地打得粉碎，
且并吞全宇宙于一呵千里！

厌倦便是他！——目含无意之泪，
他抽着乌佳烟，而冥想断头器，（注二）

阅者你何尝不识这娇贵的妖魔，

伪诈的阅者！我的同类，我的兄弟！

注一　萨旦 (Satan)，魔王也，新约圣经中常提及之。

注二　乌佳 (Houka) 是东方人所用的烟斗。

原载《中央日报》1928 年 4 月 9 日

海　鹅

为消愁，时有航海者，

捕捉些海鹅，海之大鸟，

长途安逸的侣伴，

随那重舟飞驰于苦波之上。

才把他们放在舱板上，

这些天空之帝王顿觉笨重而可耻，

凄然斜曳其宽大的白翅，

如拉着两支大橹在身旁。

飞客，何其呆笨且柔弱！

往昔多么娇美，而今何其可笑而丑陋！

这个以其烟斗戏弄他的嘴，

那个跛行着，做残废者之飞翔！

诗人便如云霄之王子，

往来于飓风之中，且讽刺戈者，

被谪于地上和笑骂声中，

他庞大的羽翼阻碍他徒步。

原载《中央日报》1928 年 4 月 10 日

高　超

在池沼，深谷，高山，

大林，白云，苍海之上，

在太阳之外，清气之外，

万星轨道之外。

我的精神，你飘荡着，

且如善泳者翻腾于波涛之间，

你带着不可名状的欲愉，

往来于无穷的空际。

愿你远离这些染病的瘴气，

清涤你身心于至高的空气里，

且痛饮那弥漫天空的明火

如至纯而神圣的酒酿。

在那厌倦，那大忧患，

苦厌着的雾沉沉的生活之后，

凡能振强翅直飞往

那清光之地者，本哉。

斯人之思想如天鹨，

黎明逍遥径上升云霄，

高翔于生活之上，深悉

无声之物与百花之语言！

原载《中央日报》1928 年 4 月 12 日

贯　通

宇宙是一座庙堂，自其活柱间，

不时透出些错杂的语言，

人横过其间，象征的森林

以亲密的眼观察他。

如绵长的回声遥遥相混

在晦暗而深沉的整体中，

渺茫如黑夜，广大如光明，

馨香，色彩，声音咸相贯通。

有些香味，清新如婴儿之肌肉，

柔和如短笛，青苍如碧野，

其他，则腐败，浓厚而胜利。

带着无穷物之伸张力，

如琥珀，麝香，安息胶和檀香，

高歌心灵与肉体之欢乐。

原载《中央日报》1928 年 4 月 12 日

无　题

我爱这赤裸裸的时代之回忆，

霍普斯乐于赞美其石像，　（注一）

那时男女皆无欺骗，无悲痛，

翩翩然群聚着游戏，

多情的苍天微抚其背脊，

爱护其娇贵的身体，

那时西帕广有饶富的物产，　（注二）

亦不觉其儿孙是无谓的负担，

满腔慈心的母狼，

以其赤乳峰营育全宇宙，

男儿，高雅而雄健，

可以自骄，为百美之王，

光洁，纯粹，无疵无痕的佳果，

其润滑而坚实的肉真引人咬！

今之诗人，当他欲就

男女现露其裸体之地

默会那天生的伟大时

在这幅弥漫恐怖的黑书前，

顿觉阴风凛凛包围其心灵，

呵，妖形，怪像，痛哭其衣裳！

呵，可笑的躯干！该蒙假面具的肉团！

呵，可哀而挠曲的体，瘦小，

大腹或萎靡，婴儿时，便被

无情的功利之神捆在铜褟褓里！

至于你妇人们，噫！则苍白如蜡烛，

为淫夫所蚕食，所营育，

而你处女们，则曳母罪之遗性

和一切生产之丑态！

我们的民族，固然腐败了，

尚有些美丽，为先民所未知，

脸儿被心毒所暗噬，

如人所谓形容憔悴之美；

而后生的诗神之发明

亦永不能阻那多病的民族

献深厚的敬礼与神圣的青年，

质朴的气概，和蔼的容颜，

晶莹的眼睛清光如流水，

且散布其馨香，其歌唱，

其暖气于一切之上，

无思虑如青天，飞鸟，鲜花一样！

注一　霍普士（Phoebus）即亚波伦（Apollon），徐秘德（Jupiter）之子，希
　　　腊罗马人咸尊之为诗歌、艺术、牧畜、太阳之神。

注二　西帕（Cybele）为天之女，地之神莎敦（Saturne）之妻，徐秘德（Jupiter）、
　　　尼屯（Neptune）之母。（见希腊神话）

原载《中央日报》1928 年第 4 月 21 日

海 灯

鲁班士，忘之河，惰之园，　（注一）
鲜肉之枕，不容谈情于其间，
但生活在那里滚流，湃荡，
如空气在天上，如波涛在海洋；

列安纳·万西，深沉的暗镜，　（注二）
其中无数娇媚的天使，纯是神秘，
含慈和的微笑，现身于浓荫，
冰山与苍松隐匿于幽境。

郎布兰，愁惨的病院，呻吟盈室，　（注三）
只有一具十字架为装饰，
带泪的祈祷冒出些秽语，
冬日之寒光猝然闯进去；

米克郎，渺茫之地，无数壮士　（注四）
和许多基督相混，无数恶魔
挺然直立于斜阳之底，
伸缩其手指，撕裂其葬衣；

拳师之暴怒，野神之鲁莽，　（注五）
你善能拾取鄙夫之美处，
满腔傲气的伟心，瘦弱的黄脸汉，
普札，囚徒之忧郁的君王；

法陀，许多贵人于狂欢节，（注六）

灿然闲逛如飞蝶，

灯彩辉煌而飘荡，

散些狂痴于盘旋的舞场；

郭野，弥漫奇事的恶梦，（注七）

烹煮胎儿于巫会中，

对镜老妇，裸体女童，

套其长袜以弄鬼魔；

德拉夸，血湖，恶魔往来于其间，（注八）

永苍之松林为荫，

天愁地惨，离奇的喇叭悲鸣，

如魏拔半吞半吐之哀音；（注九）

这些咒诅，怒骂，呻吟，

狂喜，呼啸，哭泣，祈祷，

皆是无数迷团中反复的回音，

亦即苍生神美的沉醉！

是千百步哨重呼的口号，

是千百喇叭相传的谕告；

是千百堡垒上光华的巨灯，

是大林中迷途猎夫之叫喊！

上帝，这真是我们的人格

最优良的证据，

世世滚流之热泪，

枯死于你万古之岸侧！

注一　鲁班士（Rubens, 1577—1940），佛拉蒙（Flamand）画家。

注二　列安纳·万西（Léonard de Vinci, 1452—1519），意大利画家，文艺
　　　复兴之先锋也。

注三　郎布兰（Rembrandt, 1606—1669），荷兰画派之魁。

注四　米克郎（Michelangelo, 1475—1564），意大利雕刻家。

注五　普札（Puget, 1622—1993），法兰西雕刻家。

注六　法陀（Watteau, 1684—1721），法兰西画家。

注七　郭野（Goya, 1746—1828），西班牙画家。

注八　德拉夸（Delacroix, 1799—1836），法兰西近代大画家之一。

注九　魏拔（Weber, 1786—1826），德意志音乐家。

原载《中央日报特刊》1928年第2卷

仇　敌

我的青春只是一阵阴黑的暴雨，

不时为太阳所穿透，所光辉，

遭受了许多雷雨之摧残，

我园里的红果余剩无几。

我而今触动了秋意，

宜用锄耙重新耘，

我水泱泱的田地，

那儿，水掘之穴大如冢。

安知我所梦想的新花，

能在此光洁如沙坝的土中，

获得神奇的养料以自养？

苦痛呵！苦痛呵！光阴搏食生命，

阴险的仇敌蚕食我们的心，

假我们失去的鲜血，而生长培壮！

原载《中央日报》1928 年 4 月 30 日

厄　运

欲抬起如斯重的负担，

西昔夫，当有你的好胆！

虽有诚心去干，

无奈艺术长光阴短！

远离那名陵，

趋赴那孤墓，

我心如蒙黑纱的鼓，

播着送葬之曲。

许多珠宝埋没

在黑暗与遗忘中，

不为锄锤所逢；

许多鲜花萎萎，

吐其甜美如私语的香气，
于幽邃的寂寥里。

原载《中央日报》1928 年 4 月 30 日

前　生

我久居于广廊之下，
海上阳光染成万点火。
晚间挺直而庄严的巨柱，
俨如火山岩下之晶洞。

浪条卷着天空之形象，
凛凛而玄秘以其丰富的音乐，
伟大的谐声，与反映，

在苍天之下，波涛之上，光华之间，
浑身芬芳的奴婢之中，
享了我安闲的欢乐，

她们以棕叶荫庇我首
而其唯一的思虑，便是
深藏那令我憔悴的悲事。

原载《中央日报》1928 年 5 月 7 日

流　民

眼锐而先知的部落，

已于昨日首途，背负其婴儿，

或以珍重的乳峰，

时时慰他们的嗜欲；

男子步行，背着明晃晃的武器，

同伴则蹲坐在车里，

张其倦眼环顾空际，

为大梦与隐忧所挤。

蟋蟀自其沙洞中，

窃看他们经过，振翼高歌，

西帕，爱之者，益增其翠色，（注）

令那岩石流泉，广漠生花，

未来而惯熟的黑乡大开，

其门户，以迎这些旅客。

注　西帕（Cybele）即大地。（见希腊神话）

原载《中央日报》1928 年 5 月 7 日

人与海

自由人，你永爱海洋！

海为你镜，你凝视你心灵，

在翻滚无穷的浪带上，
而你的精神何尝不是苦渊。

你喜对像而沉思，
或以视线，或以手臂搂之，
一闻此野蛮而倔强的悲鸣，
亦不禁心荡神驰。

你们俩煞是暧昧而秘密；
人，谁能窥测你心底，
海，谁能识破你宝库，
你们何其关心紧守秘密！

然而过了无数世纪，
你们仍互相攻击，
无怜悯，无懊悔，真好杀和死，
呵，永久的角斗者，呵，铁心的兄弟！

原载《中央日报》1928年4月10日

头　发

呵乱蓬蓬如羊毛散垂两肩，
呵卷发！呵催眠的香气！
销魂！俾今夜沉睡的回忆！
滋生于黑暗的床笫，
我欲向空摇荡斯发如汗巾！

萎靡的亚洲与炎热的非洲，
一切辽远，垂毙的疆土，
皆丛生于你香林之深处！
呵我所爱！吾魂浮游于你芳气里。
如他人在音乐里飘荡。

我将往彼处，雄健的人和木
皆悠然耽乐于暑天之下；
雄鬘，何不化为浪带卷我去！
漆黑的海，你隐藏灿烂的梦，
白帆，柁夫，烟波，桅樯；

在喧哗的海港，容我心灵，
痛饮满怀香，声，色，
船儿溜在金片与光布之上，
张其大臂以搂抱那青天之荣光。
无穷的热风永飘荡于四方。

我将溺我情痴的头颅，
于此乌黑的海洋里；
那儿我轻清的灵，被狂浪所抚，
可能重获你，呵美满的懒意，
芬芳的闲暇，无穷之摇曳！

蓝发，黑帏的凉寺，
你化青天为无边而浑圆。
在你柔软的卷发上，

我心如焚迷醉于椰油，

麝香，柏麻，混杂的芳气中，

万古千秋！我手将在你沉发间，

大扫珍珠与青红的宝石，

俾你永无不听我的欲望！

你可不是广漠之绿洲，作我梦乡，

和葫芦，任我痛饮回忆之美酿？

原载《中央日报》1928 年 2 月 2 日

我崇拜你……

我崇拜你如黑夜的天空，

呵悲哀之瓶，呵伟大的默言者。

美人，我尤喜你逃避我

深宵之花，我愈觉得你戏弄人，

层积苍茫之距离以间隔我两臂。

我向前冲锋，越墙登城，

如大阵蛆虫蜒上僵尸，

呵残忍无情的兽，我甚至于

迷恋爱你的冷酷，且愈觉你娇美！

原载《中央日报特刊》1928 年第 3 卷

你可置天地

你可置天地于你狭巷里，

荡妇！厌倦使你魂残忍，

为你齿玩此奇异的游戏，

每天要一颗心在你牙铰里，

你的眼辉煌如商肆，

灿烂如庆节场之火树，

浪费借来的威力，

而永不明其美之律，

聋哑的机械，满腹凶恶！

术生的玩具，饮血之徒，

你何无廉耻，在大镜前，

何不见你花貌憔悴；

以作恶之神手自负，你岂真

不畏恶，不退缩么，

当自然，富于天机，

利用你，呵妇人，呵罪恶之女王，

假你腹，贱畜生，以塑天才？

呵泥泞的伟大！超绝的卑鄙。

原载《中央日报》1928 年 6 月 28 日

离奇的……

离奇的女神，深赭的大夜，

含麝香与夏弯烟之芳气， （注一）

野鬼之作品，荒地之霍士（注二）

腰坚如梨木的巫，深宵的儿子。

与其坚忍，鸦牙黑夜，我宁爱，

你嘴里的醉药，情爱徘徊其中；

当我意欲趋你如鹜时，

你目如清池，任我厌倦狂饮，

从这双黑眼，你魂之窗户，

呵无慈悲的魔：少酌我一点情火，

我非耶特，可以吻抱你九次，（注三）

啦，淫荡的妖娜，我恨不能，

在你幽冥的床上，为地府之女王，

打消你的勇气，驱你入吠犬里！

注一　夏弯（Hauáne），产烟草地，尤以雪加著名。

注二　霍士（Faust），中世纪之奇士，哥德之戏曲杰作亦以斯人为主人翁。

注三　耶特，地狱中河名，水绕地府凡九重。

原载《中央日报》1928 年 6 月 28 日

身　披……

身披飘荡而鲜艳的衣裳，

她虽小步，人亦疑其舞，

如奇术士捧上之长蛇，

按节奏而摇曳湃荡。

如惨淡的黄沙与广漠的空际，
对于人间苦痛毫不注意，
如海上密织似的长浪鞭，
自卷自滚，漠不关心人间。

她光亮的眼是可爱的矿制的，
在这离奇而象征的自然里，
纯贞的天使与古斯芬狮为侣。（注）

一切皆是黄金，精钢，光明，宝石，
不妊妇之冷酷的雌威，
永辉耀着，如无用的天星。

注　斯苏狮（Sphinx）。

原载《中央日报》1928 年 6 月 28 日

蛇　舞

亲爱的倦妇，我多么喜睹
你如此美的身，
如闪烁的星光
反映于玉肤上！

在你厉香而深厚的
散发上，
芬芳而飘荡的海洋，
带着蓝而赭的浪。

如乘晨风而起扬
的帆樯，
我梦沉沉的灵魂
准备上天堂。

你的眼睛，毫不觉其甘，
亦绝不觉其苦，
是一双冰冷的明珠，
其中杂着铁和金。

看你按节奏而行，
娇态轻盈，
疑是一条长蛇
在棒端舞蹈。

你童贞的首负着懒态，
之重担，
重摇着，柔软如
小象儿。

你身倾斜或伸长，
如柳叶舟，
左右倾倒，或没其樯
于水中。

如洪涛为铿锵的裂冰
所澎涨，

当水自你嘴里上
升至你齿端时。

是疑是饮"波海莫"（Boheme）之酒
苦卒而猛厉，
流荡的天散布明星
于我心里。

原载《中央日报特刊》1928 年第 3 卷

腐　尸

心灵愿你回思那多么和美的夏晨，
我们所见的东西；
在小径之回角，一个污秽的僵尸，
仰卧于乱石上。

腿朝天，如淫荡之妇，
气蒸蒸地流毒液，
带情痴而放逸的度态张开，
其饱藏臭味之腹。

阳光射在这腐物上，
似欲把她煎熟，
且百倍偿还那大自然，
一切她所造化的。

青天俯视这精美的骸，

如鲜花之怒放，

臭气如此强厉，你疑是失神，

倒在草地上。

苍蝇在这腐腹上嗡嗡地鸣，

出来团团黑小蛆蛹，

如浓厚的液汁延着活动

的破布片而缓流。

或上或下如波涛，

或哄哄地前拥，

此身疑是满腹奇气

活着且增多。

一种怪异的音乐来自其间，

如流水和清风，

或如麦子在筛盘上，

随音韵而颤动。

形体磨灭了，只是一场梦，

遗忘的画布上难来的稿底，

艺术家只能以其回忆

完成之而已。

岩石后一条觊觎的母狗，

怒眼顾我们，

静俟时机，好向尸身上
抢回她那块遗肉。

——然而你，我目之明星，天生
的太阳，天女，我的热情，
你也难免和这秽物，这骇人
的臭味相似！

是！你便是如此，在最末圣曲之后，
呵，慈悲之后，
当你卧于青草鲜花之下，
枯骨生茵之时。

那时，呵我的美人，寄语
那吻噬你的白蚁，
我会珍藏着，我腐败的爱情
的原形与精神。

原载《中央日报》1928 年 7 月 14 日

我所独爱者

我所独爱者，我哀求你的慈悲，
吾心已坠入于黑洞之底，
那是惨淡而灰黑的天地，
恐怖与咒诅浮沉于深宵里。

无热气的太阳升了两季，

其余半载大地全被夜幕所蔽；

这是比两极更不毛之地；

无兽，无溪，无萃色，无森林；

世上更无他样的恐怖，

可超过这冰日之冷酷，

和这像混沌乾坤的广夜；（注）

我嫉妒那最卑鄙的禽兽之命运

他们可沉睡于痴梦中，

任光阴慢卷其丝珠！

注　混沌（Chaos）是万物融合未分之时代也。

原载《中央日报》1928 年 7 月 16 日

僵　尸

你呀，如一只利刃，

插进了我的苦心窝，

美服而来，疯狂而凶恶，

如一群厉魔，

把我被侮的心灵，

作你床，作你地，

——贱婢，我被你缧绁，

如囚犯之于铁链，

如拗执的赌徒之于博，

如醉汉之于金樽，

如白蚁之于腐尸，

——愿你万世沉沦！

我曾乞快刀，

恢复我自由，

我曾求阴险的毒酒，

救护我的怯懦，

唉！毒药和快刀，

反鄙弃我且说道：

你不配受人提拔，

你沉沦是天罚，

奴才！一纵今你能得救，

摆脱伊魔力，

而你的亲吻仍旧，

复令你僵死复活！

原载《中央日报》1928 年 9 月 17 日

后　悔

我黑暗的美人

当你在黑碑下长眠时，

只有淋漓的地穴。

空窖作床第。

石板压你羞怯的胸，

和娇媚而婀娜的腰，

阻你心跳动和需要，

挡你脚趋险道，

坟墓，我们无穷好梦之心腹，

（因为坟墓永能了解诗人）

际此无寐的长夜将对你说：

不完美的荡妓，你为何

不认识亡魂所哀悼的东西？

蛆蛹将如懊悔噬食你肌。

原载《中央日报》1928 年 9 月 17 日

栏　杆

回忆之母亲，情妇中之主妇，

你，呵是我一切欢乐！是我一切义务！

你将追思那摸抚之美，

火炉之温柔和黑夜之娇媚，

回忆之母亲，情妇中之主妇。

光华的长夜燃着烘烘的炭火，

淡沐着玫瑰色的轻雾，乘深宵倚栏杆，

你胸何其温柔！你心何其良善！

我俩谈些不朽的事情，

光华的长夜燃着烘烘的炭火。

和暮色的夕阳是多么美丽！

空间多么深远！心灵多么雄厚！

斜傍着你，任人崇拜的皇后，

我几疑是吸你血之香味，

和暮色的夕阳是多么美丽。

夜色渐次沉厚如大幕，

我目在黑暗中隐约猜见你的睛，

痛饮你的呼息，温和呵，毒药呵！

你脚于我亲热的手里安眠，

夜色渐次沉厚如大幕。

我善能招回欢乐的时光，

重观我的过去蹲伏于你膝下，

何苦在他处寻求你迷人的美，

而不在你金玉的身上，温柔的心里？

我善能招回欢乐的时光。

这些盟誓，香气，无穷的亲吻，

能否从不可探测的黑洞重生出来，

如在深海底浴后的太阳

重新飞升于天上？

——盟誓呀！香气呀！无穷的亲吻呀！

原载《中央日报》1928 年 4 月 26 日

被迷者

太阳蒙着一重纱，呵我生命之月亮！
围着阴影，像他一样；
任你抽烟或睡眠，宜愁惨而勿嚷，
浑身沉于厌倦之黑洞中。

我爱你这样！而今你若要，
在花酒场上大露头角，
如彼掩的星光重在云端显耀，
也好！从鞘里跳出来，可爱的刀！

在银烛之焰上点你的睛！
在灯笼的光线中燃你的欲！
凶悍或娇媚，凡是你的总是乐！

随你所欲，黑夜或红晨；
我颤动的身上无一根筋肉
不大呼：我崇拜你，亲爱的白哲伯！^{（注）}

注　白哲伯（Belzebuth），魔鬼之名，在新约中他是恶魔之魁。

原载《中央日报特刊》1928 年第 3 卷

妖魔（节选）
（1）黑夜

命运早已遣我来历

于莫测的忧窖里，

淡红而欢愉的阳光老不进来；

只与——愁颜的主妇——黑夜为侣，

我如画家被好笑的神

关在黑暗中绘，哀哉！

又如喜吃尸肉的庖人，

我烹煮而自食我心，

一个华丽而多娇的妖

不时吐光或伸长或露形，

当伊大至极点时，

一见其东方人痴梦的态度，

我便知伊是我美丽的女宾：

就是她！惨淡而光明，

（4）肖像

疾病与死神把一切为吾人

而辉煌的火皆化作灰烬，

这多么虔诚，多么慈爱的大眼睛，

这张嘴，吾心尝沉溺于其中，

这些猛烈如兴奋剂的亲吻

这些比阳光更活泼的神驰，

而今安在？呵我的魂，真可怕！

只剩一幅三笔而成的淡画，

如我老死于孤寂里，

被光阴——不公平的老翁，

每天把它的坚翅渐次磨灭去……

生命和艺术的黑刺客，

在我记忆里，你永不能杀伊，

伊是我的快乐和荣光！

原载《现代评论》第 8 卷第 201 期

你　说

你说：何来这离奇的悲哀，

如海潮涌在光洁的黑礁上？

——当我们的心收了一回获时，

生便是恶！这是谁也知道的秘密。

很平常而不奥味的苦痛，

显扬如你的欢愉，

不如休手矣，呵好奇的美女！

你声虽柔和，仍当默语！

默语，愚妇！永欢乐的魂！
童笑的嘴；死神以无形的绳，
系我们比生活还更紧。

容我心迷醉于花言巧语，
沉入你丽目中如在美梦乡里，
于你睫荫下安然长寐！

原载《中央日报》1928 年 8 月 20 日

完　全

今朝魔鬼登我，
高楼来访我，
竭力诱我落圈套，
他说——我要知道。

在伊一切迷人的
美物里，
在伊娇媚的
身上或红或黑的美物里。

什么是最柔和？——呵我魂！
对那可憎者云：
伊浑身都是柔和，
安能说爱那一个。

当一切皆令我销魂时，

毫不觉什么诱惑了我，

伊鲜艳如此，

曙光安慰人心如夜色；

伊美丽的身躯，

被太幽雅的谐和所支配，

无力的分释，

那能细录其无数的谐音。

我五官化作一个

神奇的化身呵！

她的呼吸为音乐，

如其娇语化香风。

原载《中央日报》1928 年 7 月 10 日

忏　悔

昔有一妇，孤单，温柔而娇媚，

丰润的手靠着我的臂，

在我心灵的黑洞底，

这回忆是永不磨灭的！

夜深矣，满月横挂天空，

如一片新银牌，

庄严的夜色，如江河吐其清光

于沉睡的巴黎之上。

屋宇之前，车门之下，
猫儿私奔
或张耳侧听，或如可爱的影，
缓送我们行。

猝然，在这自由的亲密里
迎惨淡的寒光而起，
你清亮而丰富的乐器，
索弹灿烂的喜气。

光华，愉快如清晨，
明星的军乐，
如诉如怨的哀音，离奇的调子，
骤飞扬而颠倒。

如弱而丑，忧郁而无耻
辱门庭的女孩子，
久被家人幽禁于地窖里，
以免贻笑人世。

可哀的天使，你高腔胡唱！
天下什么都不真确，
无论如何涂脂抹粉，
自利心终归暴露。

为美妇，这是辛苦的职务，
庸俗的工作

狂痴而冷酷的舞妓

故作机械微嘻。

欲于人心上立基，是蠢笨的

爱和美咸炸裂，

俟"忘记"来把他们投在篮子里，

送给"永久"去！

我时常唤起这迷人的月亮，

这寂寞，这相思，

和心的忏悔室中私诉出的

丑陋密语。

原载《中央日报特刊》1928 年第 3 卷

暮之谐和

各于其枝梢颤动之时至矣，

群花吐放芳气如香炉，

声香咸于晚风前飞舞，

愁惨的旋舞和消魂的情痴！

群花吐放芳气如香炉，

提琴悲鸣如憔悴的心；

愁惨的旋舞和消魂的情痴！

美丽而忧郁的天如一座宏寺。

提琴悲鸣如憔悴的心

慈悲的心怨恨黑暗而广大的空！

美丽而忧郁的天如一座宏寺，

太阳已沉溺于其凝血中……

慈悲的心怨恨黑暗而广大的空，

采取灿烂过去之余踪！

太阳已沉溺于其凝血中……

你的回忆如玉镜反映于我心洞！

原载《中央日报》1928 年 4 月 28 日

美　舟

我欲告诉你，呵温柔的妖妇！

一切点缀你青春之种种美处；

我欲为你描写你的姿色，

正常青年之时和成人之期相接。

当你以长裙横扫清风时，

你酷肖一艘放洋的美舟，

风帆高扬，

顺着懒慢柔和的音韵而荡漾。

在你圆阔的颈、丰美的肩上，

头儿露出无穷神奇的娇样，

带着沉而胜的气象，

徐行你路，庄严的女郎。

我欲告诉你，呵温柔的妖妇！
一切点缀你青春之种种美处；
我欲为你描写你的姿色，
正当青年之时和成人之期相接。

你胸向前掀开那纱绢，
你胜利的胸是一只美衣橱，
隆突的橱板
光滑如铜盾，私与流电作伴。

惹人的铜盾装有玫瑰色的刺，
藏匿秘密的橱，满贮佳品，
美酒和奇香，
能令头颅麻醉，心灵狂痴。

当你以长裙横扫清风时，
你酷肖一艘放洋的美舟，
风帆高扬，
顺着懒慢柔和的音韵而荡漾。

你娇贵的腿长驱裙裾不已，
搅扰且调戏那阴沉的欲意，
如两个巫女
旋动迷魂汤于深盆里。

你的手臂能以早熟的勇士为玩品，
可作金鳞的蟒蛇之劲敌，

紧抱情人，

仿佛把他印在你的心里似的。

在你圆滑的颈，丰美的肩上，

头儿露出无穷神奇的娇样，

带着沉而胜的气象

徐行俏步，庄严的女郎。

原载《贡献》1928 年第 2 卷第 4 期

约远游

我娇儿，我妹妹，

试冥想到那儿

同生活，

是多么甜蜜！

安然相恋，

相恋且偕老死

于那似你之地方！

露天空际，

潮湿的太阳

在我心上有这般神秘的娇媚，

与你含泪

而闪烁的贼眼无异。

那里一切都是整齐，美丽，

奢华，安静和欢愉。

灿烂的家具，

被年代所磨光，

装饰我俩的洞房；

奇花之异香，

和琥珀之芳气相化，

华丽的天花板，

深沉的大镜，

东方的辉煌，

一切皆那里，

私与心灵，

微吐其天生之语。

那里一切都是整齐，美丽，

奢华，安静和欢愉。

看这运河上，

沉睡的船

带着飘泊的气象，

就是为满足

你大小的□□，

他们才从天外来此地。

——西坠的夕阳

以玉色金光

平铺那郊野，

运河和城郭，

宇宙咸在烈光之下，

寂然睡觉。

那里一切都是整齐，美丽，

奢华，安静和欢愉。

原载《中央日报》1928 年 3 月 20 日

不可挽救

我们能压死那久老的懊恼么，

他生着蠕动着，蜒蜿着，

蚕食我辈如死尸之蛆虫，

如橡树之蠹？

我们能压死那久老的懊恼么？

在何迷魂精，毒酒，药汤里，

溺死这老敌，

喜毁灭，好大饕如荡妓，

坚忍如蝼蚁？

在何迷魂精，毒酒，药汤里？

说来，美丽的妖妇，呵！那若知，则告诉他，

这满腔苦痛的心灵，

如垂毙的人被无数伤兵所压榨，

被马蹄所践踏，

说来，美丽的妖妇，呵！你若知，则告诉他。

这临死者，饿狼已张鼻嗅他，

老鸦张目顾他，

这骨碎筋断的残兵！虽墓穴和十字架，

犹令他失望不可得，

这临死者，饿狼已张鼻嗅他！

还能光辉那晦暗的天么？

还能撕破黑幕，

浓厚甚于松脂的幕，无晨无暮，

无星斗，无电光？

还能光辉那晦暗的天么？

旅店窗内照耀着的希望之光

已熄了，永死了！

无月亮，无阳光，何处寄寓，

那穷途之冤屈者！

旅店窗内之灯光已被魔鬼熄了。

可爱的妖妇，你爱沉沦者么？

说来，你识无赦的人么？

你识那带矢的懊悔么？

我们的心作其靶子？

可爱的妖妇，你爱沉沦者么？

"不可挽救"张其恶牙噬食我们的心，

可哀的残碑，

他时常如白蚁从下面

袭击船底，

"不可挽救"张其恶牙噬食我们的心！

在俗劣的舞台上，我时常看见，

一仙女，洪亮的音乐喧天，

于晦暗如地狱的空间，

燃起一种神奇的曙光，

在俗劣的舞台上我有时看见，

一个身披薄纱，金光万道的人，

一拳打倒大萨旦；

而我永无欢愉的心，

亦是一座舞台，

令人空望那纱翼的飞人出来！

原载《中央日报特刊》1928 年第 2 卷

闲　谈

你是美丽的秋天，清明而淡红！

但是悲哀如潮涌自我心中，

又如潮退，弃其辛酸的污泥，

酷烈的回忆在我含愁的唇上。

你手空抚我苦胸，女友，

你所寻求的，是曾被妇人的

利爪恶牙所摧残之处。

勿再求我心；恶兽把他噬了。

我心是一座喧哗的宫，

万众狂饮，厮杀，拼命于其中！

——香风飘荡于你白颈之四周！……

呵丽人，心灵之大难，这是你志愿！

以你火眼，辉煌如大宴，

灰化那恶兽噬余的肉片！

原载《中央日报》1928 年 4 月 17 日

秋　歌

我们快要沉入冰冷的黑暗里，

别矣，太短促的夏季之光辉！

我已闻枯枝沙喇喇地

落在庭前，带着凄切切的冲击。

冬天将重来我心里：愤怒，

怨恨，抖颤，恐怖，强迫的艰苦，

我心凝成一片鲜红而冰冷石，

如太阳在其阴森的北极上。

我战栗着，静听干柴坠落；

筑断头台之声亦无此沉痛的回音，

我的心灵，如垂倾覆的高塔，

受沉重的铁柱不绝地攻打。

这单调的碰撞摇荡着我，

如闻邻人急忙钉棺盖……

为谁？——昨夜还是夏而今已是秋！

这神秘的音呜咽如行军乐。

我爱你长目之粉青光，

温柔的丽人！我而今总觉一切都是辛。

你的爱情，华室，暖炉，

终不当那辉映于海上的太阳。

但你可恋我罢，慈和的心！

为忘恩儿，奸恶人的母亲；

情妇或姊妹，愿你为光荣的秋季，

或薄暮斜阳一刹那的温暖而已。

短促的事！贪食的墓穴候你！

呵！容我头颅俯伏于你膝上，

赏玩秋末之和暖而淡黄的阳光，

哀悼那清白而酷热的去夏。

原载《中央日报特刊》1928 年第 3 卷

祷告圣母
仿西班牙作风

我的主妇，圣母，我将为你

于吾苦命中高筑一座神龛，

远离世俗和讪笑之目，

在我心坎之最深黑处

掘一窟，纯是黄金与蓝玉。

那儿，那将兀然挺立，绝美的神像，

以我清诗，织以纯金丝，

精簪，罗列着水晶的音韵。

我将为你首造一巨王冕，

且于吾嫉妒中，呵，可灭的圣母，

我能为你裁一领衣裳，

怀疑作里，刚硬沉重的式样

包围你的娇态如一座哨岗

绣的非珍珠，而是我的泪！

你的长衣便是我的欲，颤动而波扬

我的情欲时而升，时而降。

遇海角则摇荡，遇山谷则安息，

一吻抱你雪白而淡红的身。

为你神美而羞怯的脚，

我将以吾礼敬为缎履，

困在温柔的拥抱里，

如一副良模型保存其足迹。

倘费尽吾殷勤的技能，

尚未能把银月削成阶，

我将投那咬心的毒蛇

于你履下，丰富而荣华的女王。

俾你讪笑且践踏那多唾多恨的妖物

你看我的思想，如蜡烛，

罗列于处女娘娘之龛前，

如星光反映于蓝天花板上，

永以火眼细看着你；

一切皆化作斑璋胶，檀香，乳香，末香，

我的心灵如暴风雨，将化作清烟

不绝地飞升向你雪白的山巅。

俾你变为真"玛丽"。

俾情爱和兽性成伉俪，

黑欲愉！多懊悔的屠夫，

我将以七大罪炼成七口刀，

极其锋利，又如残忍的术士，

以你爱情之蕴底作靶子，

我刀将张张插在你颤心中，

你哀号的心中，你鲜血淋漓的心中！

（未完）

原载《中央日报》1928 年 4 月 7 日

午后歌

你那两道恶眉

虽装出离奇的模样，

又非天使的气象，

娇目的妖巫。

我终爱你，呵狂妇，

可怕的热情！

虔诚如僧侣

崇拜其傀儡。

荒漠和茂林

香染你坚硬的发辫，

你的头儿带有

奥谜和秘密之风姿。

在你肌肉上香味
回旋如在檀炉之周围；
你如夜惹人心迷，
温暖而黑暗的神妃。

嗄！最猛烈的迷魂剂，
亦不及你的懒意，
你能以妩媚，
催死人复起！

你腰似恋爱
你胸和你背！
春意的风姿
几使那靠枕情痴。

有时，为镇静
你玄秘的怒性，
庄女，你便豪放
咬噬和亲物！

我的赭脸儿
嘲笑伤我心；
又以你温柔的眼睛
如月亮视吾心。

置我的大喜
天才和命运

于你缎履底，

可爱的丝软的脚底。

我的灵魂蒙你疗愈，

蒙你，光明与色彩！

爆炸热气

于我黑暗的西伯利。

原载《中央日报特刊》1928 年第 2 卷

西精娜（Sisina）

冥想那"狄安妮"被着美衣，　（注一）

或横经森林，或砍伐荆棘，

露颈散发于风前，醉心于攻击，

其壮丽可使最良之骑士丧气！

你可曾看见"德鲁寒"杀戮之情妇，　（注二）

鼓励那跣足的人民谋叛，

并且颊红如火，扮演其人物，

军刀在手，直登帝王之阶？

"西精娜"便是这样！但温柔的女将，　（注三）

有慈悲的心亦有残暴的性；

其勇气，为尘烟鼓声所警醒，

在哀求者前，能令人解甲，

伊焦烂的心永为悦伊者

留下一个泪湖。

注一　狄安妮（Diane），又名（Artemis），雅丁迷徐秘德和拉敦（Latone）
　　　之女也，其父许伊永不嫁，赐伊弓矢及神女，又封伊为林中女王，专
　　　以游猎为事，古人尊之为猎神，
注二　德鲁寒（Theroigne），法兰西大革命之女英雄，解巴斯得狱（Bastille）
　　　之先锋也，时人称伊为自由女将军。
注三　西精娜（Sisina），法国大革命时之女杰。

原载《现代评论》1928 年第 8 卷第 202 期

告诉我

告诉我，雅格，有时你心（雅格，女子名。）
远离污浊都市之黑海，
飞往他洋，灿烂光辉，
蔚蓝，鲜明，浓厚如处女之躯？
告诉我，雅格，你心有时飞去？

海，无边的海，安慰我们的艰苦！
是何恶魔以催眠妇之高务，
赐海，哑声的歌妓，副
以怒号风姨之无穷的音乐！
海，无边的海，安慰我们的艰苦！

曳我去，高车！抢我去，轻舟！
异地！异地！这里的污泥是我们的泪珠！
——是否有时雅格之苦心

曾呼呼远离懊悔，罪恶，痛苦，
曳我去，高车！抢我去，轻舟？

芬芳的天堂，你是多么辽远，
青天之下，一切都是爱和乐，
凡人所喜的皆是可爱的，
心灵沉溺于纯欲里！
芬芳的天堂，你是多么辽远！

但是儿戏的爱情，青苍的天堂，
跑马，歌曲，亲吻，花球，
山后颤鸣的提琴
和酒杯，晚间在凉亭之荫，
——但是儿戏的爱情，青苍的天堂，

无疵的天堂，富藏一刹那的欢乐，
是更远于印度或支那么？
还能以哀怨的叫喊，
清亮如银的声唤活，
无疵的天堂，富藏一刹那的欢乐？

原载《中央日报》1928 年 4 月 2 日

音 乐

音乐往往迷我如海洋！
朝我淡白的星光，

或于雾天之下，或于无边大气之中
我张帆飞扬！

胸膛向前，肺叶膨胀，
像布一样，
我飞跨重重团集的浪，
为黑夜所掩！

我觉一切热情颤动吾心，
如受苦的舟；
和风，暴风及其大浪！

摇荡我在无边的
深渊上，——旧时平滑的安静，
我失望之大镜！

原载《中央日报》1928年4月17日

乐死者

在那蜗牛繁殖的湿地上，
我欲私自掘下一深坑，
俾我可安放吾老骨，
且沉垂于忘记里，如鲨鱼在浪中。

我怨恨遗嘱，且憎恶坟墓；
与其哀求世人一滴泪，

宁愿招请那鸦类，

喙食我这块腐肉，

呵蛆虫！无耳目的黑侣，

看一个自由的乐死者来问你！

逸乐的哲人，腐肉之后裔。

你们可无须懊悔，来进我残躯，

且告诉我，还有什么桎梏，

再来磨折这无魂的身，死中之尤者！

原载《中央日报》1928 年 4 月 17 日

同情的惊骇

从这离奇的惨淡的天上，

挫折如你命运一样，

有何思想下降，

在你空心里？——答来，狂汉！

永无厌足地渴望，

黑暗和模糊，

我总不哀呼，

如"何卫"被逐出拉丁的天堂，（注）

苍天破裂如沙坝，

我的傲心向你如对镜！

你广大如披丧服的云。

是我梦中之葬车，

你的光辉是地狱之反映，

那儿，我心最喜居！

注　何卫（Ovide），拉丁诗人，善描性爱，后被贬出罗马城，抑郁而卒。

原载《中央日报特刊》1928 年第 4 卷

风　景

欲纯心作我小牧歌，

我将如星士在天空高卧，

以钟楼为邻，冥想者，静听

清风送来，庄严的颂音，

两手托着腮，从我陋室俯视，

那歌唱且喧哗的工场，

汽筒，钟楼——城市之桅樯，

那令人冥思万古的天空，

那是多么甜美，在淡雾中，

眺星儿初出天空，灯火初耀窗，

煤烟如江河飞升入云际，

月亮露其惨淡的醉意，

我将着春夏秋之来去，

倘带单调的雪严冬已莅，

我将无处不闭门关牖，

以便在夜里筑我仙宇。

那时我将梦想淡蓝的天际，

花园，云石上哭泣的喷水，

亲吻，朝夕歌唱的小鸟，

和牧歌中一切最儿戏者，

噪闹，毋在我窗外喧嚷，

永不能诱我举头一望，

因我将沉入这情欲里，

随我意志呼唤春天来，

从我心中抽出一轮太阳，

且以吾热烈的思想，化温暖的天气，

原载《世界日报》1928 年 7 月 29 日

太　阳

贫民老道上，陋室窗前，

垂着帘，——秘密的花楼，

最残忍的太阳以双重光芒，

刺击于城野上，屋顶和青麦上，

我便独往练习我玄妙的剑术，

在街头屋角搜探音韵之源，

在字句上蹒跚如在道路旁，

往往和冥想过的诗词相撞。

这抚育众生的天父，萎靡汉之敌，

在原野上唤起虫儿和蔷薇，

使一切忧虑皆烟散于空际，

且以甜蜜满盛脑儿和蜂巢，

令扶杖者有青年气，

快愉且温柔如少女；

日谕秧儿生长和成熟，

于不灭的心内，永欲开花的心儿！

当他如诗人下降于城中时，

他便抬高一切鄙物之命运，

且无声无仆，如君王私访，

一切宫廷和一切病院。

原载《世界日报》1928 年 7 月 29 日

赠某赭红发的女丐

白女郎，发赭红，

从其破衣缝，

可窥其穷态，

和美躬，

在我，软弱的诗人，

你多病的娇体，

浑身□子和红痕，

自有其温柔，

你穿一双重木屐，

比小说上之女王，

穿着鹅绒屐，

还更丽，

以代你褴褛的短衣，
愿得宫廷的美服，
长褶而响亮的裙裾，
飘随你踵。

以代你穿孔的破袜，
愿得一堆黄金在你
脚上发亮，以诱诗人
的眼睛。

原载《世界日报》1928 年 7 月 29 日

小老妪
——赠嚣俄

一

在老都蜿蜒的皱褶里，
一切丑恶皆化为欢愉，
我顺从吾凶煞的脾气，
窥伺奇异的生物，哀老而可喜。

这些残废的怪物是昔时之美姬，
"哀奔妮"或"拉姨"！——我们当爱惜那节断，（注一）
驼背或折腰的怪物！这终是
套在褴褛的裙冰冷的布里。

她们蠕动着，无理的风横挞其体，
一闻车轮之轰声便战栗，

一个绣有花纹或字谜的小袋，
系在腰间如圣骨囊；

她们举步毕肖活动的傀儡，
曳着腿与伤兽无异；
或心不欲舞而足反舞，
凶魔苦苦绊住这些铃儿！

她们虽寸断而仍有眼睛，
尖锐如钻，光亮如晚间沉睡的水洞；
她们有小女孩神美的瞳，
一遇闪烁之物便惊讶且嬉笑。

你曾注意么，许多老妪的棺木
皆几与儿童的一样短小？
巧妙的死神特放一种奇趣
而服人的象征在这些棺里，

当我瞥见一个瘦小的幻影
横经巴黎蝼蚁的市上，
我总疑这脆弱的物，
静悄悄地走向新摇篮中。

不然则冥想那几何学，
对此四肢零落的状态，
我终要推测工匠，
把载这残躯的箱子换了几多回形样。

二

古佛"拉斯加"地之怀春的巫女；（注二）

"鞑丽"之尼，噫嘻！只有已死（注三）

的传词者尚知其名；烟散的荣誉，

往昔"谛娲丽"曾荫庇之于花底，（注四）

一切皆令我醉迷！在这些

脆物里，亦间有以苦为蜜者，

曾向忠神说：——既赐我羽翼，

雄健的飞马，何不引我升天去！

这个被祖国投在厄运中，

那个，其夫以苦痛重负伊身，

那个，为儿子而伤心的贤母，

个个都可以其泪作江河！

三

嘎！这些小老妪，我看了几多！

其中之一个——那时斜阳

以丹红的伤痕血染暮天，

沉思着，独坐于长凳上。

静听这些铜乐之合奏，

士卒常以其声弥漫我们的花园，

际此金暮唤人重生之时，

洒些英雄血性于市民心里。

那个，仍挺直，高傲且循矩，
渴听这活泼的战歌，
伊目有时张开如苍鹰眼，
伊云石的额似堪戴王冕。

四

你们艰苦而无怨
徐步于浊世之混乱中，
心血淋漓的贤母，娼妓或圣母，
昔时知名于各大都。

你们昔是多娇，或荣光，
而今反无人识了！无礼的醉汉，
在路上故以情爱来笑骂你们，
卑贱的顽童，接踵而狂跳。

羞生于人世，老缩的幻影，
心怯，背驼，傍着墙垣行，
谁也不睬你们，奇极的命运，
人间之残物，正好作古人！

然而我心恻恻，遥望你们，
愁眼注视你们无定的足步，
我疑是你们的父！呵奇闻！
窃享私乐而不被觉。

我看你们初情之怒放；

视你们已往的时日，惨淡或灿烂；

我的复心以你们一切罪过为娱乐！

一切你们的贤德辉耀我心灵！

倾覆！我家！呵同宗的头脑！

我每晚向你们作一庄严的道别！

明天你们在何方？百岁的"夏娃"（注五）

可怕的上帝之利爪压其首？

注一　哀奔妮（Eponine），是古郭鲁亚人（Gaulois，即今之法兰西人），莎宾奴（Sbinus）之妻，郭氏欲救其民族脱离罗马人之桎梏，递谋叛，事败后，自焚庐舍，扬言已死，退居地穴中，其妻往就之，百般抚慰其患难，九年后被发觉，遂受刑，其妻因不能救夫，愤不欲生面骂罗马大帝，亦被诛。拉姨（Lais）是希腊著名的美妓。

注二　拉斯加地（Frascati），意大利城，在罗马附近。

注三　鞑丽（Thalie），是喜剧和情歌之女神。

注四　谛娲丽（Tivoli），意大利名城，附近风景秀丽，尤以瀑布闻于世。

注五　夏娃（Eve），人类之始祖母，代表一切女人。

原载《中央日报》1928年6月4日

（编者注：第一部分末尾少译四句）

瞽　者

心灵，你细看；他们，煞是狰狞！

与俾儡无异，似可诱人笑；

可怕且奇极如呓语之徒；

其黑眼球不知瞭望何处。

眼睛射出神美的火星，

仰视天空，如眺望远地；

永不见他们如醉如梦，

垂其沉重的首向石路去。

他们便如斯度其无穷之黑境，

这永寂之兄弟，呵都市！

当你绕我们而歌唱，喧笑，呼号时。

迷恋快乐直至于残酷，

你看，我也颠倒！更蠢于他们，

我还说，这些瞎子向天求什么？

原载《中央日报特刊》1928 年第 5 卷

告路人

震耳的街声咆哮于我四周，

婀娜而轻盈，披一套孝衣，庄严的痛苦，

一妇，徐步而过，以纤纤的弱手，

提起其裙裾而左右摇曳。

美腿如石像，高贵而敏捷，

我则如狂奴卷缩着，于其睫下，

——惨淡的天空隐含暴风雨，
痛饮迷魂的温柔，和致命的欢愉。

一缕电光……随即黑夜！易逝的丽人，
你的视线猝催我复生，
我只能于千秋后重会你么？

异乡，远隔此地！太晚了！
或永因我不悉你安之，你亦不知我何往，
呵你，我所爱，呵你何尝不知！

原载《中央日报》1928 年 7 月 16 日

暮　色

至矣娇媚之暮，凶徒之良友；
他狼步而来如从犯，
暮天如帐帏寂然徐闭，
心念的男儿便化为野兽。

呵晚间，可爱的晚，为斯人所恋，
其两臂，不诳语，可谓：今天
尽了力！——惟有晚能安慰，
被野蛮的苦痛所咬噬的心灵，
头重额垂的艰苦哲人，
和曲腰就寝的工匠。

然而空中之恶鬼

正如忙碌的人惊醒来，

飞冲出屋檐和窗栎之外，

在猛风扫荡之火光中，

淫业亦乘机燃灯于街上，

如蚁巢大开其门户

伊到处皆私辟一条阴路，

如敌人暗中袭击；

伊在泥泞城中蠕动着，

如蛆虫和窃人之食。

这里，那里，可闻厨房之声，

舞台之喧嚷，奏乐部之抑扬，

花楼之席上——赌具为乐品，

满列荡妓和光棍——其从犯。

盗贼，无休止亦无慈悲

亦将动手作工

静悄悄地撬开门和铁柜，

以供数日之生活及衣其情妇。

当此危险之时，我魂，收敛你性，

且充耳不闻这咆哮，

这是病夫苦痛最厉害的时候，

惨黯的夜儿正绞其咽喉，

他们完结了命运使往公洞中；

病院满藏其最后之叹息，

——再也无人重来寻芳汤，

晚上，在炉之侧，爱人之旁。

其中大半尚未曾尝试，

家庭之柔和，且永未曾生于世！

原载《中央日报》1928 年 8 月 13 日

鬼　舞

和生人一样，自恃其娇贵的风姿，

衬以大花球、汗巾和手套，

伊带有瘦小、放荡的

娇妇之懒态和窈窕。

舞场中谁曾见过更婀娜的身材？

长裙夸耀其帝王之大度，

沛然下垂于纤小的脚上，

衬之以绣履，艳丽如鲜花。

衣裰在臂骨边游戏，

如淫泉摩擦于岩石上，

含羞拒那可笑的戏语，

护卫伊欲遮掩的鬼媚，

伊的深眼只是黑和空，

脑盖骨精簪着鲜花，

袅袅地摆荡于脆脊上；

——呵狂妆的虚无之娇样！

人皆呼你为怪像，
迷恋皮肉的情人不明
骷髅无名的美丽，
伟大的骸骨，你正合我意！

你将以你凶恶的鬼貌
扰乱生命之节庆么？
抑尚有老欲刺激你骷髅，
毅然推你赴欢乐会么？

琴声之中，烛光之下，
你希能驱逐讪笑的噩梦？
你来求酒池肉林
解你心里燃着的地狱？

蠢笨与罪过不枯的井！
古来痛苦永久的汽锅！
在你肋骨屈曲的铁栏中，
我见那不厌足的蛇尚蜿蜒着。

我实恐你的娇态
未必能得相当的酬报；
这些讽世之语谁能悟会？
丑陋之妖媚只能迷强者？

你目之黑洞，蕴藏可怕的思想，
怒放眩晕之气，明达的舞人

一见你那卅二齿的长晒，
也难免要患苦痛的船晕。

然而谁未曾抱枯骨于怀中；
谁未曾吃过墓里的东西？
香粉、衣裳、妆饰有何关系？
自夸鲜丽者反贻人厌恶。

无鼻孔的舞妓，锐不可当的凿，
那么对这些眩晕的舞人说：
翩翩的少年，虽有脂粉之技，
终含有死气！呵带肉的骸骨。

凋谢的"韩丁奴"，无髯的花公子，（注一）
抹油的行尸，皓发的太岁，
普天下鬼舞之荡漾，
拉你们到不识之乡！

自"星河"之寒桥至"昂雉"之热滨，（注二）
乌合的人群跳跃着，狂笑着，
不见天花板孔中，天神的画角
如黑喇叭枪惨然大张其嘴。

在你太阳之下，任何地上，
死神总称羡你怪像，可笑的人类，
有时亦如你芬芳其骸，
泯其媚笑于你淫荡里！

原载《中央日报特刊》1928 年第 3 卷

诳 情

当我看你过时，呵，亲爱的懒妇，
乐器之音浪冲碎于天花板上，
停止你谐和的徐步，
任你倦目之视线徘徊于四周；

当我注视你白额时，煤气灯光，
增其色彩，加以病态的妖媚，
黑夜之火炬吐放黎明之曙色，
你目引人如画中之眼睛。

我自语：她是多么美！且异常娇！
沉重的回忆，巍峨的王塔，
王冠，伊心破裂如仙桃，
或热如其身，以供精巧的爱情。

你是否秋天无上清香的佳果？
你是否渴泪的哀瓶，
香馥，令人梦想远漠之茂林，

397

抚人的软枕，抑是花篮？

我知有些最忧愁的眼，
永不愿以珍藏的秘密示人；
无珠的美盒，无遗发的圆牌，
比你还更空虚，更深沉，呵苍天！

然而单你的外表岂不足，
以娱乐那远避实际的心？
你的愚蠢或冷眼有何关系？
假面具或粉饰，万岁！我崇拜你的美。

原载《中央日报特刊》1928 年第 5 卷

酒　魂

一夕酒魂高歌于瓶中：
人，亲爱的失产者，
在我朱漆下，玻璃狱里，
吾将对你歌唱光明和博爱！

我知，在炎烈的山坡上，
费了几多辛劳，汗血和烈日
始生吾命，授我以灵；
但我决不忘恩且害人。

因我觉有无穷之快愉，

当余坠入倦人的喉里，

他的热胸是一座暖墓，

我喜居其内，甚于寒窖底。

你不闻节日高唱流歌，

"希望"啁啾于我颤心窝？

肘倚桌上，卷起衣袖，

你将赞美我，且心满意足！

我将点你爱妻之眼火；

为你娇儿，我将赐他魄力和红颜，

且为此生活上脆弱的健儿，

制佳油，以壮武夫的筋肉。

我将化作植物的神浆，

永久的播动者所投下的籽仁，

俾诗歌生自我们的爱情，

如一枝奇花朝上帝而怒放？

原载《中央日报特刊》1928 年第 3 卷

情人之酒

今天空间多么明媚！

无马含铁，无僵丝无靴距，

我们齐乘酒驹，

驰向神仙的天去！

如两个天神

瞿无情的热症，

乘晶蓝的清晨，

我们遥随幻影而行！

袅袅地飘荡

于旋风翼上，

齐入昏迷乡。

妹妹，且相偎旁

比翼飞翔，永无休止。

同逃往吾梦想的天堂！

原载《中央日报特刊》1928 年第 3 卷

自　省

呵我的苦痛，愿你温驯且安静，

你要求暮儿，他已降到这里：

惨淡的空气包围全城，

增此以平安，而以忧患赐彼。

当那卑鄙的群众，在欢乐鞭下，

（无情的屠夫）赴那欢宴会，

采取懊悔时，苦痛，和我携手罢；

来这里离他们，看那死去的，

岁月披着旧衣，凭天栏而俯视，

看那含笑的懊悔突来自水底；

垂毙的太阳沉睡于穹桥下，
且听，我爱，听那温夜徐步，
如一条长葬布轻曳向东方。

原载《中央日报》1928 年 4 月 28 日

列斯波

拉丁游戏和希腊欢乐之母，
"列斯波"，其地之亲吻，或弱或喜，
炎热如太阳，清凉如西瓜，
点缀黑夜和光明的白昼，
拉丁游戏和希腊欢乐之母。

列斯波，其地之亲吻如瀑布，
投身于无底之洞而不恐怖，
飞流着，忽而呜咽忽而喔喔，
暴急而隐秘，散漫而深峻，
列斯波，其地之亲吻如瀑布！

许多"妃妮"互相拉曳在列斯波，
叹息之声决不致响应。
星斗咸赞颂你如"巴霍"，
无怪"温奴斯"要妒忌"莎和"！
许多"妃妮"互相拉曳在列斯波。

列斯波，夜夜温暖而多春意，
深眼的少女，空白的欢愉，
对镜自顾怀春的身躯，
轻抚其笄年之熟果，
列斯波，夜夜温暖而多春意。

任那老"柏拉图"睁眼而锁眉，
你终能于亲吻中得赦，
乐土之女王，高贵且可爱之地，
永不同文雅之风采，
任那老"柏拉图"睁眼锁眉。

你在长冤苦中取得赦宥
野心常为你冤苦不已，
且被灿烂的微笑拉去
渺茫微露于异天之涯；
你在长冤苦中取得赦宥！

诸神中，列斯波，谁敢审判你，
且刑罚你过劳的白首，
倘金秤未曾权了，
洪泪自你溪中流入海？
诸神中，列斯波，谁敢审判你？

要那公与不公的法律何为？
心思高超的处女，半岛之荣光
你的宗教和异教一样尊严，

爱情暗笑地狱与天堂！
要那公与不公的法律何为？

在地上，列斯波既选了我，
为伊歌咏如花处女之秘密，
我自幼时已入黑暗的神秘，
高声狂笑和愁惨哀哭相混；
在地上，列斯波既选了我。

自那时以来，我在"鲁加巅"巡守，
如一个步哨，目锐敏且沉静，
昼夜窥伺帆船、巨舟或战舰，
其形影自远处颤动于天空，
自那时以来，我在"鲁加巅"巡守。

试看海是否风平浪静，
哭声反应于四崖，
晚潮卷来莎和之玉尸
于慷慨的列斯波岸，莎和曾往
试看海是否风平浪静！

诗人，情女，雄健的莎和，
忧郁的苍颜更美于温奴斯！
天蓝眼已败于墨黑睛，
痛苦环绕其黑眶，
诗人，情女，雄健的莎和，

挺立于世上，更美于温奴斯，

且倾其光华之宝库

和淡黄的青春色

在那醉心于女儿的老海上；

挺立于世上，更美于温奴斯！

莎和死于咒诅之日，

辱骂了人为的礼教，

伊献其美身作鲁夫之佳肴，

鲁夫之傲气报复伊的傲慢

莎和死于咒诅之日。

自此以后，列斯波哀号不已，

普天下虽崇奉伊，

夜夜犹沉醉于苦痛之啸声中，

荒凉的海滨送长啸直上天空

自此以后，列斯波哀号不已！

原载《亚波罗》1928年第4期

沦落妇

弱灯苍白的光芒中，

深厚且芬芳的枕上，

"意波丽"冥想着烈抚，

以揭伊天真的春帏。

惊扰其目，

伊追索那已远的童时，

恰似旅客回首

望那黎明经过的地。

疲弱的眼睛之懒泪，

形容憔悴，麻醉，阴沉的欢愉，

屈服的手臂，如废枪弃于地，

一切皆点缀其弱美。

伏在伊足旁，安静且快愉，

"铁儿妃"烈目注视伊

如猛兽监视其弱肉，

先以利齿轻咬之。

强美跪在弱美前，

傲气横天，伊畅饮

胜利之酒，且举首望伊

似欲得一温柔的谢语。

在苍白牺牲之目中

伊寻求快乐所咏的默颂，

和这无穷、无上的感激，

出自眼帘如一长叹息：

意波丽，亲爱的心，你怎样感想？

你今知勿以初开的玫瑰、

神圣的牺牲献给烈风，

烈风要吹枯了你？

我的亲吻轻如蜉蝣

晚间微抚清澈的大湖，

你情人之亲吻，则如车儿

掘辙，犁儿挖路。

他们在你身上经过

如一群粗牛马，蹄儿无慈悲……

意波丽，呵妹妹！翻转头来！

你是我魂，我心，我的一切，我的妻。

愿你蓝如天、光如星的眼回视我！

得此一缕娇媚的视线，神愉，

我将揭开最黑暗的乐帏，

我将催眠你于无穷的梦中！

但是，意波丽举其美首：

我非忘恩者，且决不忏悔，

"铁儿妃"，我心悲伤且忧虑，

如赴了可怕的夜宴。

我觉沉重的恐怖

和散漫的黑鬼齐来压我，

他们欲引我入死路

血红的天空封锁四周。

我们岂真犯了怪异的行为？
若可能则请解释我的惊慌！
我不禁战栗，你一向我说：天人！
然而我又觉嘴儿趋向你。

不要这样看我，你，我的思想，
你，我所永爱者，我选来的妹妹，
你终作我埋伏的陷阱，
和我沦落之开端！

铁儿妃，摇摆其悲惨的发，
顿足于三脚铁架上，
眼睛凶恶，以横暴的声应道：
谁敢在爱情前谈地狱？

愿那无用的梦想家永被骂，
他最先坠在愚昧中，
依恋不可解决的问题，
妄想把忠实混入情事里！

如有人欲把阴影与光热，
夜与日相连在神秘的谐和中，
他永不能假此鲜红的太阳，
（即所谓爱情，）以暖其麻木的身！

如果要，则去找一个愚夫来；
把你真心飞送给他享受；

满腔懊悔和恐怖，脸无人色，
你将为我再带你憔悴的乳来。

在世上只可博一主人之欢心！
但是女儿，宜泄无穷的苦痛，
猛然大呼：我觉身中
张开一大洞，这即是我心洞。

热烈如火山，深沉如虚空；
什么也不能满足这咆哮的妖物，
什么也不能解"欧迷匿"之渴，
火炬在手，直焚至血肉中。

愿垂帏把世界和我们隔绝，
愿疲倦引那安息来！
我愿粉身于深沉的胸中，
且在你乳上寻求坟墓之清凉。

下来，下来，可哀的牺牲，
下到永久地狱之路上；
沉没至黑洞之最深处，
一切罪恶皆受恶风之鞭挞。

混淆腾沸，含有暴雨之声；
痴鬼，向意欲之目的跑去；
你永不能满足你的狂欲，
你的快乐便生出罪罚。

永无新阳光照你岩穴；
恶毒的秽气透过壁隙，
且燃烧吐光如灯笼，
可怕的气味直进你身中。

你欢乐之酸辛的无意，
反增你渴，且坚你皮，
贪婪的暴风吹得肉
恰似一面招展着的旗。

漂泊，受刑，远离世人，
如狼群奔走沙漠上；
无规的魂，愿你自创命运，
且逃你心所藏的无穷。

原载《亚波罗》1928 年第 4 期

忘 河

来我心上，凶且聋的魂，
痛爱的虎儿，懒惰的妖物；
我欲久插我颤指
在你重发之深处；

埋没我苦痛的头颅
在你芬芳的裙下，
且吸我已死情爱
之臭气，如一朵枯花。

我要眠！与其生不如睡！
在那如死的沉睡中，
毫无懊悔，我将陈列
亲吻于你光滑如铜的美身上。

欲沉溺我暂宁的哀哭，
什么也不及你床之深渊；
健忘安居在你嘴边，
忘河横流于你亲吻间。

如奉天命者，我此后
服从命运，敬之若欢乐；
温柔的殉教者，诬告的罪人，
至诚反增其刑罚。

借以溺我宿恐，我将
匝饮消愁汁和美鸩酒
于此娇媚的小乳峰，
永未会困人心于其中。

原载《亚波罗》1928 年第 4 期

致那过喜儿

你的头儿、姿态、风采，
皆美如秀丽的山水；
嘻笑在你脸上游戏，
如清风于晴空际。

愁苦的路人偶受微拂，
辄惊叹你雄风
如一缕光芒
吐自你臂肩上。

灿烂的颜色
散布于你妆饰上，
投一个花舞之形象
于诗人之心中。

这些狂荡的衣裳
是喻你杂色的心灵，
痴儿，我因你而痴，
恨你与爱你相似！

有时曳我弱体
在美丽的花园里，
我觉那太阳
含笑撕我胸膛；

春天和翠色
多么侮辱我心，
我便在一枝花上，
惩罚自然之傲慢。

当情欲之钟鸣时，
我亦欲乘黑夜

静悄悄地如鄙夫

爬在你玉体上。

责罚你欢愉的肌肉，

撕烂你可赦的乳，

且在你惊骇的腰间，

破开一空阔伤口。

迷人的温柔！

在此更艳且更美

的新唇边，把我毒液

注给你，妹妹！

喷　泉

你美目皆倦了，可哀的情人！

久未重启之，

在这软懒的坐姿，

快乐便诱惑了你。

庭前潺潺的流泉，

无日无夜稍默语，

静悄悄地细谈乐事，

爱情今晚溺我于沉醉中。

水柱散

作万朵花，

滚滚流泪，

如雨下，

快愉的太阳

渲染于其上。

你的灵魂亦如此，

为快乐之烈电所刺，

迅速而勇猛，

向迷心的天空直驰。

随即欲毙，倒下，

化作悲哀的浪花，

从不可睹的斜坡

直坠入我心窝。

水柱散

作万朵花，

滚滚流泪，

如雨下，

快愉的太阳

渲染于其上。

呵黑夜如此美化你，

那是多么温柔，斜傍你胸，

静听那长嗟，痛哭于池中！

皎月，清流，灿烂的夜，

四周颤动的林野，

你们清澈的哀怨，

无非是我爱情之镜。

水柱散

作万朵花，

滚滚流泪，

如雨下，

快愉的太阳

渲染于其上。

原载《亚波罗》1928 年第 4 期

责任编辑：刘　炜
封面设计：李　文
装帧设计：李振鹏
责任校对：杨轩飞
责任印制：张荣胜

图书在版编目（ＣＩＰ）数据

林文铮诗文集 / 金雪莹编. -- 杭州 ：中国美术学
院出版社， 2023.11
（中国美术学院名师典存）
ISBN 978-7-5503-3166-2

Ⅰ．①林… Ⅱ．①金… Ⅲ．①中国文学－当代文学－
作品综合集 Ⅳ．①I217.2

中国国家版本馆CIP数据核字(2023)第219879号

中国美术学院名师典存

林文铮诗文集
金雪莹　编

出 品 人：祝平凡
出版发行：中国美术学院出版社
地　　址：中国·杭州市南山路 218 号 / 邮政编码：310002
网　　址：http：//www.caapress.com
经　　销：全国新华书店
制　　版：杭州汉罡文化创意有限公司
印　　刷：杭州捷派印务有限公司
版　　次：2023 年 11 月第 1 版
印　　次：2023 年 11 月第 1 次印刷
印　　张：26.75
开　　本：710mm×1000mm　1/16
字　　数：280 千
印　　数：0001—1000
书　　号：ISBN 978-7-5503-3166-2
定　　价：120.00 元